孟子云誦其詩讀其書不知其人
可乎是以論其世也是尚友也
余深然其說久矣每嘗持之以為
要旨今特指出以弁本編之首蓋
欲與讀者諸君共享耳

開平 關志雄書

關志雄

文學研究叢書・民國詩文叢刊

珍重閣主人趙尊嶽詩詞文補遺

趙尊嶽　著
關志雄、劉威志　主編

目次

佚文補遺

趙尊嶽廣播演講稿

傳記與交遊資料補遺

前言

珍重閣主人趙尊嶽詩詞文補遺

趙尊嶽（一八九八～一九六五，字叔雍，號珍重閣、高梧軒）是晚清四大詞家況周頤（一八五九～一九二六，字夔生，號蕙風）的弟子，也是清末民初政治家上海惜陰堂主人趙鳳昌（字竹君，一八五六～一九三八）長子。長期擔任《時事新報》、《申報》記者，並於一九三三年效力於行政院北平政務整理委員會；抗戰時期，參與汪政權（一九四〇～一九四五）之籌備，並服務於汪政權。戰後以漢奸罪入獄服刑一九。一九四九年以後，走香港，客死新加坡。

先是，尊嶽問詞於朱祖謀，後由朱氏轉介，拜入臨桂況周頤門下。趙尊嶽於現代詞學之貢獻，以《明詞彙刊》與《詞集提要》兩種最爲重要。《明詞彙刊》收詞二百六十八種，趙尊嶽以一人之力，窮盡一生，終於編成。尊嶽去世前二年，囑次女婠，抱《明詞彙刊稿本》呈交故友龍榆生，囑謂「削其名氏可也」註一，《明詞彙刊》乃饒宗頤《全明詞》嚆矢。註二《詞集提要》著錄詞總集十六種，仿四庫提要體例而更精詳。註三至若尊嶽詞論《塡詞叢話》，則承續況周頤一派，繼乃師「重拙大」之理論，而提出「風度」、「神味」之說。註四

至若趙尊嶽的詩詞創作成果，有《高梧軒詩》與《珍重閣詞集》。前者有《高梧軒詩全集》十三卷（臺北：文海出版社，一九七五）傳世，後有《近知詞》三卷（新加坡：周國燦自印本，一九八五）、《和小山詞》（上海：上海古籍出版社，二〇〇四）一卷傳世。

近來陳水雲、黎曉蓮二位先生，廣蒐海內外報章雜誌中，趙氏各體文章作品，纂成《趙尊嶽集》（南京：鳳凰出版社，二〇一五）四冊，有功於學界。研究趙尊嶽的詞學暨其生命史的材料，可云大備。

只是，趙尊嶽以參與汪政權一段，入「漢奸罪」之獄，該期間之詩詞作品，或晦暗不明，難於徵考；或久傳已佚，徒喚奈何。今也筆者從趙尊嶽寓港時期的詞學弟子關志雄先生，錄得傳聞已佚的趙氏《藍橋》、《南雲》二詞集，分別是作於囹圄時期與寓港時期的詞作；又從北京國家圖書館善本室「名家手稿文庫」所藏《高梧軒詩》鋼筆手稿九卷本，與臺灣文海出版社所藏《高梧軒詩全集》十三卷本對校，得出當時趙氏獄中詩作的眞實面貌，將其刊本所避忌之處，依手稿全數還原。讀者閱此，當可知趙尊嶽與汪政權一段的關係，並非如小說家言之名士風流、一時失足而已。實有其願力與目標，自始至終，貫乎其間。

本文在陳水雲、黎曉蓮《趙尊嶽集》之基礎上更爲增補。主要依據玉窗詞人關志雄先生所藏趙尊嶽詞作手稿數種、北京國家圖書館所藏趙尊嶽詩作手稿、梁汪政權時期之報紙與雜誌，與新加坡報紙資料庫等，計新增趙尊嶽詩集與詞集，共《藍橋詞》、《南雲詞》、《十二歲詩稿》、《十三歲詩稿》四種。計《藍橋詞》詞序一篇，詞八十四闋；《南雲詞》詞序一篇，詞七十八闋；《十二、十三歲詩軸詩稿》得詩三十二首。

補遺趙尊嶽詩、文、詞作：以關志雄藏《炎洲詞稿本》，在陳水雲本之基礎上新增詞作十六闋。以關志雄藏《近知詞抄本》，新增〈近知詞序〉一篇。[註五] 以北京國家圖書館所藏趙尊嶽

註一　龍榆生：〈詞總集考稿本題記〉，《龍榆生詞學論文集》（上海：上海古籍出版社，一九九七），頁五五二～五二三。

註二　在詞學成就方面，趙尊嶽承況周頤師命，以一人之力，纂成《明詞彙刊》。當時，全宋詞有朱祖謀《彊邨叢書》，全清詞有葉恭綽與龍榆生負責，明詞則由趙尊嶽一力擔之。

註三　傅宇斌：〈趙尊嶽詞學目錄學述論〉，《詞學》第二十四輯（上海：華東師範大學，二〇一〇），頁一八二～一九二。

註四　卓清芬：〈況周頤《蕙風詞話》和趙尊嶽《塡詞叢話》之詞境說〉，曹虹、蔣寅、張宏生主編：《清代文學研究集刊》第二輯（北京：人民文學出版社，二〇〇九年），頁一三一～一五二。巨傳友：〈論趙尊嶽的風度說對況周頤詞學的接受〉，《湖南工程學院報》第十九卷第二期（二〇〇九年六月），頁三七～四一。卓清芬：〈趙尊嶽《塡詞叢話》之「神味說」探析〉，《詞學》第三十六輯（上海：華東師範大學，二〇一六），頁一六一～一八四。

註五　此關志雄先生所藏〈近知詞三卷抄本〉。此卷前數闋有注（但被刪去），味字義，疑爲趙文漪抄本，蓋詞下注文稱趙鳳昌爲「先祖」、趙尊嶽爲「先父」也。〈近知詞三卷抄本〉所收詞作較諸新加坡本《珍重閣詞》（新

鋼筆手稿九卷本[註六]，新增詩作一九一首。並在汪政權時期之《中報》，檢得文章〈馥炎先生感舊記〉一篇。自林汝珩《碧城樂府》中檢得〈碧城樂府序〉一篇，自近知詞手稿，輯得刪詞一篇。自新加坡報紙資料庫得尊嶽在《南洋商報》與《星州日報》文章二十二篇、譯詩一首。自民國期刊全文數據庫，輯得趙尊嶽為五四運動學生之祝辭一篇。

共計新增詞作一七九闋、詩作二三四首、文二十八篇。以下分「新增趙尊嶽詩詞集四種」、「《高梧軒詩》鋼筆手稿九卷本」，「佚文補遺」，「趙尊嶽廣播演講」，「傳記與交遊資料補遺」五部分呈現，每一部分並各作整理說明。

本書為科技部計畫「詞人趙尊嶽年譜編纂計畫（一）：以一九三七年以後的行跡與著述為主」（MOST-107-2410-H-155-048-）與「紀遊、臥游、倦游，憶舊游（趙尊嶽年譜編纂計畫之二）」（MOST-108-2410-H-006-113-）的部分研究成果。

註六　加坡：周國燦自印本，一九八一）少卻許多闋，其為選本歟？惟前繫〈近知詞序〉，前所未見。可以知趙集命名「近知」，乃承蕙風一系法乳也。

據唱春蓮〈趙尊嶽手稿入藏我館之經過〉一文云，一九九八年趙文漪經由錢聽濤之助，將所藏趙尊嶽《近知詞》三卷、《高梧軒詩》九卷、〈高梧軒詩序〉兩頁併其他相關文物贈與北京國家圖書館館藏。「《高梧軒詩》九卷」本止於一九五七年，即趙尊嶽赴新加坡國立大學教授任前。此本即可能是趙文漪〈高梧軒詩跋〉所稱「先父眞仁人矣，詩詞稿俱經親自檢訂，有注明刻時刪去，似預知不能及身付梓者然」（見《高梧軒詩全集》，一九六五）。二〇一五年八月筆者經由中國國家圖書館善本組「名家手稿文庫」孫俊博士之助，曾經眼此份資料。

新增趙尊嶽詩詞集四種

據關志雄先生所藏趙尊嶽手稿，新增趙尊嶽詞集《藍橋詞》與《南雲詞》、詩集《趙尊嶽十二歲詩稿》、《趙尊嶽十三歲詩稿》四種。計《藍橋詞》詞序一篇，詞八十四闋；《南雲詞》詞序一篇，詞七十八闋；《趙尊嶽十二歲詩稿》、《趙尊嶽十三歲詩稿》共得詩三十二首。

凡例

一、□爲字跡潦草模糊以至無法認清之字；〔 〕爲改正之字，並視情況酌加腳注；（ ）爲趙尊嶽勾刪者，以括弧並小二級字表示。■表示依詞律所漏鈔或漏塡之字。

二、關志雄先生的批語有新、舊兩種，一在筆者整理此份資料之前，關先生已逕批於手稿之上者；二是筆者初步整理後，再就疑義處，呈請關先生重爲批注者。茲以「關舊注」表示關先生舊時注記；「雄新按」表示關先生近釋新批。

三、編號、西元年份，爲整理者所加。

藍橋詞*

武進　趙尊嶽　叔雍

編者說明：《藍橋詞》，又名《韜影集》，趙尊嶽以從汪親日案獲拘於上海提籃橋監獄時所作，而名之爲藍橋詞者，蓋借裴航之遇雲翹夫人，遂有藍田會遇之事，託此以寄意也。此本久傳已佚，幸關志雄先生保存妥善，乃重見於世。計有詞序一篇，詞作八十四闋。集後並有關志雄先生新舊識語。

序

歲次乙酉（一九四五），迄於戊子（一九四八），遭逢時會，余隱於藍橋者幾四載。（非其分也，可□泰然不少閒，雖綺懷亦不少減）。客有神其澹定者，笑而謝之，曰：「（無所愧怍，奚憂爲？至）霜雪之犯於庭戶，斧斤之肆諸松柏，智者所不能免，足下延頸俟之，行且追隨於市樓，相羊於山水間耳」。同舍頗有二三子好詩，輒共酬唱，以娛永晝。詞則和響無人，空山獨作而

* 關舊注：「另手抄本作《韜影集》」。威志按：原作中黑色原子筆墨跡者，皆出關志雄老師之手。味字義，關志雄老師曾以其他抄本校此份手稿。

已。乘暇復校跋《雲瑤集》一卷、《董治詞話》十二卷，丹鉛染手，終日不少釋。人又斥以爲愚，則微尚所專，固又有不能自已者在。己丑（一九四九）初春，賓筵餘暑，繕整爲一卷，即以藍橋名詞，示不忘也。趙尊嶽。

湘春夜月

蘭荃歇芳，倏焉三載，春朝夢憶註一，重理舊彈，手生荊棘矣（一九四七）。

最難任、養花天氣沉沉。聽徹鵑啼催歸，誰與話離襟。漸老海棠文杏，也綠雲低罨，似識春深。漫峭風慭雨，嬌顰淺妒，消領晴陰。　朱闌寂寞，池塘自碧，辜負登臨。繫住斑騅，應許我練裙輕祓，芳約重尋。垂楊巷陌，總解鞍、難駐愁心。賸夢好、付香衾片霎，鸞箋半疊，憔悴華簪。

薄倖

斜陽煙柳間，燕語呢喃，似有尋巢之感，用韓南澗體詠之。

綠陰芳樹，乍雙翦、呢喃倦旅。便喚醒、扶頭輕夢，驀地經春且去。註二正斷腸、欲問紅襟，新來許覓營巢處。早瘦盡梨雲，捎殘杏楝，愁染緇衣塵土。　休說似、人間世，宜解得、珍叢歌舞。註三裊金絲萬縷，韶光難挽，尋香總被斜陽誤。卷簾迴竚，又紛紛煙靄，天涯祇怕迷歸路。還留小住，爲我繁絃細訴。

解連環　用玉田體。

畫中塵渺。認珠簾半卷，膽瓶枝小。尋柳絮、颾颸樓陰，正雲鬢淺梳，黛眉慵掃。理不成妝，怯逝水、韶光暗老。況薔薇乍謝，輕寒殢暖，亂人懷抱。　匆匆好春去杳。自蕭郎別後，漏沉歌悄。數薄倖、魚雁都稀，算難得今宵，玉階重到。又恐圓蟾，妒倩影、漸低殘照。剔銀釭、和淚封題，有誰知道。

大聖樂　用草窗體。

文杏篩雲，露桃烘日，別來庭院。幾隔牆、嘶遍驕驄，客裏怨懷，閒逐柳緜撩亂。屈指那回人歸去，恁光泛、崇蘭春漸遠。餳簫引，驀低逐銅街，慵侵銀蒜。　雛鶯爲誰睍睆。向菱鏡盈盈尋燕婉。問黛眉何處，遙山依舊，離魂空斷。儘自明朝辜佳約，也難了深盟消繾綣。東風裏，又微醉、花前吹倦。

註一　關舊注：「一作丁亥（一九四七）春暮」。威志按：以此知趙尊嶽〈湘春夜月〉寫於一九四七年春天。趙至遲於一九四五年冬入獄，則一九四六年一整年都無詞。此殆〈藍橋詞序〉所謂「重理舊彈，手生荊棘」之故。
註二　威志按：「經」字，原作中，藍原子筆畫線，紅原子筆打問號。
註三　威志按：原作「值得珍叢歌舞」，藍色原子筆改作「宜解得珍叢歌舞」，改後方合律。

綺羅香

丁亥四月十六日作（一九四七年六月四日）。

鏡掩脂泓，尊消酒豔，贏得春來憔悴。喚起游絲，閒裊畫羅新睡。乍解珮、背靨無言，尚依約、水紅衫子。只雙蛾、緣底長顰，曲瓊能憶那回事。　年芳曾幾輕擲，還問蘭房昨夜，鐙花開未。莫是雕梁，猶許穩巢翡翠。羞更說、鈿結同心，總負他、豔陽芳意。證相思、辛苦梨雲[註四]，亂鶯深樹裏。

傾杯樂

屯田節大曲一解賦此調，繼聲未廣，細繹音節，沉穩流美，以合歌舞，跡象宛然。今不以入聲煞韻，改用去上，似更易引起次句，樂家試諦辨之。

壓架荼蘼，偃籬芍藥，春陰送盡紅紫。畫閣漏斷，玉宇夜悄，負繡衾鴛被。銀釭似妒纖纖影，竚鏡臺凝睇。蘭麝細香，誰不省、去日溫存情味。　芳諾輕辜別後，短亭征驛，冠劍知非計。恁一霎緇衣，三年蓬鬢，換雲山迢遞。雁回天高，鱗沉波闊，錦字書難寄。那人也，知暗裏背花垂淚。

垂楊

頗憶長干里第黃木香盛花。

星繁檻綴。映淡雲斜日，一年春又。翦取濃陰，怒葩爭擢瑤枝秀。蜂黃鴉翅初分後。似嬌靨、半酣新酒。更霏香、柔彈東風，向亂紅搔首。　隨分芳菲弄影。數羈旅鬢絲，幾驚消瘦。寂寞長干，璧窗小院閒晴晝。啼鶯盡處人知否。甚脈脈、巢痕非舊。花時幾颺茶煙，愁暗鏁。註五

瑞鶴仙註六

有憶臨池。

洞天春自好。算位置，琴書玉窗低小。凝眸竚清曉。又榆錢，朱戶柳緜官道。親裁瑪瑙。卻最憶、西湖舊稿。倚東風初試，迴文莫放，畫螺閒了。　人悄去年佳節，那日花陰，頓辜吟歗。長干客老。回首處，亂峯杳。便鱗鴻、難寄愁腸千折，衹賸衾媥夢繞。總無心翠管。銀鉤水沉暗裊。

註四　雄新按：梨花代稱，花盛茂如雲。

註五　威志案：《欽定詞譜》卷二十八云「此詞調見陳允平〈日湖漁唱〉，本詠垂楊，即以爲名」，又云「此調衹有白樸詞可校，故可平可仄，即參白詞句法相同者。後段第八句『縱』字，從周密《絕妙好詞》添入」。威志案，陳允平詞後半第八句乃「啼鵑不喚春歸，人自老」，《欽定詞譜》依《絕妙好詞》添入一字，使爲「縱啼鵑、不喚春歸，人自老」。故知趙詞末韻九字，可斷作「花時幾颺茶煙，愁暗鏁」。見《欽定詞譜》「垂楊」二體，頁九八六～九八七。此條註解，據關志雄先生之意見改寫。

註六　威志案：尊嶽删稿。

虞美人　題鄭俠流民圖臨本。

洛陽橋上鵑啼血。此恨憑誰說。鐃歌處處不堪聞。百劫蟲沙知有未歸魂。　天涯海角容漂泊。笠屐難投足。更堪回首問斜曛。夢裏丹青同是斷腸人。

踏莎行　前題。

波老龍津，烽迷鶴嶺。平原莽莽從何認。半肩行李付敧筇，一生心事同朝槿。　稻熟橙香，窗閒晝永。桑麻雞犬神仙境。夢魂日日盼歸來，西塘心事憑誰問。

玉樓春　幽居藍橋，學道三載，光塵寂寞，漸涉忘情。偶記裴航故事，有所感契。因掇雲翹斷句，足成短調，以發一粲。宋詞用唐人絕句者甚多，故不僅以宋鷓鴣天爲然也。原詩云：一飲瓊漿百感生，玄霜搗盡見雲英。藍橋便是神仙窟，何必崎嶇上玉京。

風裳短袖晞華髮。綠字黃庭拈寶訣。何必崎嶇上玉京，神仙便是藍橋窟。　光塵咫尺羞明月。柳陌桃蹊音信絕。能教駐景是相思，莫負玄霜三載別。

清平樂　丁亥（一九四七）九月十二日賦紅葉箋（六闋）。

其一

宮溝怨碧。一片題紅葉。猶許環連爭玦絕。認取玉臺眞跡。　香驄舊識銅街。新醅曾泛銀牌。付與花因瑤想，不成月地雲階。

其二

赭鱗蒼雁。容易他生見。分付江山消淚眼。何況別時庭院。　華箋訴盡平生。華鐙照不分明。更有相思一點，輕描石黛難成。

其三

吳天咫尺。千里雲山隔。早拚春歸鶯燕歇。只聽杜鵑啼徹。　橫波影妒團圞。餘寒花送闌珊。贏得帶圍寬，玉璫猶報平安。

其四

隔花簾卷。椒壁新泥浣。著箇人人青玉案。金鴨嬾燒心篆。　年年醉拂雲綃。那回記是生朝。一霎西風殘照，堪將綵筆重描。

其五

人天恩怨。併付瑤華管。莫負烏絲千萬繭。回首同功繾綣。　絲絲淚濺斜封。寥寥夢繫征鴻。省識含情有恨，斜陽燕子樓中。

其六

宜秋明月。樓上光如雪。不著雲遮江一碧。依舊舊游時節。　思量未了塵天。夜深禁得閒眠。只賸蠻箋百幅，憑他青翼周旋。

齊天樂

寒月窺棱，凍衾似鐵，愁聞巷鼓，申以微吟。

宿雲低盡城東道，神鴉緩催鼉鼓。缺月篩銀，疏欞砌玉，窺鏡清光延竚。難堪巷柝。似輕喚離人，漸移箏柱。不是春晴，倦紅深院唱金縷。　關河休繞眼底，綠沉冰雪偃，長斷歸路。一片瓊瑤，三生碧落，華表千秋何處。憑將認取。總喚酒呼鐙，夢回無據。料量殘更，擁衾愁自語。

憶舊遊

戊子（一九四八）春仲，重讀玉田生詞，有過鄰家望故園，此調長言永嘆，使千載下爲之雪涕。余睹墅辭巢，同深嘅喟，依韻和作以寫愁懷。換頭兩句，疊用痕字，他詞所未經見。然玉田生精於音律，必合律可歌，不敢僭易也。

渺重簾押柱，七寶扶闌，摩劍邀尊。綠外垂紅倦，賸花繁絮殢，徑蘚苔分。記得碧桃初放，文石倚靈根。乍一片清暉，亂鴉無語，遮盡離魂。　猶存。舊琴簟，怕黯襲蛛痕，漸貫春痕。轉眼番風逝，許朱顏消酒，紺鬢堆雲。又幾晚煙疏雨，隨分換晴昏。祗指點園瓜，明朝夢怯東郭門。

八聲甘州

衍書。

數簪花點點是珍珠，濕透畫羅衾。問簾疏寒怯，鐙銜宵永，誰和孤吟。擊碎翠尊無酒，倦客最關心。花外三生夢，回首侵尋。　了了風輪塵劫，儘鬢絲片霎，茶熟香沉。且隨宜清課，遮莫戀桑林。乍驚聞、華嚴彈指，認小玉、應許舊知音。雲裳好、鏡中猶怕，不似而今。

月下笛　朋好疊約淺醉，依玉田生體賦貽。

題襟側帽，梅花數點，故園何許。危樓霧晚。能幾光陰伴尊俎。江南玉樹凋零後，更恐向、苔陰細語。祗扃深緘夢，籬疏織恨，自慵詞賦。　心緒。憑誰訴。剩知己無多，舊游今雨。冰絃倦譜。醉吟商略今古。縱教重暖黃壚約，也砌草、煙迷去路。任纈眼，已零星註七，莫問吳歌楚舞。

八六子　和榆生送遐庵南歸。註八

掩深鐙。細風扶夢，人歸未信無情。正寒勒梅花香坼，幌低簷馬聲遲，露華夜零。　緣知辜負平生。月怯穠姿春遠，霜浮華髮愁驚。更許我、重來玉闌無恙，幾溫釵約，帊羅重搵，又恐青翼瑤瑲冷落，珍叢蜂蝶紛爭。隔重扃，宵長可堪酒醒。

玉蝴蝶　夜窗校讀舊作和小山詞。

倦旅華年青鬢，畫闌香陌，幾度淹留。勝賞風光，新拍和遍皇州。擘芸箋、微遮絳蠟，酬玉醴、徐濾銀鉤。鬭珠喉。品商招徵，袚盡花愁。　西流。誰回日馭，遠疏街杵，冷負霜裯。璧月瓊雲，不教輕照海東頭。理清吟、塵封蠹簡，紛寶鑑、苔罥沉篝。訴離憂。此時空賸，細數更籌。

國香慢 酬東。

烏帽黃塵。換那回京雒，明鏡雕闌。舊情雁來能道，分付雲翰。不盡天涯信息，最無賴、妍暖輕寒。隨宜嬾梳洗，細訴殷勤，苦憶平安。　年年花似海，卜歸期未遠，約畧春闌。翻羞相見，別後損了朱顏。認取風簾莫誤，泛斜陽、去日金船。知他萬千意，好伴東皇，芍藥畦邊。

花心動 用溪堂體題吳樹人沈珠還伉儷合繪。註九

匀碧研螺芸箋染，依約一叢春鬧。輕翦枝柔，微浣苔陰，曾見玉窗嬌小。檀奴鏡底宜妝面，隨意補、露桃煙篠。敧文石，靈禽呼侶，嫩晴催曉。　彔曲屏山窈窕。著劫外壺中，自矜新稿。林下風裁，雅淡天然愛好。舊家芳事，待收拾片片飛瓊，應休怪、仙人嫞掃。更莫問，幾度紅桑開了。

註七　威志按：按照譜式，此處少一字。用張炎〈月下笛・寄愁山村溧陽〉。闕新按：叔雍師此詞煞拍第一句脫一字，擬補入「已」字，可足作者原意。

註八　龍榆生〈八六子丁亥冬湖帆寄示送遐庵南歸詞，兼及遐庵和作，動余悽感，爰亦繼聲〉「耿哀燈，粉牆搖影，思量怎遣多情。聽空外征鴻嘹唳，牖間枯柳蕭騷，夜深露零。　憑誰參證無生，廿載芳期長負，百年流電刊驚。待檢點、漂浮聚漚身世，庾郎愁賦，淚綃偷搵，翻看蜃氣樓臺總幻，槐柯封域猶爭。叩禪扃，沉沉睡眸乍醒」，《忍寒詞棄稿》，《忍寒詩詞歌詞集》，頁一五八。

註九　威志案：謝逸（一〇六八～一一一二），號溪堂。

百宜嬌　梅花。

竚黃昏沙淺，背郭寒初，人靜素塵遠。綽約姑仙駐，輕煙外，文波搖漾妝面。藥香乍展，弄嫩晴么鳳相伴。縞衣擁，雪魄冰姿起，尚瑤珮零亂。　微倦。江南溪岸。早不堪重問，村路依黯。猶許橫參夜，標清致，笛聲吹醒孤館。閒拈象管。寫幾多心事難遍。且留月休鐙，盟紙帳、夢中見。

玉京謠

高陽齊二避兵十年註一〇，深藏複壁，不與人接，鎮日精研劇事。近又衍《桃花扇》傳奇爲亂彈，授老伶工王瑤卿諸人，上演南都風月。重見歌衫，此情此景，適有所寓，以夢窗自度腔賦之。

好向壺天隱，樹老苔深，避地人間世。藕孔閒緣，微吟猶度宮徵。算寫恨、重譜南朝，又小劫、秦淮煙水。興亡際。消磨粉黛，百年彈指。　闌干料理和雲，駐拍紅牙，賸舊情猶幾。應念嘉榮，湖湘塵染襟袂。縱夜窗、驚起騷魂，也怕說、酒旗花市。珠箔底。輸與曲中清淚。

十二郎　雪夜睡醒，月色如銀，直透櫺隙，乍憶北海舊遊。

碎瓊點點，送倦客、翠蓬仙掌。似夢帶前歡，尊娛清興，重見西山晴爽。忍問憑闌春消息，早擲盡、桃花紅浪。消萬疊冰痕，漪瀾堂外，素娥晴漾。　心賞。東風故苑，舊游疏放。更織柳藏鴉，飄茵隨馬，蠟屐平生幾緉。點檢題詩，雞聲茅店，猶說關河無恙。堪一晌、歲晚滄江，愁鑠夜鐙書幌。

聲聲慢　靜宜送寒衣至卻寄

寒緘窗淺，紋掩櫺疏，鐙痕雪意瀟瀟。帶眼頻寬，獨憐敝盡青袍。砧迴乍疑別院，九張機、曾伴親繅。憑檢與，總霜裯茸帽，見也魂消。　花底豪情難再，渺長安、詞客華燭春鑣。貰醉徵歌，不辭換卻金貂。怱怱繡餘幾日，便紅牆、針線輕拋。無限恨，夢流螢、微度帳綃。

註一〇　齊如山（一八七七～一九六二），直隸保定高陽人。雄案：憶述齊老舊經歷，亦借以自況焉。

清平樂

為孫道始題餞梅溪臨鷗波詩札。

承平清課。鶴髮花圍坐。位置琴書眞可可。漢鼎秦碑周卣。註一一　五雲箋紙玲瓏。二泉山色葱籠。不分硬黃墨妙，鷗波賺我家風。

掃花遊

己丑（一九四九）春晝，掩關人倦，取花外集讀之，綠陰二首，韶秀不能去口，就中所用入聲諸字，更遒響有節。茲遵和之。自視再三，終遜前賢一著。（二首）

其一

嫩寒殢閣，轉柳外香隄，斷魂紅掃。杏梢蒂小。尙前回倚鬢，繡鞵曾到。翠幄圍深，占盡吳天最好。錦纏道。罨一色遙岑，雲淡風少。　溪鏡窺靜悄。蕩碧浣文紗，倦眸初曉。粉妝整了。總和煙遠黛，暗催人老。蔭匝枝濃，怕只東君去杳。好襟抱。聽間關、弄晴山鳥。

其二

畫簷點滴，潤翦徑苔枝，故園疏雨。更誰認否。算紅蔫謝了，好春催去。弄碧絲絲，瘦裊前溪病樹。任延佇。已寂歷韶華，蒼鬢如許。　花底懷舊處。剩蘚箔榆錢，滿階難數。錦茵試步。儘塵天縱眼，漲雲封路。亂梗柔柯，未信能藏怨宇。咽商楚。又樓陰、幾番朝暮。

前調

讀玉田生春飲殊鄉之作，遂憶二十年前惠山喚渡。悵然和作，以繼聲響。（威志按：藍橋詞稿本目錄失錄此題）

輭晴破曉，釀岸綠迷茵，露華新洗。望中五里。繫烏蓬待喚，淺椿斜艤。燕蹙鶯忙，檢點閒情賸幾。解人意。祇銀管翠箋，詞賦誰寄。　清興催彈指。乍一瞥平蕪，歲華堪此。鵓鳩雨裏。況臙脂淚濕，絳桃鋪綺。轉轂流光，映入琉璃鏡子。怨吟地。夢無情、短篙春水。

渡江雲

和玉田生客中寒食之作，鮿〔鯫〕生度寒食，其情更非客中可喻也。

忽忽經幾歲，流人俛仰，邱壑未忘歸。瘦綠肥紅好註一二，滿眼春晴，消盡豔陽時。騷心自許，尚夢引、蘭芷蓀蘺。孤旅燕、吟邊無緒，欲語付伊誰。　沉思。珍珠斜搭，畫檻陰濃，會得當年意。應不改、梨花榆火，渾賦新詩。餳簫喚起清游興，奈金絲、綰住羈棲。堪更問、香車玉勒相隨。

註一一　手稿本作卣，闞先生以爲改作叵。雄新按：卣，音有，與起韻坐字不同韻部。叵，音頗，押仄聲，與課、坐、可，同一韻部。周叵，周代之淺口酒盃。

註一二　雄新案：張玉田塡此調（〈渡江雲〉）共有兩首，一是卷一山中酒客；一是卷三寄趙元父韻。叔雍師所據者爲卷一，然玉田兩首第二拍起句均作仄平平仄仄（「一簾鳩外雨」與「酒船歸去後」），其中「外雨」、「去後」均作「去上」、「去去」，叔雍師作「去入平平上」，音節欠佳，亦兼扞格，試爲改動作「綠肥紅瘦好」。

聲聲慢

董丈綬金，精研律法，酷好詞事，生平服官法曹數十年，輯印盛明雜劇等數十部，夙居京師法源寺左側。相見輒以文字相切磋。嘗賞余駢文，屬序所撰《書舶庸譚》。一別五稔，傷其長逝。和玉田生題夢窗霜花腴卷韻悼之。

苔荒院邈，地僻更長，粼粼靜掃車塵。一桁丁香，清致笑引僧鄰。卅年典衣貰醉，管天涯、曾幾晴陰。待說與，總低頭臣甫，咽盡鵑聲。　誰信闌風伏雨，誤春魂縷縷，逐水行雲。故國星辰，夢好不似初醒。從今怕經象闕，整衣冠、猶待重臨。消涕淚，黯西州、華表蘚陰。

浣溪沙　金陵故居雜憶（六首）。

其一

一架荼蘼壓茜窗。粉黃靜綠昫朝陽。漸移枝葉上琴囊。　徑淺柳縈牆外客，花晴蜂趁露餘香。開屏語燕放歸梁。

其二

交徑濃陰綠掩門。粉牆青甃暖無痕。有人樓上坐黃昏。　花氣隔簾瞻夢雨，水風別院扇流雲。好迴詩思入芳尊。

其三

殢酒轟杯興未闌。珠鐙的皪任更殘。赭顏切莫對文鸞。乳燕已穿高閣去，露桃應帶曉風看。泠泠羅袖怯新寒。

其四

陸博行棋靜不聲。夜長華月鬬華鐙。圍花飣座當傾城。笑奪紅籌爭一算，閒牽繡幕話三生。玉驄嘶處黯歸程。

其五

微歎蘭熏破曉煙。偶拈銀管理華箋。殷勤好麗付誰邊。半熟陰晴梅綻子，乍閒庭院柳飛緜。此時情緒似當年。

其六

掩映玻璃八扇開。月華漸擁綵雲來。中庭良夜幾徘徊。瑤草珠明承露顫，銀瓶水冽灌花回。高樓銷盡蠟成堆。

渡江雲

吾鄉畫師湯定之，琴隱後人，嘗官京曹，旋棄去。專精藝事，畫松尤負盛名。梅畹華師事之。逝於海上，至可慨念賦挽。

貞姿冰雪好，槎枒海嶠，萬壑臥龍吟。一丸千杵墨，鐙淺更長，寫盡舊時心。前回俊約，尚載花、喚酒同斟。爲說道、香南雪北，應許認知音。　重尋。荒鄰臣里註一三，夕照羈棲，誤玄都風景。遮莫問、新亭擊筑，舊隱調琴。流光已共潮痕遠，恁江關、猶遣寒侵。零落處、徒餘淚挹塵襟。

前調

意有未盡再賦挽定之。

海桑殘劫盡，疏髯淡墨，遺恨賸冰紈。醉吟前夜事，激楚清商，冷月拂么絃。江南倦侶，算梅花、長伴華顛。應自許、松皴石瘦，洽與鬪清寒。　年年。闌干故國，澗曲疏畦，挼霜紅一捻。還記得、西山薦爽，南浦迷煙。亂烽遮斷鄉關路，更愁人、清柝無眠。空念有、遽憐短夢都慳。

珍珠簾

靜宜嘗自閩海移曇花來。數年蕃殖至十餘本，花時燦爛，聞風來觀者雲集，雖袛移晷，亦窮一時裙屐之盛。比屆花時，賦此寄想。

素鬟擁出玲瓏面，鐙痕綻、一簇晶簾如水。深院鬪盈盈，似唐昌宮裏。不信鉛華天與妒，便賺得、穠姿能幾。身世。總蘭畹珠塵，輸人清淚。

瑤珮。皎奪花光，月移香宛宛，微侵羅袂。乍恨上妝遲，甚涼欺羅袂。儘道仙雲容易散，也壓倒、群芳紅紫。休睡。指闌干、俊約明年重倚。

一萼紅 註一四

金山陳陶遺，固三吳文士。嘗主蘇政，解官遨翔淞泖西湖間，頗好杯酌，輒相遇湖上，比亦歸道山矣。

短長更。竚鐙閒人倦，可許問歸程。笠屐生涯，水雲心緒，料理除有鷗盟。更休話、元戎緩帶，昔小隊、呵殿鎮金陵。海闊桑枯，霜寒葭暧，斷影零星。

猶是西湖湖上，溯擎荷邀醉，潄雨呼茗。小閣筠箋，玉戳銀字，揮手難寫承平。似舊時、貞元朝士，只無多、殘淚戀觚棱。不道眞成荷鍤，換盡浮名。

長亭怨慢

當塗徐鏡仁翁嘗約遊黃山，不及同行。兵事既起，隱居三載。亂後歸來，意興零落。回憶疇日琴歌之樂，叱咤之雄，如在天上。旋即下世，詞以挽之。

註一三　雄新案：此詞據清眞〈渡江雲〉譜調塡寫，「臣里」，宋玉〈登徒子〉自稱居處之詞，此以比湯定之。

註一四　雄新案：此調本出北宋無名氏仄韻（見《樂府雅詞》），白石據此改作平韻，即爲叔雍先生此詞所據。威志案：趙尊嶽高梧軒在西湖。

賸投老、赭顏蒼鬢。亂後歸來，倚鐙催暝。射虎盤鵰，舊時身手渺清興。月眉分鏡，猶許弄、花簽影。不盡曲中心，忍玉笛、江城同聽。　尋省。誤聯鑣俊侶，負了山樓同凭。松濤露琲，早滌盡、杜鵑紅靚。任一片、壑擁雲深，更難覓、幽棲芳徑。恁寂寞黃壚，獨遺羈人愁醒。

瑣窗寒

淳安邵次公，詞事精純，疇客京師，輒共談藝。窮竟夕之歡，旋又講學汴梁。今則墓木垂拱矣。懷念舊遊，不能無感。君又長曆算、治齊詩，茲絕響矣。

綠替城蕪，黃疏苑樹，舊游清悄。山陽笛裏，還夢謝池春草。怯西窗、翦鐙夜闌，幾生更許吟魂到。賸樊樓碎語，官河祖帳，倦鴻能道。　天老。壺觴渺。只背郭陰陰，亂絲猶嬝。頹垣深峭[註一五]，猨鶴蟲沙都杳。葺荷衣、難見故人，從今切莫彈商調。但賸他、門巷金鐶，露寒弓月小。

薄倖　玉蘂

水沉輕盥。正暖霧、初開曉檻。拂寶鑑、文鸞雙舞，好著妒花妝面。信一枝、含笑宜嗔，珍叢豔奪唐昌觀。恰玉蘂玲瓏，仙雲迢遞，依約塵香縷淺。　不道自、分攜後，渾忘了、入時勻染。總相思深鏁，眉哭愁放，卷簾日近長安遠。畫橋東畔。更千山萬驛，飛蓬亂絮難將管。空餘淚眼，辜負脂㛹黛淺。

思嘉客　題箋（四首）

其一

還向塵天理舊狂。珠啼玉笑費思量。十年漚影心千劫，半篋秋痕字幾行。　花作押，麝生香。莫將庾語當尋常。總嫌百幅烏絲短，難寫柔情寸寸長。

其二

垂絕樓陰百尺絲。彌天無處繫楊枝。卻嫌未了東皇債，特地微風作絮吹。　休薄倖，好禁持。舊游能記罥簾時。明年萬紫千紅裏，更炫春工遣若知。

其三

瞭解冰心別有誰。莫嫌蜂蝶鬧晴暉。年光怕共佳人老，魂夢終隨逐客歸。　頻顧影，獨銜

註一五　雄新案：《片玉集》此詞作「旗亭喚酒」，末二字聲「去上」，叔雍一時失律，須改。可將「深峭」改「敗瓦」，義未失，亦協律。

悲。金堂消息是也非。不須綵筆殷勤問，留待尊前訴別離。

其四

欲翦羅衣寄遠人。沈郎衰鬢不勝春。蘋風微起楊花落，猶恐輕寒點麴塵。　將別恨，托迴文。青鸞容易度吳雲。千山未必天涯遠，記得腰圍便稱身。

高陽臺　秋夜驚涼，行吟枕畔得此解。

急雨收塵，斜河浴霽，窗櫺翦翦涼生。自檢香羅，中宵短夢頻驚。迷離花外尋消息，已池塘、漸透秋聲。更無端，滴碎殘荷，倦掩孤鐙。　十年走馬東華道，總陽春唱遍，沉醉愁醒。繡幕空齋，早教忘卻臺城。今宵難得初紘月，繞繩床、喚起幽情。算歸來，一痕舊影，幾度新晴。

齊天樂　用玉田生韻寄金陵唐圭璋。聞近修《金陵志》，不相見者，十餘年矣。

雁飛乍過江南岸，湖光已隨秋老。鬢怯星梳〔疏〕，廊侵露泫，難記承平吟笑。羈懷未了。早炊熟黃粱，嬾簪花帽。一片幽情，袖巾惟帶舊詩草。　臺城山路窈窕，認楓依廢井，紅牘多少。漫檢殘芸，輕揮綵筆，花月南朝春小。重來更惱。喚客夢無端，亂愁驚曉。惜起蘭荃，醉歸前度好。

踏莎行

曩歲馬足車塵，于役南北。相羊碣石，移棹羊城。初未暇以文字盡述之。朅來困于斗室，每及汗漫之勝，未嘗不繫深思，則拉雜作小令以當臥遊志往。事亦猶跛者之不忘行也。先後凡三十首，彙錄于左。

歷下大明湖有鐵公祠、斗母閣、歷下亭諸勝。湖東南隅細柳叢生處，蓋漁洋秋柳故園也。鐵公祠楹帖「四面荷花三面柳，一城山色半城湖」　先公每愛誦之，余遊湖品茗，祠宇猶親，見及老幹一株，槎枒俯入湖中，殊饒勝致。

樹隙祠荒，菰叢風細。荷花四面疑無際。漁洋一角舊林亭，蕭疏猶著悲秋意。　柳黯柔黃，雲凝淡紫。滿城山色渾如醉。平添皓月半規斜，鵲華依約蓬窗底。

鷓鴣天

秘魔崖爲京師八大處之一，僧房掩映，崖底洞壁刻時流詩極多，摩崖細讀，且見寶竹坡一首、陳弢庵和作一首。

輦路迴環掩石谼。僧寮徑曲似苔封。初晴尙聽枯泉溜，新綠長迎劈面峯。　搜蘚壁，檢詩筒。承平朝士儘從容。來遲怨我應無語，許向山靈學制龍。盧師以術禁龍于此。

朝中措

京師壽安山在碧雲寺後，深遠幽窈，藏群壑間，爲孫退谷故園。頃鄂人周養庵葺治之，且致雙鶴。年時招邀過飲，峯迴別轉，誠疑別有天地，非人間也。

巖花細草掩重山。猨鶴幾時還。更遣微風吹皺，一池春水潺湲。　閒身宜隱，前游似夢，好句都刪。只合禪牀茶竈，安排淡日晴天。

謁金門

京師北郊管家溝大公杏林千畝，嫣紅淡白，盛開爲一時偉觀，林中有小亭，江安傅沅叔榜書「北梅亭」。余自大覺寺策蹇行數里，流連其間，如在吾蘇鄧尉香雪海，始信名亭之勝。

紅十里。一片晚風吹起。驢背吟情今賸幾。粉濃香四遞。　莫道江南春事。怕問燕山亭子。雙燕不來誰解意。故宮眞夢裏。

清平樂

舊去北戴河逭暑，輒登西蓮峯望海，山下到新松萬株，黔陽朱氏所植。風來謖謖懷袖間，令人自視如陶隱居耳。

文波恬靜。到眼無帆影。自策松枝尋蹭蹬。喚取天風俄頃。　遙煙掩映珠鐙。流霞宛轉金屛。驀地笛聲驚起，畫闌知有人凭。

采桑子

曩歲九秋，因事去遼瀋，過山海關，登臨試窮其勝，敗壁殘祠，故釘遺鏃，一一在目。遂循烽堠行關道中。

塹天斷海重山拱，雲外層樓。策蹇來游。渺渺三千故國秋。　苔花蝕盡興亡跡，折戟殘鞲。放眼神州。皀帽遼東一例愁。

更漏子

遼事漸急，縱覽兵備所需，自講武堂出，循東郊往遊東陵，荊榛蹇道，殿宇垂廢，徒有萬松作籟，與軍笳迭和賡響，淒厲不堪入耳。

萬株松，三廡殿。冷落奉宸秋輦。夕照外，絮風前。夢迴青瑣間。　甘井竭。土花碧。金獸水沉香歇。窟社鼠，宅神鴉。一聲起暮笳。

少年游

潼關據山陝河界，面對風陵渡。關作圓形，半建于山坡，雄壯偉麗，余自豫入陝，有所勾當，留潼關者經日，始取道風陵渡轉太原。黃河千頃，蒼煙四合，誠有淘盡風流之感。

雲平秋老，山迴野合，畫閣俛長河。雁字書空，雉垣壓地，極目起煙波。　離離黃盡原頭草，隔峯夕陽多。能幾豪情，不堪羈旅，風雨莫輕過。

浪淘沙[註一六]

由風陵渡過太原，直出雁門北行，抵武川縣觀雲岡造像，遍歷諸窟，小休于趙承綬所營

註一六　威志案：《欽定詞譜》中，〈浪淘沙〉只有單調，未見雙調。此實〈浪淘沙令〉也。雄新案：本調原載《樂府詩集》，出爲絕句歌詩，白居易、劉禹錫之作是也。以詠江水浪沙爲題，皇甫松繼之，末句有「寒沙細細入江流」，亦貼題意。至李後主始因舊調製爲新聲，併成雙片，每片取七言兩句，前後化爲長短參差句

別墅。北地沙石，千載以降，類多風化。山外諸像設乍就毀圮，殿堂之盛，非復當時，水源尤涸，可以揭渡。視酈道元所注桑經，滄桑迥異矣。

水殿繞山堂。勝事難忘。神工紺髻寶旛翔。諸相無生還不滅，換盡星霜。　征路好相羊。淺渡平岡。老僧迓客下胡牀。漸說舊曾忉利住，海印同光。

昭君怨

西行至歸綏，循南門出郭至青塚，小丘翼然，謂是昭君葬所，前有殿，三楹已垂圮矣。平原百里遙望，大青山外，即此小邱。山石蒼黑，亦自稱異。

落落官溝古道。獵獵黃沙黑草。萬里更誰親。漢宮人。　重撫殘碑廢廟。凝想雪膚花貌。月尙一鉤新。似眉顰。

南歌子

距歸綏數十里，謁五當召藏密聖地，有呼圖克圖以法嗣主之。廟藏峯底，車行再轉始見堊樓，別開天地，一切均藏制，沿途鄂博圖騰，炫人心目。寺中集喇嘛千人，主者爲設奶茶，且請得經象而退。

犖确驅羸馬，蕭寥逐餓鷹。乍開青嶂面層城。直是梵王宮殿、矗風鈴。　鄂博留殘劫，圖騰自轉經。丹青壁壞尙崢嶸。管取興亡多事、問胡僧。

減字木蘭花

滄浪亭水木明瑟，即蘇子美見謗南來所營。北宋朝局於以一變者也。後人興修不替，爲吳中名園。又有建名賢祠于園中者。刻五百像壁間，令人深澤古之思。

濯纓容易。水木清華堪避地。金粉吳閶。市隱隨宜勝故鄉。　江山千劫。風氣文章開慶歷〔曆〕。猶祀名賢。好薦蘋蘩一掬泉。

菩薩蠻

嘗遊宜興，泛東西氿入張公善權兩洞，再去蜀山，山足碧蘚庵爲六朝梁山伯祝英台同學處，有碑爲識。余與蔣竹莊、葉遐庵、馮絅偉、高夢旦、沈崑三同遊，流連庵次者半日。

綠陰掩映疑無路。苔花好著香泥護。縱化蝶雙飛。三生事已非。　六朝陳迹在。短碣斜陽外。我亦老蒙城。栩栩不勝情。

南鄉子

南焦招隱寺，昭明太子嘗就讀書。其外爲戴顒斗酒雙柑聽鸝舊處。在山壑中，靜極有致，繞道即鶴林寺殿。七七一夜，開杜鵑處院落猶在。花已盡，吳寄塵、徐鏡仁諸同遊者，發興醵資金各五十，千界寺僧屬爲補植。僧遂約來歲，重遊看花，忽忽迄今二十稔，兩君墓已宿草，余亦不遑再去。冀申息壤之盟於異日耳。

字，遂成變格，而仍用舊題爲調名，依舊四拍作歌，故屬令曲，爲詞體之正格矣。

合匝四山青。蕭寺風光畫不成。斗酒雙柑消勝日，春晴。更聽黃鸝三兩聲。　樹杪出層楹。徑曲鵑花解送迎。欲召癯仙重示幻，春暝。且待明朝與結盟。

後庭花

金陵玄武湖饒具煙柳之勝，其中號五洲者，灑落有致，好春晴夏，士女畢集，賃舫遊湖，往來綠陰間，或拈蓮芡，或倚文簫，壓石依花，酣歌和酒。余五年倦旅，閱盡興亡，不能無感也。

石頭湖水瑩如拭。乍添秋色。樹底闌干猶夢憶。幾時行得。　放舟閒欲問。鬧紅消息。手拈香薏。不分輕羅微雨襲。脈脈江國。註一七

畫堂春

吳江楊千里嘗約遊瑯琊，自滁州賃手車出南門，先過豐樂亭，再至醉翁亭，登山抵瑯琊寺，流連光景，一如六一所記，毫釐不爽。豐樂亭在平野，遊跡罕至，蘇書泐石楹壁，漸虞傾廢，醉翁亭正在釀泉之次，丹棟翠輦，亭閣曲折有致，且設曲水為流觴。寺頗宏麗，登高晴日，可以望見清流關諸勝。

琅玡林壑映清流。釀泉好麴香浮。小亭朱戶足優游。山翁醉肯休。　晴色遙穿徑竹。野雲飛去難留。杖藜隨分涉深幽。蕭寺前頭。

玉樓春

暮春暢遊揚州，由綠楊村循清溪，過小金山廿四橋，直去平山堂觀碑記、試泉水、望山色，

俯仰陳迹，八百年如轉燭，頗似儕身元佑、平揖歐蘇，殊以為快。

東風吹遍隋堤路。滿目繁華飄亂絮。幾回繫得住垂楊，千遍難為吟秀句。　放舟廿四橋邊去。見說平山煙帶雨。不如禪智好山光，許植松楸容幻住。

菩薩蠻

玄眞子隱鶩脰，湖在平望，為江浙接壤之處。余于役吳興，自嘉興遵水道行至平望，且小息，易舟，遂乘薄暝遊湖，蘆深柳密，煙淡天平，恨不能少留，一酬漁歌也。

望中煙水迷離處。春潮拍岸知添雨。簑笠誤平生。恕恕又客程。　玄眞風味好。獨泛瓜皮棹。拍手亂紅蹊。醉聽山鳥啼。

唐多令

湖州出郡郭，泛舟碧浪湖，繞浮玉塔，循苕溪至道場山。夾岸桃花似錦，柳絲悠漾，迨至金蓋道院烹茗，歸來已炊煙四起矣。

雙槳劃清漣。桃花鏡底天。趁東風、吹過鷗邊。更覓盡中山外路，鐘定處、扣玄關。　香乳試新泉。臨春好倚闌。漸斜陽、桑柘閒閒〔閒閒〕。一片綠陰猶有意，留客住、起炊煙。

註一七　威志案：趙尊嶽用雙調四十六字體，見《欽定詞譜考正》，頁一三五。

西江月

薄游虞山，由桃源澗出小石㟢，經維摩、三峯諸寺，以抵劍門。循徑下行至水濱。畦畔覓得東澗老人及柳夫人墓，已垂圮矣。短碑但書東澗老人墓五字。至紅豆山莊則僅存故基而已。

碎石層陰拱壑，疏林漏日涵虛。攀籐拾徑小筇輿。望裏雲深何處。　皺碧涓涓東澗，棲塵隱隱精廬。蘼蕪猶認舊狂奴。蝕盡苔花蘚雨。

江南好

平生至西湖者數十遭，無不繫舟寶石坡，縱覽湖山之勝，漸買瀕水地盈畝在孤山之陰，即西泠印社門右，距放鶴亭數百步，植松二十株，桃花十株，冀治寸椽以避風雨，而此願迄未得償，徒比神樓，自娛心目。

江南好，卜築乞西湖。倚槳山青隨水輭，冰心亭子泛菰蘆。雙影不曾孤。　溪山句，心力近難摹。惜已古人吾不見，襹褷病鶴自軒渠。一笑獨攜壺。

浣溪沙

嘗與藥農兄于歲暮同遊徽州，遵新關山道。午夜駛輕車歸過昱陵關，皖浙分界處，峯迴路轉，寒月逐人，困臥車次，不知抵松木場東方之既白也。

望斷青山劃斷雲。宵深無語縱朱輪。荒雞殘驛送歸程。　關廢敗墉留畫稿，酒酣圓月誤朝暾。吳頭楚尾隔年身。

三台令

富春江畔，東西台峙立相距數十丈。東台傳爲子陵遊釣處，西台則臯羽所就以痛哭者也。水明山秀，合抱圍環，憑江有子陵祠，香火垂爐，大抵釣者多往祀之，土人名其地曰嚴瀨。

嚴瀨。嚴瀨。水赭山溫如畫。已堪百尺垂綸。更著西台岸巾。巾岸。巾岸。幾劫興亡秦漢。註一八

喜遷鶯

紹興之行，足跡遍蘭亭、禹陵諸勝，更泛東湖，青壁百尋，綠波一面，陶氏舊營別墅，依山範水，建置疏落，得畫意。遊人尚眾。余與藥農兄茗坐移時，頗有翛然塵外之想。

蘚壁矗，暖波平。風輭駐帆旌。扶闌花竹小池亭。幽賞足平生。　宜人處，留春住。罨映綠陰飛絮。白雲知我此時情。隨分扣疏櫺。

註一八　關舊注：此係調笑令，又名三台令，與三台令本調不同。雄新按：此屬令曲，宋人甚少塡以歌詞，而多據北宋人慢調塡之，如吳禮之、吳文英所作是也；趙作乃唐五代舊調耳。此引、近一類歌曲，即《謳曲指要》所謂「六拍勻」也。《樂府詩集》載，中唐時有「三台」、「調笑」等六調，世稱中唐六調，本是六言樂府詩，後衍爲長短句之詞。「調笑」，《詞譜》作「古調笑」，《韋江州集》作「調笑」，一名「宮中調笑」，一名「轉應曲」，一名「三台令」。蓋自六言之「三台」衍出，由中唐韋應物、白居易唱和而成立者。威志按，可參關志雄：《張炎詞源謳曲旨要考釋》，收於香港詞曲學會編：《詞曲叢編》第一期（香港：香港詞曲學會，一九六九），頁四～七。

風入松

方巖地極幽勝，連峯蔽樹，望天際如羊角。土人即名之羊角天。迂道更至九峯書院，舊考亭講學處。檻倚清流，簷遮飛瀑，老屋數椽，鎮日在水晶簾下，琤琮不輟。往遊者必拂瀑扣門，別饒佳致。

明珠爲幕雨爲窗。陡谷換朝陽。去天五里尋幽路，殢蒼苔、猶隔浮梁。別有壺中歲月，不知塵外滄桑。　玄經繡網舊書堂。風葉帶芸香。山花如笑提壺語，坐晴嵐、遍霎都忘。靜裏生機欲動，覺來春意初長。

如夢令

仙都峯在萬山間，遊跡所罕至。步虛一峯尤高聳入雲，鄉人謂夜月則聞步虛環珮之聲，余跋涉往遊，遍窮其勝，且至陽明洞。唐李陽冰嘗宰斯邑，猶留篆刻，坐月窗摩挲石壁，面挹遙雲，自謂差得淩雲之思。

瑤瑟步虛聲裏。金井碧天如洗。閬苑溯三生，依約月明風細。迢遞。迢遞。眼底萬山雲氣。

蝶戀花

麗水有南明山，疊石天然，似園林之勝。山建南明寺，由來已古，像飾猶新，老僧頗解玄宗，且正覆印山志。檢以見贈曰「可備詩料也」，其言甚雅切可喜。

一片東風春未老。小徑人稀，石屋藏深窈。花拂禪牀階映草。定中幽趣無聲好。　山似園林紅映沼。意匠丹青，頭白僧能道。午睡醒時披亂稿。劫來好與添詩料。

點絳唇

自麗水泛舟入青田境，先過石門，即遵陸往遊劉氏書堂。洞藏石壁，其門有旗鼓二峯掩翼之，驟覓似不可得也。洞內平地數十畝，後臨青嶂巨瀑，破天下降，淜湃有聲註一九，殊爲壯觀。邑人治酒食，即就書堂痛飲。

瀑沸苔荒，放舟直溯清溪去。草堂深處。更著濃陰護。寂寞巖扉，合與高人住。知何故。河汾房杜。終爲蒼生誤。

桃源憶故人

舟逾青田，即至永嘉。甌江口有小島，建江心寺。高宗南渡時所嘗駐蹕，御題「清暉」二字猶在僧院。又院中有古井水，清而冽曰「回頭泉」。僧人汲水烹茗，曰「凡飲此水者，無不重來」。余遂暢飲，冀應其說。

山僧偶道須重到。狂飲便嫌杯小。生願此間終老。領畧清暉好。海雲拂曙穿林表。掩映蓬瀛仙島。管甚晚潮多少。任說歸帆杳。

好事近

于役武昌，登黃鶴樓。卓立江介，非躬自登覽，不足知崔作之精切也。先公宦鄂有年，建樹多出手澤，父老見者猶深甘棠之思。

註一九　雄新按：「淜湃」，「淜」字疑爲誤寫。一作「澎湃」，歐陽修〈秋聲賦〉作「砰湃」，象聲詞也。

傑閣出晴空，芳草晴川歷歷。回首千帆萬瓦，盡甘棠遺跡。　新吟誰敢賦淩虛，料理舊詞筆。爲想沖天鶴去，趁瑤笙雲隙。

關志雄新撰附記

趙叔雍先生所著《藍橋集》，蓋寫於一九四五至四八年間獄中之一部詞作。積稿八十四闋，盡屬憶舊之什，尤多平生故舊交遊探勝往事，可見其見識之廣，與記憶之深，及懷舊之情矣。

關志雄新撰〈藍橋詞集名寓意鈎玄〉

一、宋人詞作，凡寫男女會遇，不借晉人劉、阮蓬山舊典以託意，即借裴航藍田之故事以爲喻，皆識者所盡知也。

二、叔雍先生之用藍橋爲集名者，寄託尤深。蓋以藍橋既射其受羈之所，復將提籃二字轉借爲藍橋，此其一也；次以藍橋之遇雲翹夫人，再以雲翹夫人之約請、得見雲英，以託先生之識汪陳諸人，意益曲折，此其二也；先生不以身繫縲絏、名沾污辱、事涉枉屈，爲可恥可恨，反而以詞自見，且示故舊之不可忘，又何其忠厚與豁達耶？此其三也。

關志雄附識。

南雲詞上*

珍重閣詞第六

武進　趙尊嶽　叔雍

序

（戊子除夕（一九四九年一月二十八日），襆被言歸。來春去之南海。）己丑春（一九四九）重來南海，不逾嶺表者，蓋二十年矣。初意遨翔巖壑、沉浮江海，樂遊既償，當圖北返，漸以病阻，又獲棲食於此間，雖無一椽之庇，而花闌詰曲，尚獲寧處，遂永安土之患。流光不居，迅且十載，亦不自知其更至何時也。家室遠隔，塊然獨存，始相羊于林穀。既而嚶鳴唱遞，閒復跌蕩琴尊，重理舊彈，遂振詞事。輒自況于樂笑翁之鄞縣賣卜，亦甚矣其無聊矣。年垂六十，鬢絲日雪，歌笑之樂，差不少減，治生之事，百不一問。狂奴積習，猶復故吾。此則詞心所蘊發，有排策艱屯之力，得全於詞，不敢必謂其得全於天也。屋脊當山，簷牙蔭樹，月明如晝，風細

＊威志按：何以言「南雲詞上」，而我得到的資料卻沒有一處寫到「南雲詞下」？

疑煙，夜歸試詠，清景敻然。積歲以還，裒然成帙，復刪第之爲珍重閣詞第六卷，留貽友生，期博一粲。知我者或笑謂文字障之餘業耶。趙尊嶽。

思嘉客

玉漏初長靜不囂。憑闌誰道碧城遙。霓虹鐙壓胡旋舞，罨翠雲開子夜潮。　巢翡翠，倚蘭苕。影娥攜手最嬌嬈。他生莫負今朝諾，碧海前頭誓斗杓。

踏莎行

裁筠箋贈客

筠碧分行，脂紅浣露。裁成箋紙更番數。悔教惜起隔年心，覺來依舊無尋處。　寶鑑初臨，麝熏微度。凝妝想見閒風度。許從玉板訴平生，十三行字拚孤注。

思嘉客

海靜舟平似碧溪。巖高結屋竚丹梯。夜深燭燄搖紅影，嚼蘂吹花洒上衣。　虛月約，竚星期。房虛列宿是耶非。琴心應解冰絃語，喚取春魂不肯歸。

浣溪沙　有述疇日歌酒之歡者，小令追記其事。

曾寫羊欣白練裙。藏鉤促席幾平生。畫堂尊酒日斜曛。　息息霽塵隨逝水，迢迢粉匣誤行雲。十年前事忍伶俜。

思嘉客　意有未盡，再作此解。

烏桕霜前幾度紅。聽風聽雨聽疏鐘。五雲押負千金諾，贉取弓衣子細縫。　輕闊別，莫相逢。宮溝怨葉也難通。蠹塵蝕盡相思字，拚取和愁付夢中。

尾犯　辛卯中秋（一九五一年九月十五日）吳叔同約泛海，時方戒酒，無以遣愁也，用夢窗韻賦之。註二〇

歲月換西風，蠻舸倚闌，歸思初急。偏奈清輝，喚愁人來得。金鏡朗、雲衣漸褪，畫屏遙、山眉乍拭。岸巾長嘯，只恁那回，歡事去無迹。　廣寒宮闕好，素水漾、桂蘂凝碧。糝玉篩香，盼重來猶識。尚了了、瑤尊滋味，怎不耐、柔腸寸窄。乍濺蓬雨，濯盡浪花誰相惜。

註二〇　《番禺林碧城先生藏故舊翰墨選輯》所收趙氏手稿詞序與此略有出入，曰「客約中秋泛海，時方戒飲，無以止愁，用夢窗韻賦之。吟次歸途，適又遇雨」，頁二三九。

新燕過妝樓

後一日史詠賡、何靈琰循粵俗為追月之會（一九五一年九月十六日，週日），雨不果行，乃召客夜遊雲華，寅初始散，仍和夢窗韻。

玉宇初寒。延秋好、清游得似今年。畫船昨夜，篙外水抱山環。細雨花隄簫鼓動，海蟾藻鏡綵雲間。縱清歡。藥香弄碧，碎夢輕干。　明朝重尋佳約，恁黛痕零落，淚隱娟娟。強懷遣醉，攜手錦瑟南天。潘郎鬢絲愁短，更堪對蓮蘋擁素鬟。夜深去，竚露寒波闊，倦羽驂鸞。

浣溪沙（二首）

其一 註二一

淺草平波帶遠山。花光帆影上雕闌。不須塵外已嫏嬛。　生怕夕陽隨水逝，幾時魂夢伴君還。瀹茶滋味尚當年。

其二

獨聽樓前箭漏深。強將白髮試花簪。海山高處一侵循。　柳絮春歸知更遠，羅衣寒上漸難禁。中天明月百年心。

六醜

美成擅音律，合六調爲六醜，陳少章注引晉志：漢儀親蠶雲母安車駕六醜馬事，失之固矣。細衡調體，急拍中有舒徐寬緩之音，且用入聲字結韻。初不害其悠揚之致，蓋用律之至工者，宋詞中亦不多覯。垂世久遠，賞音罕逢，方、楊和作，未盡其流美。夢窗句讀微異，用以就律，知其難已。嘗按凡用入聲字處，無一不音響飛越，蓋律眼所寄在此，固一字不能輕易者。茲試以屯田筆法和之，治周柳於一鑪，當爲前賢所竊笑耳。作成以示麥、何兩生。

曳斜陽細柳，肯一嚮、幽悰抛擲。共誰欵秋，乘風張綵翼。莫問陳迹。自往尋幽賞，鈿盟釵約，伴小憐南國。吳姬粉面脂初澤。寶扇瑤尊，香車繡陌。窺妝杜秋猶昔。況香芸綷蝎，漸映紗隔。　休嫌孤寂。待晴開朗碧。管取鴛鴦侶，蘭麝息。蛾眉似笑羈客。恁惺忪細雨，不知情極。豐肌𡿺、乍寬雲幘。消玉暖、劇與連枝泥醉，翠攲鬟側。星期竚、別浦銀汐。祇明朝、好記殷勤意，重來許得。

思嘉客

清夜歸來自扣鐶。孤鐙斗室漏聲閒。支簾不礙簷牙樹，傍枕慵看屋脊山。　歡漸杳，夢初

註二　《番禺林碧城先生藏故舊翰墨選輯》所收趙氏手稿詞牌下題云「青山飯店」。

還。一痕新月鬪弓彎。疏星落落如梳鬢，照我鋒車老尚慳。

高陽臺

午夢初濃，擲筆衾畔，柔藍染巾，斑斑點染，醒來就繪蘭葉樹莖。生平不工繪事，圖成自賞，頗矜其清趣。什襲藏之，賦此為他日珍重閣掌故。

麝屑棲塵，碧痕界玉，風前乍裊香羅。斫地王郎，擊壺更不成歌。夢回早擲生花筆，只柔藍、賸寫橫波。寄相思、一片騷心，著墨無多。　國香重為春工染，且從容綴葉，宛轉勻莎。荃察非遙，余懷冉冉如何。天生幽谷難輕棄，況凝妝、懷袖摩挲。祇堪憐、爾許葳蕤，費盡青螺。

木蘭花慢

家書述持螯之樂賦答。

罷清尊玉笛，纔一嚮，已三年。況香溢金螯，秋浮玉露，人敞華延。團圞。重樓鐙火，竚歸程兒女隔山川。夢外天涯冷暖，別來客裏悲歡。　蠻箋。細字報平安。聞道強開顏。羨白墮微溫，黃花獨秀，烏桕初殷。便娟。一眉新月，早窺人隱約彩雲間。惜起平生笑語，那回同凭闌干。

八聲甘州

海碧霞江梅姐妹嘗錄珍重閣酒事。以避人來藏複壁，旋聞遺嫁。一別十年，相晤海隅，具道往事，正似玉田生之值車秀卿、沈梅嬌也。張宴欵之。

記畫堂鐙火十年前。秀髮恰垂肩。已綠腰翠袖，輕擫鐵笛，細和鵾絃。桃葉桃根明媚，別母渡江船。複壁藏春好，夜雨更闌。　重見翻疑夢裏，恁釵零擘鏡，雁隻驚弦。數浮家泛宅，我亦誤金蟬。擬分付、春華秋實，總斜陽、繭足賺空山。滄桑事，莫憑問訊，且敞瓊筵。

高陽臺　有以日記冊贈人錄別者，屬余賦詞題之。

箋遞朱絲，飃輝玉燭，怱怱莫誤年華。小簡宜春，元正頌啓椒花。栽桃醉竹非閒事，敢輕忘、清課山家。只綢繆、難寫離悰，淡墨攲斜。　明朝俊約誰賓主，且重翻寶笈，緩進流霞。側羽清商，脂痕夢影參差。從今寒暖休無準，好安排、歸驛天涯。不須憑、蟢子輕飛，蠟穗雙花。

思嘉客　行散口號。

鐙火闌珊夢已非。尋他夢裏亦多時。嫦娥原是無情物，肯向東風取次飛。　花欸欸，語依依。平安兩字慰臨岐。不須淚眼看金勒，獨自尋春踏月歸。

玉樓春

十年不忘城東路。鐙火闌干離合處。夜深深巷悄無人，皓月當樓推繡戶。　樓頭怕有花枝妒。雲鬢從容通一顧。今宵底事恰遲來，明朝酡顏羞自覷。

燭影搖紅

己丑（一九四九）春仲，初來此間，適紅棉盛開，中人欲醉，瞬逾三載，又見怒葩，無計留春，難爲遺夢，賦示海客。

機錦文霞，殿春知是誰家樹。綷旛重疊壓疏櫺，掩映來時路。喚起江潭舊緒。當〔尙〕天涯[註二二]、金絲漫舞。怎消殘醉，眼纈涵晴，簾朱濺絮。　便信紅襟，賦歸好著吟邊語。莫嫌王謝已無家，海國猶胥宇。更乞離離見許。共訶林、羈棲俊侶。翠陰華月，玉勒瑤尊，勝游休誤。

祝英台近

南方草木，晚春以杜鵑爲尤盛，花時炫爛山谷，霞蔚雲蒸，不減江南映山紅也。每往玩賞，輒憶西湖花事。不能自已，惜旬日便已零落，使人惘然耳。

繞珍叢，循翠徑，飛絮墮無影。一片斜陽，著意弄妝靚。儘他喚起殘春，華鬘千劫，更誰惜、杜鵑紅贈。　者光景。舊游零落西湖，雲屏倦山枕。辜負吟邊，好語遞芳訊。莫憑花解人愁，愁人來歲，怕重到、鶴林難認。

角招

大晟舊譜原少角、徵二聲，謂非流美。白石翁始自度足成之。抑揚可歌，且合管色。律學精微，于此可見。揭滯南海，百卉怒放，獨不見楊柳，每使羈旅惆悵有懷，因循聲賦之。自謂八百年上下有同響也。

漸消瘦。怱怱一抹斜陽，黯盡金柳。暖雲迷遠岫。乍引細風，初舞垂手。分攜恁久。早涼罨、蒼雲十畝。倦聽商絲疊句，算誰惜起腰肢，賸新詩千首。　惟有。淚痕掩袖。分釵欸夢，消那時韶秀。語嬌鶯似溜。密約輕期，闌干嫿候。風流異舊。許再濯、赭顏催酒。一曲孤鸞漫奏。更堪問，少年心、秋深後。

水龍吟

春光垂盡，房櫳闃然，輒憶花時俊約。

故園綠暗紅稀，問誰與送韶光去。朱藤一桁，黃鶯千囀，金絲萬縷。曲水斜曛，暗塵南陌，傳杯俊侶。共簾櫳跳地，芳菲竚盡，輕陰外，黃梅雨。　檢點春衫白紵。乍難忘、舊時眉嫵。

註二二　威志按：原稿作「當」，關志雄先生改作「尙」。雄新按云「《燭影搖紅》有雙片慢詞，亦有單片小令，夢窗共有七首，皆屬慢詞者；玉田有二首，一爲慢詞，一爲令詞。凡第三拍第二句必爲領字，多用去聲，偶作上聲者，然必不可作平。如夢窗第一首，前片『背東風、偷閒逗萍』，後片『鳳雲深、瓊簫縹緲』；第二首，前片『更明朝、棋消永晝』，後片『笑流鶯、啼春漫瘦』；第三首，前片『暗凄涼、東風舊事』，後片『正西窗、鐙花報喜』；第四首，前片『綵旗翻，宜男舞遍』，後片『素娥愁、天深信遠』；第五首，前片『映蘿圖、星暉海潤』，後片『賀朝霖、催班正殿』；第六首，前片『駕飛虬、羅浮路遠』，後片『又晴霞、鷺飛暮管』；第七首，前片『認城陰、春耕舊處』，後片『試梧桐、聊分宴俎』。玉田兩首，均以去聲領，不另多贅」。

依依霧鬟，迢迢翠管，愔愔繡壓。瘴嶺參差，危樓徙倚，不成覊旅。衹重雲極目，新聲側帽，向紅襟訴。

浣溪沙　林瑞祺醉中吟草題詞

歌哭人間萬事哀。餘生只合付尊罍。月明庭院一徘徊。　側羽新聲閒倚笛，平戎遺策舊銜枚。羅浮夢好托吟梅。

南浦

吳中吳湖帆畫師，生有雅尚，所收吉金書畫，冠絕時流，尤愛其董美人墓誌、梅花喜神譜，均爲題詞。居滬二十年，過從極密，又愛集詞和韻，先後數百首，每持至寒齋校定之。興到或奮筆揮灑，所作松竹諸幀，多什襲藏弆。匆匆一別，十有餘稔，友好有道及者，詞以寫懷。

深院舊飄鐙，罨丁簾、檢點吳絲湘楮。縫月自裁雲，安排就、一夕春詞如許。苕華縞紵，汴隄煙水雲凝竚。十萬金鈴眞護惜，醉擁喜神新譜。　花前玉勒來遲，數殷勤、最憶揮毫片羽。殘墨染松筠，清課罷、呼嘯一天風雨。龍鱗漫撫。問天涯幾時歸去。千里相思千載別，誰會素心今古。

渡江雲

二十年前，客走百越，適荔支咸實，約客同載紫洞艇，迴翔珠江，即小艇治酒肴，縱啖艇仔粥。就暝賦歸。往往絃索四起，鄰舟和歌咿啞，衣紈珠蘭髮，承膏澤，芬馨四溢，不知人之在蜑市蠻鄉也。滄桑屢易，重到炎州，僦居九龍。夏夜亦偶集二三子泛海，其勝處曰避風塘。舴艋千百，漁火兩三，迴非昔比，不禁動盛衰之感，歸賦一解。用玉田生次趙元父韻。

晚風初過處，沉熏散麝，晴水一篙斜。亂雲遮曲港，綵勝花籌，掩映茜窗紗。晶丸紫洞註一三，憑管取、山水清嘉。猶更著、鱅柔人邇，鰕菜好生涯。　堪嗟。廿年塵跡，溆古苔荒，縱藍紅無價。也只伴、夕陽簫鼓，喬木神鴉。石塘迆邐縈潮尾，更弄潮、何處人家。三兩點，低迷漁火鐙花。

一萼紅

曩居京師，逆旅即在東長安街。花時日賞馬櫻之盛，室中大斂鏡，涵暉射日，簾屏乍拂，始信飛卿「花面交相映」之句爲非虛。傍暝又輕車赴社稷壇註一四，無間晴雨，坐茗爲樂。羈旅南天，馬櫻猶繽紛，而城郭已非，心情老去，見于詞翰矣。

舊春明。認吟邊柳外，天氣半陰晴。馥[illegible]簷低，雲裁錦炫，春滿雙鳳層城。畫簾卷晶屏熠熠，勝妙手、生意動吳綾。劇賞新開，乍驚初謝，消領蓬瀛。　不分蠻陬海角，也榕煙瘴月，掩映朱櫻。輕別重逢，迴眸似問，羈旅何事消凝。更堪憶、銅駝紫陌，駐霜蹄、坐雨客初醒。臢

註一三　雄新按：晶丸，即粵人所謂魚蛋（魚丸）。

註一四　雄新按：社稷壇即天壇。

得千回綺緒，分付疏櫺。

綺羅香 註二五

蕙風師始賦博塞詞〈竹馬子〉，意匠刻劃，盛稱于時，刻入《菊夢詞》。迨手訂蕙風詞定本時，以爲非體又復刪乙。鯁生南遊，閒事樗蒲，用梅溪體，繼聲爲之。註二六

象貝鏤瓊，猩紅濯字，誰信盈虛數遍。勝日愁中，何止牧奴消遣註二七。燒絳蠟、緩度芳尊，掩明鏡、乍驚嬌面。付紅桑、孤注雙梟，幾回一擲萬千貫。　東皇曾伴玉女，天笑親聞管領，江山無限。爛盡柯枰，塵外劫移星換。輕賭墅、猶習風流，坐失侯、劇憐狂狷。且良衣、重拾更籌，鬬花爭勝算。

踏莎行 註二八

疇日瓣香飲水，感接光塵，嘗就蕙風師，迻臨所藏禹鴻臚寫照天香滿院圖，張之壁間，以當晤對，頃藥農兄于京師購得手札徵題，距前事三十年矣。繕寄博兄一笑。

鸞鳳光儀，漪蘭家世。天香滿院標清致。百年文物溯紅桑，千秋詞客昭青史。　風義揚葩，札涉吳漢槎事。荃蓀盈紙。塵棲粉黦誰珍視。多君錦篋襲奇珍，古歡特健長安市。

清平樂

壬辰（一九五二）小除夕，賦紙帳梅花。

玉奴無恙。猶許尋幽賞。爲問清歡能似曩。私語愔愔一樣。　東風寂歷人天。南枝容易關

山。廿載鐙昏帳底，一春心上眉間。

燭影搖紅　壬辰（一九五二）除夕，行吟花市，南國感事，悵然有懷。

夢斷斜街，火龍十萬金鈴樹。曾教繫得幾多春，芳訊終難駐。不分天涯歲暮。尚行吟、珠圍翠聚。落紅成陣，寶蓋如雲，穠芬郁霧。　銀燭光中，鬢霜早點愁〔絲〕註二九千縷。從今多更一痕愁，心事誰堪絮。怕看桃符朱戶。送流光、隔年簫鼓。柏葉初斟〔柏斟初泛〕註三〇，爆竹頻添，慢詞慵譜。

註二五　威志案：尊嶽刪稿。

註二六　況周頤〈竹馬子・古博塞字皆从竹，其具蓋以竹爲之。今人局戲，文言之曰看竹。蕙風始作詞，賦其事〉「憑花掩、重門冠鼔四座，早燈遲酒。拚牧豬誚我，盤龍乞汝，年時身手。費煞刻骨沉思，勾心競巧，勝緣非偶。已彼悄誰知，惹旁觀惆悵，無言紅袖。　脆響紛如雨，投瓊筮席，暫停還又。揮金盡值論斗，贏得逢場消受。一局未了閒愁，此君應念，佳約長僝僽。流光漫惜，世事擕蒲鬥」，秦瑋鴻校注：《況周頤詞集校注》（上海：上海古籍出版社，二〇一二），頁三六三～三六四。

註二七　雄新按：牧奴，指趕豬隻之人，好賭。

註二八　威志案：尊嶽刪稿。

註二九　《番禺林碧城先生藏故舊翰墨選輯》所收趙氏手稿作「絲」，頁二三八。

註三〇　《番禺林碧城先生藏故舊翰墨選輯》所收趙氏手稿作「柏斟初泛」，頁二三八。

金縷曲

藥農兄近又得梁汾手書詞箋，凡金縷五曲，均其傳作，率見集中，且索題和順康詞人。余夙愛《彈指》，舊游梁溪，且尋訪其遺址，因爲信手和四首以應雅命，且一洗本來面目，試爲效顰，不知並世聲家以爲何如。

白髮盈顛矣。尚東華、文窗網戶，一番生意。檢點吳綃嫏嬛好，積習多生容已。莫道是、相思異地。繭紙蠅頭朱絲格，付青鸞黃耳終能寄。翁矍鑠，夜深起。　二泉風雨猶盈耳。溯前回、扁舟夜泊，訪鄰尋里。一夢十年堪屈指，不識人間何世。負了了、狂名物議。才子清華英雄氣，況千秋風義眞堪記。傳手澤，更餘幾。

前調

和彈指壽藥農兄七十。

海國棲遲久。忘年時、躭懷翰墨，石師松友。白髮朱顏鳩頭杖，獨念臞仙清瘦。早消盡、平生僝僽。素蘭紋窗天南北，問平安昆季相思否。心腹事，待君剖。　氍毹玩世同生丑。且由他、醉橫冠劍，臥生肘柳。一夢南柯無量劫，歷遍紅桑能守。把酒但祝兄遐壽。四壁圖書琳瑯好，著千金方藥應傳後。餘事更，詩千首。

前調

乍憶三十年前客杭州龍翔里去非草堂。晨興遊湖，夜吟讀畫。影塵歷歷，猶在心目，即依《彈指》「季子平安否」一首和寄藥農兄。

尙記相逢否。拍闌干、碧波春漲，朗吟千首。湖水湖風無拘管，搖漾綠繁紅幼註三一。更滿酌、梧軒卮酒。萬卷丹青供吟賞，逞餘酣縫月裁雲手。屈指數，卅年久。　紗窗乍見晨曦透。恁邯鄲、一炊夢裏，使君入㲉。覆鹿蕉陰尋常事，歷歷興亡何有。儘瘴雨、蠻煙生受。看遍海山今猶昔，笑井蛙狂顧蒼生救。恨滿臆，淚盈袖。

前調註三二　和《彈指》「悼亡舊雨西風卷」一首。

鐙夜看詞卷。想當年、長歌當哭，最難消遣。忉利情天留不住，熱淚盈盈自泫。枉費盡、吳綾越繭。畫出樓臺楊柳岸，畫難成眉樣宮妝淺。愁一寸，向誰展。　功名休更矜通顯。總才人、枉抛心力，衾寒枕扁。但乞芳魂長入夢，又恨曉窗雞犬。信緣分、來生不免。留待海枯兼石爛，再同心蓮座參梵典。斜月黯，緒風翦。

綺羅香　癸巳（一九五三）元宵。

閣晚星沉，鐙疏鏡淺，心字嫞燒還炷。今夜闌干，天上素娥應妒。拈荳蔻、好證三生，指瀠

註三一　雄新按：幼押否字韻，形容水中漣漪微暈也。
註三二　威志案：尊嶽刪稿。

鵜、莫差前度。更清暉、何事巡簷，弄花吹蘂笑相顧。　融融私語自省，爲問雙清舊約，誰慳心素。片雯紅樓，直抵十年離苦。掩繡幕、重褪宮砂，疊絳脣、細吟金縷。任簫鼓、清夜催更，鳳儔休再誤。

清平樂　賦萍[註三三]（九首）

其一

楊花入水。省是相思淚。輕薄東風眞不悔。片雯飛紅墜翠。　儂家西子湖邊。酬春簫鼓樓船。消盡蘋風露雨，只慳明月長圓。

其二

澧蘭沅芷。莫問人間世。畫裏珍叢前度事。難遣天涯情思。　遲遲燕語鶯梭。迢迢翠壁丹阿。惜取長條似錦，生憎春水如羅。

其三

遙岑寸碧。天地呈秋色。鏡面澄溪清更澈。難覓箇儂蹤跡。　無端墜絮飄茵。無情逐水行雲。喚起一春殘夢，沾巾誰問三生。

其四

章臺走馬。信是春無價。綠遍江南闌半亞。團雪吹香乍乍。　飛花拂荇開雲。小魚唼浪成紋。忍我傷心冷眼，無言隨分流塵。

其五

題紅錦字。流出宮牆底。便有多情人拾翠。一嚮良緣好締。　籠煙掩映巒暉。乘風飄泊江湄。底事一川歸棹，月明不載同歸。

其六

垂楊繫馬。難繫流光也。架上荼蘼花半謝。牘著亂絲盈把。　輕寒蒻蒻蘭房。初晴翼翼文鴦。誤汝一春辛苦，熏風盼到池塘。

註三三　《番禺林碧城先生藏故舊翰墨選輯》所收趙氏手稿題作「賦萍有贈」，頁一三八。

其七

芳蕁紫芡。明鏡分嬌面。秋實春華羞共薦。只比優曇一現。　春歸飛絮無家。秋深素水無涯。贏得濂溪愛惜，娉婷妒煞蓮花。

其八

雲階月地。夢外疑無際。江水沉沉風細細。更許托根何地。　拗蓮作寸絲繫。成塵搗麝香溫。爲問游蹤明日，空華過盡無痕。

其九

瑤枝水莽。幻出諸天相。過影不留容偶儻。還我如如眞想。　留春誰共酬巵。瘞花終誤沾泥。見愛成魔休問，無生悟徹多時。

慶宮春

癸巳除夕，有以水仙見惠者。南來作客，久疏清事，重親香色，喜以中仙原韻賦之。

鐙火崇樓，笙歌別院，鬧蛾舞柳如雪。衰鬢星疏，重簾人悄，瘦腰相對一捻。故園迢遞，早拚盡、長離慣別。今宵誰道，來歲重逢，玉窗春徹。　翠簪素臉盈盈，文石流泉，自徵清絕。

猶染鉛黃，不輸綠萼，恰趁蠟花紅結。玉盆清濯，更一翦、山礬初折。幽棲勝事，得似殷勤，那回明月。

三姝媚

甲午（一九五四）午日，獨飲馬櫻花下作

枝頭丹荔熟。竚熏風年年，霧濃催雨。惜起芳辰，又艾旗蒲劍，異鄉重午。徙倚尊前，消極目、殘陽一縷。萬里簾櫳，三徑林泉，夢回何處。　窗外啼鶯如訴。罨葉密巢深，倘工秀句。細比么絃，怕依稀猶應，舊時簫鼓。見說朱櫻，當倦客、天涯休舞。漫洗蠻脂，靜倚炎州院宇。

瑞鶴仙

月色微茫中，泛舸避風塘。水嫞人倦，復異舊時景物矣。

蕊殘鐙弄影。照隔岸晴波，輕衫斜整。橫塘一泓靜。正商絲、無語倦鴉棲暝。蓮沉漏永。遣〔送〕醉客[註三四]、迷離夢穩。數蘭舟梳洗都閒，生怕鱅柔催醒。　消領煙花移櫂，海國流塵，冶游輕俊。芳心自省。雲水約，早無準。縱疏星、闌外素娥蓬底，難拾珠江斷訊。素馨斜、浣盡東風，舊情莫問。

註三四　《番禺林碧城先生藏故舊翰墨選輯》所收趙氏手稿作「送醉客」，頁一三八。

水龍吟

合歡一名金鳳。南人謂爲影花，實即馬櫻之屬。幹枝盤匝，葉茂陰濃，初夏盛開，烈如荼火，似置身長安街頭。頓觸舊懷，不能自已。白石昔以鬧紅喻荷花，不如移以稱此，尤切當也。註三五

鬧紅冶醉烘晴，合歡豔比珊瑚好。穠姿爛漫，交柯僂儴，未嫌春老。錦繖斜舒，舞鸞輕縱，洞天深窈。儘重帘疊幛，[redacted]註三六，遮不住，傾城貌。　回首池亭舊到。乍炎州、夕陽芳草。雕闌宛繫，花旛綽約，金鈴纖小。駐鶴雲低，控笙山遠，夢猶壺嶠。賸愁人畫裏，單衾徙倚，駐〔盼〕魚書杳。註三七

拜星月慢

曩客京師，夜深輒就老供奉王瑤卿劇談。前輩嘉榮，精研藝事，兼擅丹青，尤能詳道梨園佚事。茲聞隱化，固不勝惜逝之懷。詞以悼之。

白髮何郎，朱顏車子，漠漠叢蘭浥露。斷巷殘春，記年時歌舞。漢宮柳，不信、游驄玉轡曾繫，驀地輕颸風絮。夢闊雲低，黯瑤臺絃柱。　畫廊深、翦燭憑誰語。沉馢裊、轉軸無人譜。檢點錦字紅牙，並丹青何許。縱成連、海上迴鸞馭。滄桑換、誤曲難重顧。更莫道、亂後嘉榮，殿宣南菊部。

永遇樂

九龍濱海石窟，傳爲祥興駐蹕避風雨處，後人建祠三楹，且榜書巖石上，紀其勝迹。二十年前，嘗往瞻視，比則平山剷窟，已夷之爲廛市。萬家鐙火中，並遺址亦杳不可獲，過者爲之低迴而已。註三八

浪浣苔青，雲迷春古，游屐曾到。廢壑潛移，荒祠甚處，碧火君蒿渺。年時忍憶，行朝步輦，風雨五更催曉。繫興亡、中原一髮，付他歷劫憑弔。　紅桑滌盡，千尋滄溟，回首炊煙四繞。薦菊寒泉，省牲蒼壁，哀郢餘孤抱。浚儀遺胄，黍離流澤，儘識忠鷳廟貌。應猶念、燕山道遠，杳殘夢杳。崖門宋王祠，並塑白鷳像。

水龍吟

甲午九日

望中翠巘丹崖，遽憐不是登臨地。黃花避世，清尊慳醉，白衣未至。戲馬無臺，囊萸消淚，人

註三五　《番禺林碧城先生藏故舊翰墨選輯》所收趙氏詞序與此略有出入，「合歡一名金鳳。南人謂爲腠花，實即馬腠之屬。幹枝盤匝，葉茂陰濃，初夏盛開，燦如荼火，似置身京師長安街頭。棖觸不能自已。昔白石以鬧紅喻荷花，頗謂不如移以喻此之爲切當也」，頁二三九。

註三六　闕舊注：此處缺漏四字。

註三七　《番禺林碧城先生藏故舊翰墨選輯》所收趙氏手稿作「盼」，頁二三九。

註三八　闕舊注：此詠宋王臺遺址也。

間何事。儘寥寥過雁，吳天只赤〔咫尺〕註三九，也難致，相思字。　且待和衣試睡，又笙歌、隔窗驚起。零宮斷羽，吹花嚼蘂，迴腸盪氣。老我蠻陬，負他湘管，雅音孀纚。只離愁輕付，蛩吟霜降，憶年時事。

思嘉客　別張叔儔十年，相見問健飯否

澒洞南天笑左徒。五年制草未模糊。新來王粲登樓否，老去廉頗健飯無。　檻曲外，漏晴初。小詞莫更訴狂奴。餘生種樹平戎策，盡付詞林一卷書。

百字令　（雙照樓祭日和叔儔）友人祭日作

霜天夢好，抵愁腸寸寸，人間朝暮。蕉鹿功名何足算，負我十年生聚。晝錦堂前，騶虞旛底，輕勒龍媒住。蘧然驚起，壯懷消盡塵土。　不分茗酪香凝，花箋句秀，獲共煙霞侶。彈指白雲蒼海闊，弓劍天涯何許。強對黃花，已慚青鬢，莫作淒涼語。歲寒珍重，一卮相屬勞苦。

思嘉客

濁酒初涼不更溫。篆香垂燼尚消魂。樓深跋燭爭殘月，窗小群山亂曉暾。　揚子院，翟公門。莫陳往事已聲呑。紅蕉黃菊宜人處，低首天涯怨亦恩。

永遇樂　叔儔用稼軒韻娓娓述金陵舊事和答

倦柳闌干，叢櫻洲曲，雲水深處。認取臙脂，蕭條異代，斷送江山去。穠春綽約，珍叢畹晚，一片亂雲遮住。唱新詞、瓊枝未了，苑深乍值擒虎。　千秋藻翰，經年萍踪，曾此蒼茫四顧。劫替紅桑，孑遺蒼海，還記長干路。渡頭雙槳，夢尋依舊，夜夜垂鐙疊鼓。堪重向、桃根細問，此情會否。

前調　再用稼軒韻

莫莫休休，彌天風雨，終斷腸處。把臂相看，十年約略，影事和煙去。深廊坐茗，垂楊隔水，巢燕欲飛還住。縱須臾、長隄霽月，繡鞍一騎龍虎。　欃槍斗躍，荊駝塵迷，誰信城傾一顧。萬戶吞聲，四山無語，猶認千門路。玉梅如雪，暗香疏影，更憶神絃賽鼓。憑君問、荒亭野史，頗能道否。

註三九　雄新批：原稿同音通假。

御街行　叔儔以新詞來，原題原韻答之

驪宮一夕消沉水。算猶裊、餘香媚。槐安驚醒幾紅桑，拚聽鈞天難醉。珠娘南海，銅仙北闕，歷歷心先悴。　玉臺粉翰掄才第。信軒冕、長門裏。瓊枝尚付畫圖看，莫問揚塵何世。雲鬟輕掠，黛痕徐斂，惜起天涯淚。

滿江紅　叔儔賦詞遙念故居，余有同感和作，題高梧拙卷。

萘曲深深，待留取、畫中只尺。猶記得、拈毫揮麈，微吟擁膝。一石好為長夜飲，三千數欵無家客。侍班行、鄭女和秦謳，清商瑟。　夢乍醒，難將息。腸萬轉，眞如棘。忍十年輕擲，疏狂蹤跡。斗室清風安枕簟，孤蓬瘴海隨潮汐。儘無端、褪盡舊蠻箋，臙脂色。

前調　叔儔重念園柯，復有新作，持以相示。余家青梧白栝，冠絕海上。五十年來，喬枝參天，摩挲其下，曾不少閒。自浮海南來，消息隔絕，初不知蔭樾之盛，猶否舊觀？連類有懷，依韻和答。

聲叟前頭，曾自道、行能無似。即今日、投荒萬里，斯言驗矣。高致扶疏樓閣外，清標灑落風塵裏。五十年、旦夕此盤桓，情何已。　龍門峻，天堪蔽。蒼海闊，書難寄。愛吾廬一角，每形寤寐。梁棟終當資世用，散樗方免求全毀。又何須、鑿底怨風雷，泫然涕。

水龍吟　甲午除夕，叔儔和蔣水雲韻索同作。

歲華輕去無蹤，今宵莫放閒中過。風輪片霎，隙駒千劫，斂波知我。爾許韶光，些須葭管，添絲無那。縱枯禪定海，神荼驚起，衹隨分，篝香坐。　回首滄溟一舸，數征程、幾更新火。家山望裏，嘯歌垂歇，樓臺深鎖。疊鼓催開，烘春破暝，吾衰猶可。且循簷聽鏡，浮椒引斝，竚鐙花墮。

高陽臺　劉伯端索和送春詞

蜃吻樓臺，蠡邊絲管，蠻陬霧斂晨昏。漸報花開，綠陰猶杜衡門。吳宮越殿三生夢，恰今朝、片霎疑眞。最無端、杜宇聲聲，喚徹歸人。　柔春不分東風緊，負蘭因水盼，幾許殷勤。葉底梢頭，紅綿暖更誰親。憑闌莫再歌離些，儘韶光、送盡繽紛。付餘情、杯玉流霞，箋碧棲塵。

前調　伯端復以舊作見示屬和

穉柳黃酣，曉薇開乍，忽忽轉盡風輪。白袷新裁，珍叢許再尋春。臨岐不負看花約，怕華鬘、辜負人人。賸今朝、萬綠和煙，一望重茵。　斜川杜曲經行慣，怎者番俊賞，蜑海揚塵。憔悴訶林，晴暉空拂金尊。東皇莫道仙蓬遠，尚吟邊燕語堪親。更消凝、紅豆初生。舞蝶成羣。

倦尋芳

乙未（一九五五）元夕，叔儔和夢窗韻持索同作。

鬧蛾點翠，圓月慳寒，山靄初晚。萬戶鱗鱗，一半絳紗微卷。高處塵開邀鼓笛，少年花豔矜心眼。夜歸來，總雙雙妒盡，乳鶯巢燕。　忍獨客、覊愁無緒，侵鬢霜濃，窺鏡鐙淺。夢外何堪，消領曲中哀怨。過嶺從教千里別，倚樓猶乞他生見。賸篝香，伴人閒，漏長雲倦。

憶舊游

（乙未（一九五五）三月初五日雙照樓生日追和落葉原韻）。

乍斷崖霜綴，眢井苔稀，一片秋清。無限消魂處，數飄黃遞翠，都伴流萍。作弄好春如許，綺陌夢曾經。忍罨畫樓頭，淩波花外，輕見凋零。　丹心。奈風雨，儘歲寒猶待，轉綠敷榮。盼到斜陽晚，尚香溝廢塹，消領笳聲。擲盡韶光千萬，誰與薦泉馨。漸野史亭荒，空餘醉尉，呵灞陵。

定風波

暑中病樓口號（二首）。

其一

底遺緇塵綣畫樓。隔簾虹霽雨初收。寂寞病懷渾不省。只問。天涯消息幾遲留。　貰醉終嫌身似贅。朗吟誰和客中愁。檢點綠陰陰外路。如許。尙縈歸思一凝眸。

其二

溽暑烘晴出畫廊。一回驟雨一驕陽。拚付浮漚消客夢。藥誦。人生禁得幾迴腸。東坡有藥誦篇。　舊宇遽憐春畹晚。新蟬乍訴意迴皇。無那鏡鸞孤照影。傍暝。負他紅紫上莓牆。

渡江雲　病院和曾希穎懷舊韻

霜絲紛客夢，潘郎鏡底，一嚮睠殘妝。明明前度事，吟邊俊語〔俊語吟邊〕註四〇，雙燕費商量。禪心老去，繞流蘇、忍與扶將。曾記得、天花塵海，陌上踏春陽。　柔腸。璧城月地，絳闕雲階，數三生嫞放。[illegible]付與、紅牙換拍，黃竹盈箱。誰知汗漫天涯路，控青鸞、片雯猶防。消幾許，花移日影深廊。

註四〇　雄新按：原稿「吟邊俊語」，依律應是「仄仄平平」，可能重抄時手誤，依律改正。

聲聲慢

西蜀羽士吳浸陽工操琴，尤擅漁歌，流落江左，嘗戒良材，按六十四卦，製琴六十四具。其贈余者中孚，刊字龍池中，雅雋流亮，並授以譜法指法。靜夜輒來家園焚香茗話。余困于塵務，苦不能盡其傳也。又足跡遍東南名勝，或累日把手，或闊別久久，曩歲過杭州，遇之北山黃龍洞，則羽衣揮塵，儼然方外。更十五年，相見通衢，復聆清操，則皤然俱老，相對黯然。因和玉田生送琴友季靜軒韻貽之。

魚沉更細，雁杳春歸，初暾漸與雲平。篤耨媇燒，清課俛仰忘情。黃龍那回古洞，算滄桑、負了鷗盟。尚記取，似羽衣鶴氅，雨染花零。　一闋漁歌何許，早秦山蜀道，柳黯前汀。舊譜闌珊，奚囊誰挈焦琴。無絃更應意遠，只愁人、難與重聽。解玉軫，賺天涯、清賞少陵。人間那得幾回聞也。

祝英臺近[註四一]

丙申（一九五五）新歲爲吳美琪十二齡上演梨園作。

翦歌衫，裁舞袖，鐙畔試妝裹。丫髻吳娃，鍾毓出靈秀。大家嬌女光儀，趨庭雛鳳，一聲勝新鶯的溜。　竚身手。者番驚落梁塵，鈞天八琅奏。拈起紅牙，應共幔亭酒。萼華來歲相逢，親承宣武，更傳遍外孫齏臼。

長亭怨慢

綴玉軒嘗爲孫養儂繪仕女索題（時又東渡，音政遠播，故詞中及之）。

恁難罄、年年離緒。廿四番風，喚春掃〔歸〕註四二去。半翦淞潮，綺窗清課更何處。綠毛么鳳，渾未了、苔枝語。只是綠陰濃，卻不許、苕華輕駐。　羈旅。勝瑤箋玉軸，寫出靚妝凝竚。臨風弄翰，似林下、乍翻金譜。點石黛、儘慰疏狂，映眉月、難傾幽愫。怎急箭殘鐙，偏向羅浮驚曙。

徵招

黃蔭溥斥藏書供眾覽，誠復盛舉，就中多其鄉賢著述，以至二喬蓮香集，均罕覯者。葉遐翁作詩張之，屬余繼聲。

香芸春遍昌華苑，闌干翠紅低亞。坐隱墨莊深，抵斜陽西下。蘂枝工照夜，儘千頃、百城陶寫。秘窟龍威，況教輕見，水仙姑射。二喬有死爲水仙王之說，見墓志。　鴻寶枕中收，何如更、從今一鴟都謝。梓澤誦清芬，際承平多暇。歡顏騰廣廈。比金薤、石渠無價。買絲繡、合繼平原，擅海南風雅。

註四一　威志案：尊嶽刪稿。
註四二　雄新按：按白石自度曲，此句爲「綠深門戶（仄平平仄）」，「掃」字爲仄，乃「歸」字之手誤。

水調歌頭　送饒固庵飛巴黎讀敦煌秘笈。

落日眩金紫，暘谷海西頭。扶桑纔許濯足，牛賀復優游。趁與神風迢遞，認取浮雲綽約，寰宇小浮漚。貝闕珠宮聳，方丈擁瀛洲。　識奇字，搜墜簡，更誰儔。平生異書入手，渾勝借荊州。難得龍威清秘，偏合琅環消受，半爲此勾留。千里壓歸篋，萬里比封侯。

徵招　家園舊栽曇花數十盆，盛開置酒，朋從畢集。南來後懷憶再三，嘗賦詞結契，今歲寓中忽見一枝，益深悵惘，再賦寄意。

西風微展新涼處，一枝夜深擢秀。莫道是優曇，便塵天輕負。華鬘猶記否。對青鬢、十年廝守。竹剪裁根，瓦盆删葉，畫蟾窺牖。　不信更相逢，海山外、南天小窗卮酒。夢裏溯團圞，伴明妝襟袖。吟邊眞太瘦。付矜惜、幾番回首。曲闌外、月轉花陰，映亂紅如繡。

水調歌頭　丙申（一九五六）中秋和東坡韻。

一舸泛瀛海，皓月正中天。流光佳節如許，消領幾華年。自有乾坤清氣，堪我獨居深念。雲外感輕寒。浩瀚百千頃，鵬起浪騰間。　嘯初斂，歌未已，倦將眠。酒酣耳熱，多事料量缺和圓。隨分爲環爲玦。莫管宜桑宜海。樗散總能全。貝闕珠宮好，俛影對嬋娟。

浣溪沙　頤園示孤桐。

撰杖題襟好趁時。紅桑山海鬢生絲。百年心事畫闌知。　秋雨西窗堅後約，緒風南國拂新詞。雲箋乞與鑄相思。

踏莎行　陶雨心自南洋歸來索贈

岸引春還，崖催暝合。團蕉許著閒身住。風雷一旦九閶開，蛟龍片霎重溟去。　乳燕尋巢，文鴛喚旅。壺中眞有神仙趣。興來謖謖聽松濤，丹經更與從容注。

石州慢　丁酉（一九五七）七月初五日作。

抱玉慳寒，鏤冰消暑，小樓初月。晴雲冉冉穿帘，夢裏花枝重擷。那回相見，片時流水天涯，誰知潘鬢從翻雪。屈指幾華年，賸愁腸千結。　嗚咽。蘭閨紅淚，瑤瑟新聲，頓教輕別。渺渺千尋，隔斷湘帬羅韈。山邨水館，此際只尺靈犀，不應重怨煙波闊。待細訴相思，奈殘鐙明滅。

玉樓春[註四三]　潘梓彝女七夕生朝約飲青山。主人比翼長安

道。笑說江山盛文藻。歸來嬌女更牽衣，重問頤園風物好。頤園，潘氏上海園林。

眞教乞得天孫巧。蟠桃初熟瀛洲島。朱蘭銀燭映斜河，桂酒蘭漿叢翠葆。

拜星月慢　夜讀清眞此調，感而繼作

畫檻移春，苔脂侵屧，夜色三更漏緩。露泫柯涼，送斜河西轉。問歸路，指點紅樓曲徑深處。密炬愔愔簾畔。寶鑑盤龍，護殘妝匀染。　信夢回、片霎滄桑換。回頭乍、日近長安遠。一樣水赭山溫，異年時池館。縱明朝、有分平沙岸。相逢際、料也應腸斷。祇檢點、千劫朱顏。付靈犀一點。

註四三　威志案：尊嶽刪稿。

十二歲詩

編者說明：此爲一份原以毛筆字寫於朱絲欄紙（每半頁八行）上的詩稿，上有王闓運湘綺、譚澤闓瓶齋、陳銳伯弢等人之評點，裝潢成一法書長軸。乃趙尊嶽十二歲時手寫之詩稿。原件由關志雄先生收藏。卷軸中另有關先生識語一份。

凡例

一、趙尊嶽手稿多作異體字，今逕改正體字，以便閱讀。

二、〔〕內表示批注者與該批的位置。

三、卷末有「墨筆湘綺、黏籤重伯、藍筆午詒」十二字，知本份資料批語墨筆者爲王闓運（湘綺，一八三三～一九一六），藍筆者爲夏壽田（午詒，一八七〇～一九三五）者，黏籤處爲曾廣鈞（重伯，一八六六～一九二九）。

四、筆者初步整理此份資料後，再就疑義處，呈請關先生重爲批注者。謹以「雄按」表示關先生近釋新批。

五、編號、西元年份，爲整理者所加。

趙尊嶽十二歲詩軸

〔譚澤闓所作卷軸題記〕此卷湘綺擊節處頗多，皆與余所見合。

〔卷首署名〕澤闓。

〔譚澤闓所作卷首識語〕詞律俱無時派，才思亦能秀發。

〔卷首識語〕陳銳讀過。

初春始雪晨起有作

春陰積旬日，披戶覯祥霙。滃然靜虛響，庭宇皓已盈。明照豁遙臆，晻藹開重冥。梅茗盡晶玉，竹柏見孤貞。憑軒曠超越，但覺塵壒清。人情樂歲首，與物共希榮。矧余久消搖，端坐契清泠。既欣心賞適，豈憶徂年驚。春懷復融豫，賞樂亦云并。陵寒亮無怨，寄此昭曠情。

生日西城歌宴還歸行月有作

和風暢初節，星月麗輕霞。玉堂敞春宵，歌舞豔雲花。嘉佳賞及蘭辰，妙侶共欣嘉。明燈敷瑤席，綺唱出吳娃。妍迹陵芳風，修態信嫭姱。繚妙感余情，言笑弄丹芭。清音間繁響，三奏殊已兮。但樂芳夜苕，未覺良游賒。樂闋引賓輿，衢路滿春華。逍遙既有適，朗照諒不遐。伊昔貴四難，高會每矜嗟。攄情極茲賞，寫樂願無涯。

〔天頭墨筆王闓運評語〕寫散後興更固矣，作「愉悅掩東扉」詩來。

〔天頭藍筆夏壽田評語〕亦是翻樂極悲來成案。

擬室思詩一首代林節和婦胡六首

其一

陰雲傃欄際，愁思積空幃。別君曾幾日，芳草滋華蕤。良期諒匪遐，慊慊疇能揮。沉憂廢飧食，中心常苦飢。空餘履綦迹，想象君容輝。

〔天頭墨筆王闓運評語〕此處用履綦太古，實宜改一字句。

其二

苕苕京洛塵，漫漫山川路。君行日已遙，妾懷日多慮。人生百年中，離會一何遽。婉孌難久要，芳華會成故。憂來亂心曲，但恐紅顏暮。

其三

寒雨灑四除，淫淫感余懷。懷思誠已勞，屣履無所裁。昔恨形影殊，今歎音書乖。自君之出矣，庭戺生青苔。思君如春風，早暮自徘徊。

〔天頭藍筆夏壽田評語〕名句。

其四

明鐙燿華寢，夜短悲心長。念我同衾子，夢想訴衷腸。徒倚多遠念，愁顧空依依。重關閟深堂，但聽景刻移。自無鴻鸞羽，還枕終獨棲。

〔天頭墨筆王闓運評語〕棲字太著迹。

其五

夙興理巾褠，憶我故時情。思君不可見，慚歎徒自縈。顧因飄風會，黽免達精誠。曠闊雖千里，情感猶合併。拊躬循薄質，非君誰見榮。

其六

殊方眷游衍，終始易相捐。京華繁盛地，璀璨多妖姸。隆好結在昔，恩敬固不愆。願保金石軀，慰妾心悁悁。儻然念惠愛，期君早歸旋。

得林節和京師書寄酬一首

寒雨潤春苕，崇靄結庭陰。臨軒忽有思，遙意坐侵尋。道阻理未遐，別淺念逾深。覽訊復循環，未面若開衿。轍行子既勞，巖阿余所欽。風塵易為緇，素衣良不任。從來羈遊士，京洛多滯淫。果念相呴濡，願言還故林。

〔天頭藍筆夏壽田評語〕婉摯。

三月禊集碧浪新亭還飲酒肆聽歌西城紀游有作

感彼舞雩詠，歌此曲水謳。招携展春禊，良辰唱嘉游。聯步出芳郊，藐盼但穹幽。華風奉輕衿，秀色被蘭畇。遵途仰層甍，軒檻敞蕭寥。湘瀏納遙光，雲物望冥收。且釋塵俗情，坐與春波流。緬追永和集，千載一夷猶。賞因物情展，契與芳時遒。詠歸惜日長，觴飲樂賓儔。餘興寄管弦，欣賞復淹留。歡茲四美難，忘我千歲憂。佳期庶無忝，濡翰記芳游。

〔天頭墨筆王闓運批語〕明麗。

〔天頭藍筆夏壽田評語〕疇韻大似子建。

答贈呂苾籌蘧生詩

灼灼中園桃，枝葉揚縹青。植根深且固，蓄志希光榮。昔逢三春陽，傾曦曜繁英。今來節物改，花落委榛荊。豈無朝露濡，愁此見凋零。春秋異氣候，榮悴常代興。芳菲各所宜，要路故屛營[註四四]。自非陽春澤，安能煦微生。居易古有賢，胡爲坐沈冥。時至苟不違，淹留詎無成。吾寧齊欣戚，觀化自驕矜。

〔天頭墨筆王闓運批語〕眞、青不可通。

〔天頭藍筆夏壽田評語〕生韻亦似子建，二語頗有帝王氣數。

萬春園歌集餞黎壽臣入都應試

良用惜遠別，佳會偶盤桓。高堂奏清響，歌舞共欣然。明燈識故人，綺席契新歡。并此一夕情，軫彼千里歎。昨來遘氛屯，驚浪湧湘川。寧知今日逸，弦管尚和安。繄余慕逍遙，馳情樂游觀。既矜欣賞適，未覺花離難。揮手諒不辭，寫心良已殫。瑤華匪爲贈，鵰舉頌高翰。

〔天頭藍筆夏壽田評語〕以新故相起，故佳。

〔卷末識語〕天放讀過。
〔卷末識語〕杜園讀過。
〔卷末識語〕癸酉（一九三三）五月朔，直心讀過。
〔卷末識語〕墨筆湘綺、黏籤重伯、藍筆午詒。

關志雄先生另紙為跋語

右高梧軒詩初稿一卷。先師趙尊嶽叔雍先生十二歲時所作之手迹也。寫於宣統二年（歲在庚戌，一九一〇），即辛亥革命之前一年，並獲翰林院編修王闓運湘綺及名輩譚澤闓瓶齋、陳銳伯弢等人之評點與激賞而嶄然初露頭角者，弱冠後，又以其精湛之才學，馳騁於新聞、政治、財經、教育、文藝諸界而得享盛名。然當其遭逢喪亂之時，此卷仍能轉徙相隨、力保不失，由此觀之，此卷之可貴又不待予多言矣。

民國五十四年（一九六五），歲在乙巳五月　先師沒於星洲，享年六十八歲。其長女文漪女士於　先生之遺物中，檢得詩詞手稿凡數十卷，悉攜歸香港。一度寄存於港大副校長金教授家，其後文漪移居加拿大，屬予往取回，而又轉贈於予。

註四四　雄案：亦作「屏盈」，彷徨也。晉・石崇〈王昭君詞〉「非鴻不我顧，竚立以屏營」。

予今亦垂垂老矣，重展師門舊物，恍如晤對，又不覺涕之何從也。時甲午歲（二〇一四）閏九月開平關志雄君風謹跋於香港之富春堂。

十三歲詩稿

此爲以書法寫於空白宣紙，並簡單線裝成冊之詩稿，共十六頁。冊末有註明「朱筆湘綺、黏籤重伯、下方伯弢、藍筆午詒」十六字，故知批點者朱筆爲王闓運（湘綺，一八三三～一九一六）、黏籤爲曾廣鈞（重伯，一八六六～一九二九）、藍筆者爲夏壽田（午詒，一八七〇～一九三五）、地腳處黑筆爲陳銳（伯弢，一八五九～一九二二）。此份文獻由關志雄先生收藏。

〔封面題小字〕辛亥閏月（一九一一年六月）閱過

辛亥正月五日西城市樓宴集和陶游斜川韻

閒情樂初歲，塵事亦暫休。招攜撰良辰，緬彼斜川游。重樓敞賓宴，曾軒俯湘流。晴波渙漪淪，春岸戲鳧鷗。淵明昔游賞，今日久山丘。註四五 遙遙千載情，觴飲復茲儔。清談可揮俗，濁酒可相酬。笑謝塵世人，知有此樂否。貞元自然理，誰能爲世憂。但願長如此，逍遙復何求。

註四五　王闓運朱筆改作「淵明昔游晨，賓從久山丘」。

〔地腳墨字陳銳評語〕此作極有神致，惟第四句應該改作「薄作城西游」，以完本題也。而淵明句改作「斜川從游賞」，方極賓主揮灑之妙。註四六

〔地腳藍字夏壽田評語〕名句。註四七

〔黏籤黑字曾廣鈞評語〕和陶游斜川。和陶即似陶，緣陶公本出建安，尤近思王作者筆意，亦復爾爾。

人日立春率成新體

春色侶春人，春光暗作春。如何兩佳節，併得一時新。露重花難艷註四八，愁多夢轉塵。樓頭千里恨，塞外十年身。臨窗有初月，非妾獨能顰。

〔黏籤黑字曾廣鈞評語〕人日立春。塞外句有彼方無此方，不稱。

〔黏籤藍字夏壽田評語〕身韻本爲顰字作根，然愁來無端，不必有故，刪去此十字何如。註四九

東飛伯勞歌

玳梁雙燕琁窗鶯。麗華瓊樹多春情。誰家傾城出繡戶，粉澤蘭芳共衣度。鏡臺珠綴迎曉光，罘罳註五〇翠箔雲錦張。今年避人初二八，隱幔藏羞惜嬌靨。

胭脂色重粉光侵，莫持明鏡作君心。

〔黏籤黑字曾廣鈞評語〕東飛伯勞。「雲錦張」擬易「雲母床」。

生日燕集賦謝賀客

青陽肇嘉淑，初日朗韶光。泠泠緒風和，藹藹卿霄翔。佳賓應蘭時，撫掌歡在堂。繁肴薦芳席，酣湑引彤觴。欣懷美春華，悅豫慶熙昌。騰觚不期飲，但喜歡日長。情瀾復滔滔，主客各相忘。詩人頌苹鹿，爰日貴承筐。感此眷我厚，撫志慚周行。翻思會合難，優游念太康。清歌足感人，何必笙與簧。曾是歡願并，興言奏瑤章。

〔天頭藍筆夏壽田評語〕歡不可訴。

〔地腳藍筆夏壽田評語〕昌韻似陸。情瀾與相忘，似不相應。註五一

註四六　雄案：兩句改得甚好。

註四七　雄案：指「貞元自然理，誰能爲世憂」一語。

註四八　王闓運朱筆改作「寒淺花初艷」。

註四九　雄案：指「臨窗有初月，非妾獨能顰」有蛇足之嫌，宜刪去。

註五〇　罘罳，宮闕中花格似網或有孔的屏風。以鏤木做成。《漢書・卷四・文帝紀》：「六月癸酉，未央宮東闕罘罳災。」也作「罦罳」。獵網。漢・武帝〈柏梁〉詩：「走狗逐兔張罘罳，齧妃女脣甘如飴。」也作「罦罳」。

註五一　雄案：陸指陸機、陸雲。

〔地腳黑筆陳銳評語〕況乃閒笙簧，覺更進。註五二

瀟湘愁曲二首

其一

獸鐶半掩金鈴卸，玉樓十二朝如夜。推烟唾月一千春，阿嬃老去雲英嫁。纖纖蠶縷留芳濃，鈿雲望斷玻璃紅。輕身滅影懺幽夢，迴波暗卷瀟湘空。霜風作愁射眸子，玉魄翹翹寒不死。鮫綃密縛鸞釵人，收情自割鴛鴦翅。劉郎舊灶沈水香，繭綿夜冷眞珠房。（〈玉樓謠〉）

〔地腳藍筆夏壽田評語〕造語處尚未離盡窠臼。註五三

〔黏籤曾廣鈞評語〕瀟湘愁。飄烟抱月，流風回雪，可以傾陽城、迷下蔡，直接昌谷、抗衡義山。

其二

紫臺不下秦王鳳，轆轤牆角愁〔啼〕春重。斜門日暮空濛烟，簾心密影通幽夢。葳蕤鋃鎖珊瑚屏，璚鈎碎作琉璃聲。褭雲夜閟秋艷失，鑾弦五十愁湘靈。沈沈珠襻春腰窄，臉波斜破胭脂色。幾日嬌魂墮蜜房，玉釵暗掛東鄰客。隨身月鏡聚珊珊，犀簪燕尾雙挑

鬟。避人畫空作濃芙，目成淺睨相風竿。粉怨脂愁成一顧，月娥眸處星妃妬。可惜三年下蔡人，亂絮迷絲幾回誤。缸花夜笑紅淚春，年年苦照春宵顰。（〈東鄰謠〉）

〔天頭藍筆夏壽田評語〕鹿盧不能啼。註五四

〔地腳黑筆陳銳評語〕影字欠。

〔地腳藍筆夏壽田評語〕極意求纖，正亦不妨。

三日南館歌集感作

佳期每易逢註五五，良游喜重劭。閒心續隊歡，舊月回新照。妙侶共消遙，風流振孤調。苕苕契昔妍，靡靡存今好。朱顏耦盛衰，新故旋相悼。芳時難久居，彼美誰能要。繁絲曲未終，春寒坐繚繞。宵深低唱移，燭短嬉光搖註五六。且忘欣戚情，毋貽達人誚。

註五二　雄案：伯弢擬改「何必笙與簧」句爲「況乃閒笙簧」。

註五三　雄案：窠臼，指昌谷〔李賀〕詩意。

註五四　雄案：鹿盧，即轆轤，古之汲具。鹿盧能轉動汲水，故能發聲如啼哭。趙師刻意用之，蓋學昌谷之用字也。又按李白〈長相思〉詩「絡緯秋啼金井闌」，「絡緯」乃鹿盧汲水之繩索，繩索在捲動時發出聲音，亦秋啼也。

註五五　王闓運朱筆改作「佳期不易逢」。

註五六　雄案：娭光，即嬉光。《說文》「娭，戲也。从女，矣聲。一曰卑賤名也。」段玉裁注：「今之嬉字也，今嬉行而娭廢矣」。《楚辭・招魂》「娭光眇視，目曾波些」，王逸注：「娭，戲也」，趙師「娭光」一詞，

〔地腳黑筆陳銳評語〕昔所妍、今知好，方與「回新照」調不複。

〔黏籤黑字曾廣鈞評語〕南館歌集。舊月句得未曾有。陳改是。

重過西城歌臺廢址述昔游作

悽悽朝市情，寥寥城郭歎。時遷理既超，跡踐心彌眷。西館昔隆崇，賓僚盛嘉燕。歌回緪瑟妍，燭煖清觴薦。驚沙忽坐飛，里閈傳烽爟。阿閣既已傾，旋臺亦終燼。湘波無久喧，興廢俄一瞬。佳人逝已遼，華燈豈重絢[註五七]。今來猶昔春，撫志多欣怨。[註五八]且復遺舊哀，暫得邀新綣。游衍期及時，無使春華晏。

〔黏籤黑字曾廣鈞評語〕西城歌臺。遼字生，不如遙字熟。

舟中大風望昭山作

久困塵溷棲，今識天水曠。猋輪挾春流，風濤亦[註五九]何壯。泱泱興夙雲，潨潨[註六〇]激危浪。寒雨復冥濛，縱目忘所向。孤巒矗中渟，削秀如相抗。岧嶤楨巘崿，空翠疊屏障。橫瞻埶彌空，仰睇神猶旺。眞形不可窮，塵衿聊一放。俄瞬隔煙霄，靈景忽迷望。將毋晦冥意，閟此嶔狀。超世固逍遙。披雲增想象，請從霞外人。來歌石門唱。

〔地腳黑筆陳銳評語〕此詩宜君山、金焦，昭山不配也。

〔黏籤黑字曾廣鈞評語〕昭山。細讀之似是昭山，結陡健可喜。

擬鮑明遠行路難八首

其一

置酒歡高樓，爲君掩抑彈箜篌。路難一曲感君聽，四坐涕淚交橫流。羊侯昔過鹵州路，但歎華屋歸山丘。人生在世貴適意，胡爲憔顇懷百憂。

〔地腳藍筆夏壽田評語〕路難者一行字，殊覺滯氣。擬古家以平原（鮑照）爲極則，文通（江淹）以後，至湘師皆有爲古人束縛處。大作亦未能免。此平原亦求合古人而能不失自己，故爲難及。記湘師嘗言：凡作擬古詩，須暗切時事，託以諷喻，既有自己內心，便不至竟落古人窠臼。附識於此。

〔黏籤黑字曾廣鈞評語〕行路難。於參軍俊逸之旨，尚隔一塵。原不一首獨秀於林。

蓋取義於楚辭也。

註五七　王闓運朱筆改作「華燈不重絢」。

註五八　王闓運朱筆改作「撫志何欣怨」。

註五九　趙所寫爲本字，象形字。

註六〇　《說文解字》：「潨，小水入大水曰潨。」

其二

君不見漢宮蠟燭颺青煙，九龍盤燄銜雙蓮。照君清夜作娛樂，美人嬌羞在盛年。外吐光華比明月，內含芳炷漬膏蘭。忽聞君恩異昔日，回光掩（初作「忍」）淚心自煎。

其三

中山甄后初承恩，雕車玉輦相逢迎。一朝郭氏進讒譖，後宮因奏塘上行。班姬初入昭陽殿，卷衣侍寢百不怨。一朝被黜長信宮，悽絕空歌合歡扇。人生得意扗[註六一]當年，同根苦樂本相連。倏忽新歡代故寵，嬌啼巧笑不成妍。長門金屋有如此，何況大道青樓邊。

其四

君不見北邙山，纍纍荒塚聚荊菅。君不見南山陌，斫樹作薪人不惜。昔時金階白玉堂，今日傾圮無人識。邯鄲豪俠重游般，少年白馬黃金鞍。探丸借客逞意氣，不知世上行路難。初言傾心無所惜，何悟方寸生波瀾。還君明珠白玉環，不忍見之摧心肝。

其五

青青庭前柳，搖搖當戶牖。昔年柳下與君別，今年柳長凡幾尺。陽春三月柳絮飛，從風飄盪落繡帷。當時指樹作期信，柳花落盡君未歸。百年幾事足稱意，安得不令中心悲。

其六

朝繅繭作絲，暮上機中織。何當憶遠人，投杼起歎息。君征遼陽不辭遠，賤妾空閨滿懷怨。本知機杼無盡期，翻恨蠶絲恆歷亂。裁衣緘淚寄燕雲，祇稱君心不稱身。註六二願君見此一相憶，勿復流蕩逐胡塵。不見古時杞梁婦，城頭夜泣萬古長悲辛。

〔地腳藍筆夏壽田評語〕二語即不甚似明遠。註六三

其七

厲石作雙砧，中宵哀杵多悲音。西鄰思婦夜聞此，涕零雨面沾衣衿。初君別我期一載，何意春

註六一　雄案：古字「在」。

註六二　雄案：原作「祇稱君心不稱身」，湘綺老人擬易爲「得稱君心即稱身」。

註六三　威志按，指「君征遼陽不辭遠，賤妾空閨滿懷怨。本知機杼無盡期，翻恨蠶絲恆歷亂」四句。

去秋復深。朝悲閒房思慘慘，莫愁羅幙魂淫淫。君今意氣狂年少，安能明我中苦心。不願雲端千里鶴，寧爲葉底雙飛禽。

其八

君不見雨落何時復上天，君不見江流何日復歸川。君當見此悟遷變，何必惆悵凋朱顏。人生萬事駒過隙，胸中坎壈苦不息。且能縱意自熙怡，載酒提壺競游集。朝飲金張暮許史，暫爲消愁謝悲悒。安能與世爭濁清，忽復懷憂至日夕。

悲歌行薄命篇

明珠懷桂海，玄璧藴昆岡。葆貞匪自美，蓄采故有章。矤伊窈窕質，麗此金玉相。承歡媚春華，習禮侍年芳。蘭金既已協，鴻鸞有時雙。雙鸞作明鏡，照我傾城姿。璿房守靜好，日月逝已馳。燕婉昔〔故〕相託，貧富諒不疑。佳期忽訛愆，蹇脩竟吾欺。未歌好合吟，終成決絕詞。幽居惜多暇，閒情有餘歡。上堂拜嘉慶，入侍戒饔飧。春機惜晝短，秋服厭晨寒。同車願攜手，薄言共盤桓。傾城在一顧，誰不希令頎。冉冉時節易，煒煒芳華茗。春懷雖無感，蘭辰逝不招。鳴環結玉體，襍珮綴瓊腰。初同羅敷歲，恥作金吾要。三星徒照灼，玉馬空矜驕。芳時難久淹，導言始重申。良媒安玉帛，迨吉及茲辰。車服照行路，儀飾燁高門。觀者塞巷途，望絕猶逡巡。猗歟芬蘭性，嬪我金闟註六四人。好仇禮有序，嘉運既我隆。雙心侘琴瑟，黽免與君同。朝采合歡花，暮植連枝桐。情愛固攸合，形影亦相從。居爲比目魚，逝爲雙飛鴻。良會每蹉跎，人事易崎嶇。明發念有懷，陟屺踐修途。謂言期五日，方復在須臾。如何攖沉痼，坐恨無蔆蘇。心知長訣別，悽魄超重湖。衝風入帷幙，懷思忽難寧。昔矢百年好，今怨中宵征。君行非千里，彌月忘歸程。夜雀啼高枝，髣髴孤鸞聲。驚疑成惙惙，方寸搖懸旌。急絃起哀響，苦調申悲咽。鏡破寧再圓，蒲紉難重結。雖亡百日歡，恩義信不忒。商參無近躔，松筠有貞節。誓被柏舟詩，甘心要同穴。

〔天頭藍筆夏壽田評語〕決絕後不得有此。註六五

〔黏籤黑字曾廣鈞評語〕悲歌行，古艷有餘，精理不足。

答張登壽一首

危時厭名顯，伏處憂道貧。得君清風贈，空谷回芳春。微言贊神奧，蘭藻灑清新。道在文不

註六四　闟門也，見《說文解字・門部》。又，門不正開。見《集韻・平聲・佳韻》。

註六五　雄按：「不得有此」指「幽居惜多暇，閒情有餘歡。上堂拜嘉慶，入侍戒饔飧。春機惜晝短，秋服厭晨寒。同車願攜手，薄言共盤桓」諸語。

亡，志合情自眞。洋洋六籍財，久與萬物賓。緊余志琢磨，顧己愧涓塵。浩蕩天地間，此義復誰陳。且願謝牽纏，從哥北渚濱。

〔地腳黑筆陳銳評語〕起句略有病，名者自名，何所厭於危時乎。

〔地腳藍筆夏壽田評語〕厭字易畏，憂字易甘，何如，僭甚。危時易于時，更與伏處相起，則憂字可不改，亦一說也。

王處士贈酒瓶賦謝

連雨愛獨飲，日夜勞壺杯。故人賞我趣，嘉貺適瓊瑰。滑稽非鴟夷，異制收罇罍。挹注亮不窮，提挈自相隨。經營出公家，國器信無乖。子雲歎平居，處高惜近危。余懷井眉戒，常恐牽纏徽[註六六]。覯茲屬車美，物小意不微。願言申永好，陶然共無涯。

〔地腳藍筆夏壽田評語〕以瓶名寫，殆發乎此。

〔卷末識語〕才艷清新，視庚戌（一九一〇）作，更徵進步。間有未愜鄙意，輒就寫本評注下方。僭妄之咎，有媿平生。然欣賞之情，寔同符乎湘綺矣。丙辰（一九一六）小除弢父。

〔卷末識語〕戊午（一九一八）端午後四日天放讀。

〔卷末識語〕丙寅（一九二六）嘉平月杜園讀過謹識。

〔卷末識語〕瓶齋聰明絕世，無所不能，即以詩論，取徑之高、澤古之厚，湘綺師以後，道在是矣，無所間然。丙寅（一九二六）小除日閑心翁讀過謹注。姪景玉侍讀。

〔卷末識語〕朱筆湘綺、黏籤重伯、下方伯弢、藍筆午詒。

註六六　褎幅也。一曰三糾繩也。从糸，微省聲。又，幟也。以絳微帛，箸於背。从巾，微省聲。《春秋傳》曰：「揚徽（徽）者公徒。」

趙尊嶽詩詞補遺

本節補入《近知詞》序文一篇、刪詞一闋、殘跋數行；增補《炎州詞》十六首；增補高梧軒詩百餘首，並其所刪詩下小注。

《近知詞》序文一篇、刪詞一闋、殘跋數行

自序

余初讀詞集，即瓣香小山。嘗率和二百餘闋刊行之。音聲間謂有同嗜，涪翁一序，尤所折悅。酒酣未嘗不取讀數十遍，以快人意。一日往侍蕙風師講座，師曰：「吾復刻詞，當號晚悟。」余曰：「然則弟子所作，不當號近知耶？」註一相與一粲。小山丁清時，負雅望，珠璣咳唾，無往不名雋而清華。至于今日，蓮鴻蘋雲，清唱夐絕，補亡名作，掩卷追憶，但有憮然。即摭取近知之名，亦徒自貽矜寵而已。趙尊嶽。

註一　黃庭堅《豫章黃先生文集．小山集序》「晏叔原，臨淄公之莫子也。磊隗權奇，疏於顧忌，文章翰墨，自立規摹，常欲軒輊人而不受世之輕重。諸公雖愛之，而又以小謹望之，遂陸沈於下位。……余少時，間作樂府，以使酒玩世。道人法秀獨罪余以筆墨勸淫於我法中，當下犁舌之獄，特未見叔原之作耶。雖然，彼富貴得意，室有倩盼慧女，而主人好文，必當市購千金家求善本，曰獨不得與叔原同時耶。若乃妙年美士，近知酒色之娛，苦節臞儒，晚悟裙裾之樂，鼓之舞之，使宴安酖毒而不悔，是則叔原之罪也哉」。

編者説明：此得自關志雄藏《近知詞》鈔本，抄錄者應爲趙文漪，以其附注有「先祖、先父」云云。[註二]惟此序謄於稿紙之上，乃趙尊嶽親筆筆跡。

刪稿一闋

蠹碧棲塵，猩紅蝕簡，永日從容墨戲。最惜一片，江山付柔情，詩思繞花處[註三]，見說、雲邊疊嶂眉妒，畫閣生綃初試。剪取光風，自林泉高致。　夢愔愔、篆熨沉䉔細。涓涓靜、芸冷流芳膩。悄向物外逃名，會□眞滋味。乍停琴、剪燭消歌吹。忘機好、酒漉平生沸。算約略、片鄬秋旻，壓鸞箋百琲。

編者説明：北京國家圖書館藏有《近知詞》鋼筆手稿本上中下，共三卷。乃趙尊嶽手跡，與關志雄先生所藏《藍橋》、《南雲》、《炎州》之字跡與用紙皆同。北京國圖所藏《近知詞》卷下，在〈垂楊〉（鈿扉靜扣）與〈八聲甘州丙子九日遐庵湖帆子青伯明諸君約登高靈岩山，且寫圖記勝，爲和夢窗韻題識之〉之間[註四]，有〈拜星月慢題犀園讀書圖〉，天頭處註記「不合律，刪」。詞云：

跋文數行

（前面似有缺頁）……雲黃鶴間，倘尙以茲道相期許者，繼或有作，亦不敢不戒不工之詞，以汙詞體，兼辱長者之明教也。乙未（一九五五）八月武進趙尊嶽。

編者說明：北京國家圖書館藏有《近知詞》鋼筆手稿本上中下卷，又有殘跋數行，文云：此即爲趙尊嶽〈珍重閣詞集自序〉之最後數行[註五]，由此殘稿可知，〈珍重閣詞集自序〉最早作於一九五五年八月。而北京國圖所藏《近知詞》，由趙尊嶽本人重抄於寓港時期也。

註二　威志按：在這份殘抄本中，〈念奴嬌湖上有卜築之謀……〉後有跋，被劃掉。依稀辨識曰「先祖　竹君公曾爲先祖□周太夫人築生壙於孤山，不果葬。又置西湖側地與　先父築別墅，亦不果築。此詞乃塡於數十年前，不料心目未酬，垂老投荒，遠葬異域。惟人子者，其何以堪」、〈虞美人病起〉有被劃掉之注，云「南陽路舊居饒有桐陰之勝，故　先父書齋顏曰高梧軒」。皆可知此爲趙文漪所鈔。

註三　威志按：趙尊嶽應指此劃線十字不合律。

註四　參陳水雲、黎曉蓮編：《趙尊嶽集》，頁二八九～二九〇。

註五　〈珍重閣詞集自序〉完整全文，見趙尊嶽：〈珍重閣詞集自序〉，收於趙尊嶽、趙文漪著《和小山詞・和珠玉詞》（上海：上海古籍，2004），頁153-158。

《炎洲詞》補遺

《炎洲詞》是趙尊嶽《珍重閣詞集》壓軸之作，是一未完成的詞集。

目前可知的版本有三種，分別是趙文漪版二〇〇四年上海古籍版、陳水雲二〇一五年鳳凰出版社版、與關志雄藏鋼筆手稿本。前兩者皆錄自一九六九年六月十一日始於香港《星島日報》（共分二十二期刊出）。陳水雲本較趙文漪本全[註六]，相互比較，只缺第六期而已。爰以陳水雲本爲底本，對照關志雄所藏鋼筆手稿本，增益補缺。經統計，趙文漪本計六十八首；陳水雲本增益之，共得八十九首。賡以鋼筆手稿本對校，新增十六首。合計《炎洲詞》今存百〇五首。

鋼筆手稿本中，有刪除記號、有連抄記號（指示同一詞牌，連續抄寫），可知應另有一整理本，或即《星島日報》所依據而發表之定稿。茲依陳水雲本爲順序，補入關志雄藏本所新增之詞作，並修正陳水雲本的漏字。

註六　趙文漪本缺六、十一、十三、十四、十五、十六、十八、十九、二十、二一期；陳水雲本缺六、十期。

霜葉飛　丁酉重九，孤桐來書……不相見且三十稔矣。

清平樂　黃蔭普南歸以花箋見貽。

紫萸香慢　元姚雲文制此調……依調寄情抒余懷。

霓裳中序第一　渡海去長洲，訪周大致輔，談梨園雅故，用白石韻。

八聲甘州　藥農兄移新居，易號了翁，來書堅剪燭之約，用玉田韻賦寄。

唐多令　藥農兄函述易號了翁之微，尚詞以廣之。

惜黃花慢（手稿本新增）　丁酉（一九五七）暮秋，姚莘農約吳浸陽操琴。余與浸陽相見杭州黃龍洞談玄，已闊別二十稔，欣獲重逢，爲賦夢窗此調。

玉軫延秋。正霧澄霽宇，人岸高樓。菊香卮泛，畫簾不捲，斜陽反照[註七]，細雨初收。錦囊纔解朱弦動，乍一片、風露颼颼。漸勝游，九天俯仰，笙鶴瀛洲。　仙人肯又遲留。念舊披羽氅，古洞杭州。敗牆苔澀，斷崖葉綴，閒揮玉麈，笑拂吳鉤，海桑早自揚塵慣，更消問、華屋山邱。試斂愁，亂花漫發新甌。

八聲甘州　《雁落寒湖圖》徵題。

霜花腴（手稿本新增）　秋夜挾客泛舟。

岸激水漲，倚樓陰，秋風初渡游船。星斗花穿，絮雲卮漾，簾疏不耐人看。帶圍漸寬。伴宓妃、洛浦輕旋。更消他、飣座殷勤，紫蓴烏鱠夢家山。　何處便無眉月，恰長庚此夕，映帶朱顏。蠻曲塵香，南天波悄，迴眸解佩珊珊。剪燈夜闌，拌醉餘、微染新寒。看長隄、歷亂銅車，霧晞猶未還。

水龍吟　蘇聯以人造衛星載犬升太空，史所未有，賦紀其事。

註七　關先生新批：手稿本此處缺四字，依律及句意擬補「斜陽反照」。

尉遲杯（手稿本新增）（手稿本刪稿）　秀竹園蔡女琴家家聽雅奏。

西風外。捲碧樹、一桁高樓聳。名園秀竹猗猗，琴筑清音輕送。窺人倩影，漸月上、初紘紫雲擁。趁金蜆、細燕沉檀，雅人心素堪共。　猶省收拾烏絲，逞醉裏、陽春淺唱三弄。認取西湖拏舟客，禁幾度、前塵觸夢。匆匆事、今難細說，忍重理、哀思[註八]紘玉指動。最淒其、雁落平沙，旅愁端更凝重。

摸魚兒　粵尼九姑專圖讖，能按譜道人三生事……。

祝英台近　秋旅搜篋，得故衣，悵然。

八聲甘州　前作衛星詞，意猶未盡，近且有以火箭射月之說……再賦。

夜飛鵲　饒固庵新箋彊村論詞〈望江南〉詞見示……。

西江月　貽刻書人張姓，其人茹素好飲。

水龍吟　戊戌歲暮……寄希穎。

燭影搖紅　己亥元宵。

高陽臺　庚子元日獨客漫書。

解語花　牆陰叢花逞麗，悠然獨賞倚此。

瑞鶴仙　虞美人盛開，頗似吾家舊種。

東風第一枝　雛燕營巢，潮酣雲䵵，亦新春勝事，庚子正月廿八日。

憶舊遊

註八　此處應爲「哀絃玉指動」五字。關先生新批：周美成詞此句作「焚香獨自語」，夢窗詞作「棋聲竹露冷」，叔雍此處「思」連哀則作去聲。全句六字，故知思字衍出，可刪掉。

眉嫵 鶴亭翁於己亥七夕蛆化，悼之以詞，正有花外草窗之感。

淡黃柳 晚晴。

青玉案 旺雨（陳水雲本新增）（手稿本亦有）。

蘇幕遮（陳水雲本新增）（手稿本亦有）

驀山溪（陳水雲本新增）（手稿本亦有）

定風波 擬白石（二首）。

高陽臺 午枕方酣，花簾影豔，延賞至再，賦此。

鳳凰臺上憶吹簫 王月圓居士屬賦題意。

滿庭芳　參夢窗于淮海疏密之間，庶亦別開詞境。

二郎神　用徐幹臣韻，貽朱蘊華居士。析津之別，蓋三十年矣。

國香慢　南中百卉雜陳，有移根他植者，念之彌切……賦此。

南浦（手稿本新增）（手稿本刪稿）　辛丑（一九六一）七月十七日觀羅氏桂蓮藻繪賞記

金粟綻疏香，盪雲漪，一片頗黎澄靜。消酒玉容酣，嬋娟悄、微漏亭亭芳影。含苞鬥靚，雙眉恰共涵秋汛。身惹椒蘭清露浥，臉色汝南初並。　苕苕碧玉華年，了珍叢、幾度蜂黃蝶粉。輕視駐流光，西風起、莫傚斷萍飄梗。星期約準。待分嬌面開奩鏡。還怕新涼防泥夜[註九]，絲雨濕侵釵髩。

高陽臺　賦室中冷氣機。

註九　關先生新批：泥，音膩，去聲，阻滯也。《孟子．梁惠王》「行，或使之；止，或泥之。行止，非人所能也。吾之不遇魯侯，天也」，泥又作尼，音匿，入聲，阻止也。

浪淘沙（手稿本新增）

辛丑九月廿八日，易秝十一月六日。郊行聞爆竹聲，蓋南印度新歲，亦稱大光明屠妖節。王子復國，著爲慶典者也。適憶周晉仙張伯雨唱和詞，有一事最奇，末二句因檢用以志藏日甘榜土屋村屋。

稚子擲金錢，驚醒閒眠。樹頭不斷鬧鳴蟬。身在蠻陬甘榜裏，許泛舼船。　信步出溪邊，天假清緣。笑看松竹並欣然。一事最奇君聽取，明日新年。

浣溪紗（手稿本新增）

柳存仁遠道寄茶。

文火清泉我易嘗。洞猺身世老蠻荒。玉川高致付黃粱。　濺吻龍團珍小餠，開顏錦帙裹金箱。從今笑謝麴生狂。

念奴嬌（手稿本新增）

吾家惜陰堂海棠之盛，南中所僅見。花時裙屐無虛日。一別二十年，魂夢曾不能忘。夜讀玉照堂海棠詞悵然，繼聲和之。

密枝亂葉，蔭西園粉蕊，團脂如繡。露重霞明蒸不散，恰是柳眠三候。醉面宜綃，翠眉開暈，春色星星透。養花天氣，捲簾恰到晴晝。　吾家庭院清暉，文窗六扇，照映寰中秀。勝侶傾城攜榼至，更說賞遊應久。曲徑徘徊，嫩芳攀折，瓶供堪長守。亂懷一夢，海天千里人瘦。

西江月（手稿本新增）

觸眼蠻烟蜑雨，驚心柏酒椒盤。豔陽時序釀陰天，此景怎教消遣。　萬里棲遲瀛海，十年荏苒雲山。老懷強欲托華箋，偏又負它銀管。

浣溪紗（手稿本新增）

相見方驚恨有餘。碧城天遠認須臾。玄纁霜凝揭簾初。　承露芙蓉慳半菂，漱芳花菽奪雙珠。無言淺笑對狂奴。

清平樂　畫舫

〔失題〕（手稿本新增）註一〇

註一〇　關先生新批：按此首乃叔雍流寓香港時，與劉樸翁（伯端）、曾希穎、黎六和等人在堅道結盟爲堅社詞客，賦贈曾希穎者。曾師昔嘗留學蘇聯，學砲科，抗戰初期爲白崇禧將軍幕僚，官拜中將。廬山會議遲到，稱病引退，死裏逃生。後又爲龍雲等壓迫，險遭捕殺，乃逃往香港。先任教於聖瑪莉女書院，後移就聖類斯中學，並兼任官立文商學院詩詞教授。早年居粵穗垣，爲陳顒南園上客。以詠木棉一詩，壓倒同光派領袖陳散原、冒鶴亭等詩翁而一舉成名。與叔雍師俱爲文商同事。叔雍師專任詞學，兼授新聞學。五七年離校後，其詞學課遂由曾師接手焉。希翁先生爲旗下人，清末移居粵垣。翁少日風流倜儻，

瑞。葭管初飛時候，朱顏似舊。尙京雒栽花，淞濱剪韭，年少心情。漫遊陳迹幾回首。　深
媢公瑾顧曲，詞場工月旦，彈低吟袖。學養儒林註一一，生涯貨殖，換了當時甲胄。爲君縱酒。
儘遠隔蒼溟，盟堅社友。待得歸時，再稱千萬壽。

蝶戀花（十首）（手稿本第一首在檔案倒數第二頁）

蝶戀花（三首）（陳水雲本新增）（手稿本亦有）

蝶戀花（二首）（趙尊嶽手跡指示此二首與上十三首連抄，但是卻不是同一韻腳）（手稿本亦有）

金縷曲（陳水雲本新增）（手稿本亦有）

望海潮（陳水雲本新增）（手稿本亦有）

蝶戀花（三首）（陳水雲本新增）（手稿本亦有）

踏莎行（五首）（陳水雲本新增）（手稿本亦有）

蘇幕遮（手稿本新增）

紫薇風，紅藥雨。樹樹相思，織就相思縷。皓月窺人雲底露。今夜西園，又踏芳塵去。　儘杯傳，傾臆杼。博取歡娛，切莫商愁苦。海色濤聲相間處。斗轉參橫不待魚更數。

木蘭花慢（二首）（手稿本於其一題下小注「壬寅六月望日西園」）

踏莎行（手稿本新增）

晚靄迎晴，疏簾殢雨。今宵芳約誰爲主。金鈴幾遣護花來，靈犀許便隨波去。　𧫴息盈盈，枝頭苦苦。杜鵑聲裏疑無路。不如仍去舊西園，夕陽圓月容輕誤。

早年北大畢業，曾任教南京金陵女子大學，好酒逐聲色，常流連舞場酒謝，以其身材岸偉，常使酒與人爭風，屢占優勢（長子爲香港總警司，常得左袒）。晚歲戒酒潛修，棄詩學詞，有玉田生遺風餘韻。贈歌者滿庭芳一調，尤稱得意之作。

註一一　關先生新批：學斆，謂其叛逆之性也。

踏莎行　七和前均追憶吳興舊游賞荷花（手稿本新增）。

霧重疑煙，晴疏似雨。風輕月小誰堪主。一雙野鷺破雲來，兩三遊侶循西去。　綠暗花稀，絳愁菂的苦。亭亭青蓋遮歸路。吳興十里水晶宮，扁舟舊約平生誤。

踏莎行　八和前均閣雨（手稿本新增）。

瘴霧迷天，怒濤潑雨。蔫紅孤負東君主。贉他雙燕小雕梁，呢喃不肯輕飛去。　逝水無情，沾泥太苦。驚雷怕聽前村路。紅襟生性最嬌憨，殢人片霎芳辰誤。

鷓鴣天（二首）

祝英台近　壬寅七夕。

滿庭芳（二首）

清平樂　遊仙詞……（二十首）（陳水雲本新增後六首，手稿本亦有後六首）

浣溪沙　壬寅九月十六夜作（四首）

菩薩蠻　病榻不寐（陳水雲本新增後一首）

《高梧軒詩》鋼筆手稿九卷本

以下爲《高梧軒詩》鋼筆手稿九卷本（簡稱九卷本），乃趙文漪於刊印《高梧軒詩全集》十三卷本後（簡稱十三卷本），捐贈北京國家圖書館並入藏善本室「名人名家手稿典藏處」者。九卷本天頭處多有圈記（一圈、二圈與三圈者都有）、勾記，有註明「擬刪」、「刻時刪去」者，對此筆者未遑抄錄，亦不能確定全部都是趙尊嶽欲刪之稿。唯參與汪政權諸人，或下囹圄，或流離失所，或沉默終身，相關檔案文獻稀缺，趙尊嶽詩詞記錄其參與和平運動始末，尤顯珍貴，茲全部抄錄，以爲學界研究之資。

以下依九卷本目錄，羅列詩題詩作。新增詩題詩作，俱以標楷體表出。但凡詩作與十三卷本重複者，只留目錄，不再謄錄詩作。詩題、詩下小注有增刪者，一律附記於詩題之下。其他說明，見各詩腳注。

趙尊嶽〈高梧軒詩序〉

卷一

種松山灣

以高梧名軒漫題

題上海嚴氏三世耄耋圖

陳元白居士過談成唯識論

高孝毅先生挽詩

車次夜眺棲霞嶺

萬籟出林表，一寒浴露華。野煙深遠寺，驚雁掠平沙。缺月殘碑窟，遙燈處士家。松筠重疊外，巖壁認棲霞。

野行二首

家有良駟垂垂老矣貨之意殊不忍短歌相遺

春盡日示客四首

江次聞歌

李雲書屬題其兄薇莊遺墨農家圖

沈濤園十二丈挽詩

落葉驚秋暮，高人委逸姿。中興傳盛業，投老寫殘詩。松柏空山恨，江湖避地思。傷心無限處，只付水雲知。丈嘗手寫杜詩全集。

飛來峰下

萬方一指毫端相，頑石嶙峋對夕陽。立境不隨猨鶴杳，齋心正共水雲長，怯殘慧業餘情懺。未了孱軀逐道場，低首亭亭亭上望，幾回春泛又含光。

夏夜客座

安之姪畫山水索題

秋深一宿催黃葉，蓮社風流舊笠簦。斜日寒山昨夜夢，不須歸去問山僧。

寄曹纕蘅京師

丙丁之際，兵禍方亟，南北懸榜緝人如兒戲，偶見客名賦寫

桐江櫂歌十三首

藥農兄藏陽貞愍爲汪叔明繪夢衲庵圖卷徵題三首

徐仲可屬作曾義夫旌詞

酬邵次公秋夜寓樓韻

依次公答纕蘅韻

淺翠眉痕分宿暈，小紅簾幕妒朝霞。圍鐙深處花扶醉，減帶閒情夢作家。琴趣自慚歌宛轉，鏡聽誰計卜參差。曲瓊知是溫柔侶，特地珊珊待月斜。

寄聆風

迴秋珍重屬詩人，聊慰知聞第幾春。盟菊未教酬栗里，涉紅猶自托靈均。緣情記曲消塊磊，得句能神亦苦辛，此意相憑參聖解，西山十載挹蕭辰。

遙答李釋戡游靜宜園詩

箠次續得釋戡山游詩

徐仲可屬題天蘇閣圖卷二首

其一

影事青山畫扇邊，嫦人最是夕陽天。蘭荃不盡年時怨，老去閒情次第禪。

其二

白袷尋春春已遲，梨雲猶罥舊相思。屏山皴碧慳晴夜，依約橫塘一舸時。

北游雜詠十五首（一九二六）

西山謁羅癭公墓

釋戡昆孝同游隆福寺並至三槐堂觀書舊東市也

市樓約客來歲南游兼屬題卷子

頤和園約客同作

曹靖陶分惠徽州雄村故宅所植紅豆蓋數百年或實或不實比歲大實分遺友好為相思之券

和釋戡窮秋

黃菊東籬漸向殘，落英猶許饗園官。懸知迷霧終須曉，莫遣重陰故作寒。花路屏山空有夢，歌塵朝市怕無歡。斜陽檢點西風外，換盡柔條不忍看。

再和幽居秋盡韻

丁卯仲春冒雨赴湖上三首（一九二七）

爲蕙風簃義女潘雪豔題影潘工劇事蜚聲海隅二首

靜夜玩紅豆再寄靖陶五首

次釋戡七夕韻

樓臺繁吹初迎節，機杼清商漸向宵。罨畫雲開銀魄霽，隔林風送玉驄驕。斷吟不廢憐庾信，曝籍猶存妒謝僑。乞願年年徒自笑，影娥長自倚寒潮。

重過金陵平江府

釋戡校印癭公梨園掌故寄贈賸詩索和

九日賞菊邀客甘氏非園座中程子大冒鶴亭姚虞琴以杜韻酬唱繼聲

和釋戡九日韻

夢回春色換秋妍，似著閒身鉢盂泉。點檢瑤華惜往日，流離小盞動經年。階前風露無多好，天意陰晴孰許專。容易持觴邀菊醉，一擕筇杖過前川。

和纕蘅江亭獨步韻

纕蘅移家東城作詩索和

佳氣蓬萊絳闕東，劫餘桑海托壺中。青紅闌檻徐相亞，金碧屏山望不同。吹劍浮雲猶蔽日，盟騷倦翮尚摩空。終憐勝賞行吟地，晞髮扶酲叩碧翁。

題雲衲圖

能會逃禪意，眞如等劫塵。化身餘幻影，倚石了無因。布衲浮雲掇，芒鞋大地新。結跌消問訊，誰是夢中身。

湖樓

蘇虞記游雜詩同游同作者冒鶴亭葉遐庵合輯成集三十四首

殘醉二首

題畫二首

張次溪屬題銀錠橋話往圖記三首

其一

擊筑高歌事可哀，眼中家國付蒿萊。餘生不盡興亡感，竚盡流波更幾回。

其二

神椎博浪竟亡秦，漢業陰符策命新。何日相從赤松子，辟塵猶自為蒼生。

其三

藕花深處話前游，鰕菜亭邊一放舟。山影湖光渾不管，漆身吞炭話恩讎。

釋戡約游金陵寺冠修所卓錫者事阻不果行寄和原韻

有輯近人書法爲總集者收余新作拔爲神似海藏殊嫌不稱紀以長句

陳肅亮屬題寫經三首

卷二

落花和陳弢庵姻丈四首

陳石遺師屬作哲嗣可荊兄挽章

丁卯四月次公於王城重圍中寄示暮春雜詩浣誦黯然爲廣其旨賦絕句十九首（一九二七）

和釋戡庚午元日韻是年推行新曆甚力，且嚴禁摴蒲

直教絳叟欲疑年。幸有神荼強作妍。王朔廢同殘蠟褪，寇氛強似積薪然。順時覓句拈春帖。犯夜投瓊卜綵錢。未了吟情消半醉，夢回閒讀草堂箋。

律和劇社徵題二十年冊子二首

其一

廿年風雨消絲竹，千載興亡付管絃。惜起承平舊標格，一聲雙淚落君前。

其二

禹貢山川切莫論，虞廷茂矩更無存。起予猶識聲依永，夢裏尊前舊酒痕。

閩人重修杭州陳忠肅公墓徵詩

病榻和溫太尉柳枝五首

王仰先有朝雲之感，自青島寄傳徵題二首

其一

檢點芸編百可哀，更無消息到蓬萊。滄桑已忍金臺淚，莫遣愁人讀幾回。

其二

大隄望斷雲邊路，倚枕誰堪夢醒時。天壞王郎消瘦盡，冷風吹雨耐尋思。

庚午泛海北行養疴雜賦六首（一九三〇）

李斐叔屬題十二辰卷子二首

過津沽貽什公

南歸寄湯六松

深秋坐曉久雨放晴喜作四韻

殘鐙風雨消長夜，一響躭吟自倚樓。坐徹星辰迴斗柄，劫餘天地付浮漚。前修北國三千里，從此南冠更幾秋。有志聞雞應起舞，逝波莫但惜東流。

江知源翁構屋遼東以學易名齋徵詩次韻

辛未三月重游秣陵舉目淒異頗觸舊懷五首（一九三一）

辛未四月廣州雜賦四首（一九三一）

薄暝雙照樓招飲鎮海樓酒家

白雲山望遠台登眺

翦綠摩崖一徑開，層松次第竚新栽。不圖珠海浮槎客，來陟靈山望遠臺。靜水無風猶有韻，野雲怯霧乍驚雷。坐躭太古消長晝，莫惜雙丸去復回。

壬申殘蠟與藥農兄同游飲歙縣道中（一九三二）

癸酉元日和釋戡韻，時寇氛且迫臨榆赤峰矣

夢回依北斗，燕市寒妖氛。玉碎終亡國，金韜孰□軍。天傾憐棟壓，膏盡怯蘭焚。駘蕩春風裏，江關悵失羣。

題梅氏本事卷六首

吳敬臣屬題梁節庵丈畫梅余甫襁褓丈集以金剛經勸學篇供晬盤追憶惘然二首

送春

好春愁裏過，別汝況天涯。淚眼揮金絡，傷心誓玉釵。冷雲迷故苑，殘日映斜街。莫涴燕支色，因風寄舊懷。

綽約四首

馮文鳳女畫人繪百梅圖屬題二首

鄭大讓于挽詩

李協和偶作詩有撫髀之感屬和

會見雲雷破太空，雄師百萬集遼東。將軍籌握從容際。折屐微吟一笑中。

癸酉四月宿南海豐澤園頤年堂雜記十三首（一九三三）

醉中漫書十二首

協和登泰岱寄詩索和協和即李烈鈞四首

甲戌上巳纕蘅集客修禊玄武湖以興公蘭亭詩分韻代余拈有字補寄（一九三四）

同日京師頣年堂禊集，靳仲雲以謝朓詩分韻代拈流字

未許投鞭塞斷流，忍教禊事續前修。沾泥莫道飛花誤，顧影甯堪逝水流。涕淚新亭消片雲，山河北國夢千秋。綠楊紅樹周遮裏，廢殿頹垣一縱眸。

浦濱坐月

和纕蘅中秋韻

雁蕩紀游留示東道主蔣叔南十一首

其七

夢去華嚴路更深，明珠萬斛瀉高岑。恆河皺盡波斯面，恰是先生觀瀑心。

逭暑莫干山留題白雲山館五首

九日雞鳴寺登高未赴

累日層陰壓短軒，登臨無分怯晴暄。河山換劫霜風緊，涕淚銜杯濁酒翻。細疊萸囊徵掌故，怕從桓景溯淵源。避災自有全天樂，檢點黃花學灌園。

歲晚北行二首

津浦歸途

春夜過團城

腺疾經年卒遵醫囑于丁亥註一二初春專程京師協和割治住院經月枕次難眠四首（一九三五）

前作淒異病痊別立新義一反前說禪宗所謂奪竟蓋有類于此五首

病起應熊秉三丈邀宿香山雙清歡喜園習靜留題三首

由大覺寺策蹇至管家嶺看杏花新病不支墜驢有作

歸途過閩人林氏別業饒有園林結構蓋金源離宮故址且多杏花小息縱賞主人出冊子徵題

上巳後十日法源寺看丁香游人甚盛靜宜同行

卷二

急足西行病起登居庸關

張家口登賜兒山俯眺舊買賣城

過大同冒雨游華嚴寺觀壁畫歸途遇雪

註一二一　按：應爲乙亥

大同久勝樓傳爲明武宗巡幸所及即院本梅龍鎭故址

昭君墓

陰山歸綏新城步月獨客蒼茫歸途成詠

繞道陰山古狼居胥後至烏蘭察布盟

過陰山絕險處遙聽胡樂馬頭琴時三月已半嚴冰未解

三月既望抵百靈廟就宿蒙古包主人烤牛勃取暖烹羊胛奉客中宵月色如銀淩晨羽笳遙動氣象森嚴不知人間之何世矣

距包頭九十里萬山中有五當台宏麗爲西蒙三盟諸旗之冠余襆被來游見胡僧疊石爲鄂博展旛爲圖騰均黃教遺制詩寫其實

烏蘭察布盟爲蒙兀兒治所晤宗人匯川暢論屯墾邊務感賦一律

京師崇效寺牡丹盛開乙亥三月偕劍秋往觀並展玩朴公圖卷劍秋謂賦牡丹難于盛開爲先歐北公集中有之試爲繼聲（一九三五）

極樂寺在西郊以文官花馳譽薊北花色凡先後三變苦蕾時白色半開則青萼怒放又紅似賜緋以狀麟臺文物之制寺内凡十餘樹蒙密錯落余花時來游紀以一詩

橫海飛京師

飛車賦游仙詩五首

秋日習靜北戴河海濱七首

宿醒

舊有探梅之約悵攬芳菲漸成去故疏香淺豔未能去懷賦詩遣興

釋戡于上巳招禊秣陵未及赴會代拈嚶韻比年計綰春燕市者爲多每般懷想情溢于詞

約遐庵同聽劉寶全伯牙鼓琴時劉年逾七秩矣

符離集道中二首

飛絮漫天卷簾撲坐余懷棖觸寫之以詩五首

郊游雜詠四首

展上巳日臺城展禊碾懸字寄纕蘅

重九登靈巖歸途得纕蘅甲秀樓登高詩寄和

石閣扶莎一徑臨，琴臺呼酒試沉吟。客如籬菊同疏密，情比明漪問淺深。片霎山河輕擲眼。三生花草了無心。不堪斜日催歸去，更遣浮雲故作陰。

金息侯自津沽寄壽詩徵和

丙子冬日急足飛洛陽途次（一九三六）

過洛水

平生低首甄城賦，野宿欣過洛水濱。夾岸流沙侵晚渡，粘天衰草罨黃塵。采旄夢托明璫雋。翠羽誰酬縷枕眞，離合陰陽消刹那，人天哀怨一沾巾。

丁丑秋日北游三首（一九三七）

挽陳石遺師

挽陳伯嚴丈

丁丑七夕海隅戰事待發正勾當秣陵兼程迂道嘉興賦歸夜宿車次（一九三七）

翌晨

相見二首註一三

唐君感琴客之逝索詩二首

其一

最憶香消酒醒時，茜紗慵卸罨腰肢。更闌喘細噴餘麝，茗淺尊移濯賸脂。斷夢迷離徵影事，素秋蕭瑟付殘詞。十年一夢伶俜甚，彈鵲心情只自知。

其二

閒花褪盡少年紅，無復尊前唱惱公。泩海蘧教憐逝水，沾泥無計護飛蓬。支離玉骨禁霜妒，綽約豐肌夢雪籠。回首紅樓珠絡索，鏡波從此斷驚鴻。

珠海索居示袁君

鄭海藏挽詩八首

爲譚瓶齋親家題西涯致仕詩卷三首

丁丑仲冬南行雜賦八首

約客夜登旗杆山頂四首

戊寅仲秋渡黃海

京師雨中過松樹胡同

註一三　威志按：挽黃濬也。

昆明湖茗次

過西華門畔社稷壇後柳塘小憩

戊寅九日客金陵（一九三八）（十三卷本詩題作「九日客金陵」）

瀕行和前韻酬居亭

釀秋天氣半晴陰，薄霧濃氛罨茂林。酒廢衙齋緣事集，菊遲霜井怕愁侵。相期砥礪規時變，漫答瓊瑤苦韻瘖。惜別不堪臨去目，幾回搔首托新吟。

已卯（一九三九）北行宿南海勤政殿／已卯北行居處（十三卷本詩題作「北行宿中南海」）

庚辰飛京師駐南海／庚辰飛京（一九四〇）（十三卷本詩題作「飛京」）

由南海飛張家口召晤德邸（十三卷本詩題作「由南海飛張家口」）

金陵河房

閒坐

夜起

客樓萬寂賸風聲，直抵羈棲共五更。夜起攤書嫌字細，枕吟琢句怯鐙明。偶然眞我疑還璞，未忍今吾忽去程。靜極不知莊是蝶，鼾呼隨分和瓶笙。

褚吴興屬題先德手訓疏事三首

其一

別裁史格作編年，掌故差同野獲編。絕勝博陵聞見錄，雲礽後起紹前賢。

其二

耆舊風流尚可尋，殘箋書劍並關心。冠軍銅鴨堪珍祕，先德唐碑著意臨。

其三

傳家奕葉惟耕讀，報國才華漸老成，淒絕他鄉游子淚，一珠一字數平生。

清暇繕整舊詩漫題卷面

寇禍三年，北都有紀念其事者，爲之悽感（十三卷本詩題作「寇禍日寇侵華時作」）

溽暑鼓樓新村寓中治牘（十三卷本詩題作「客中溽暑」）

重九謝登高之約和致一詩

秋夜過文德橋三首

壽諸青來

廿年壇坫老書生，車笠猶能證舊盟，辯政文雄攖禁網，敲枰子緩犯嚴更。依然健飯偏憎酒，信是多才不好名。一自除官去白下，隱囊倦倚證雙清。

久客歸家漫興二首

歲暮賦歸二首（一九四〇）

辛巳春朝秣陵寓中聞曉角淒厲賦之七首（一九四一）

車次觀秋稼豐收

途次聞哀角蓋收隊者所奏

游絲二首

秋夜靜坐二首

其一

枯禪坐劫心能定，入世無言我更愁。瑟瑟西風吹落葉，渾忘長嘯獨登樓。

其二

斥盡黃金買盡歡，珠簾深處凭闌干。無因漸覺羅衾薄，側側秋陰作暮寒。

九日北極閣登高

危樓拾磴漸凌虛，樵牧初歸草未除。文字緣情感寥泬，霜風拂袂自趦趄。已拚哀樂拋塵外，忍識河山付劫餘。瘦盡黃花傾盡淚，夕陽無語送輕車。

釋戡約作展重陽集于所居三步兩橋

與圭翁結鄰情親鐙火于其別也爲之黯然

拂曉過垂虹

圭翁重來金陵迓以四韻

扶醉題所撰人往風微錄三首

其一

徵聞竊比傳心史，述德猶堪紹義方。淚墨微滲錄鬼簿，傷離惜逝兩茫茫。

其二

寒雲漸翦一樓明。夢裏衣冠屬老成。回憶尊前索梨棗，孤兒忍淚說平生。

其三

樊樓側帽舊京華，本事題詩付鬢鴉，十載風情消中酒。更扶殘醉剔鐙花。

甲申元日和曾愚公

誰謂龍蛇鬬野新，十年遲我老兵塵，世衰枯井勞餘汲，亂後疏梅發舊春。治牘頗諳黃老術，遺賓署效葛天民。清詩餘晷元辰好，始信愚公是至人。

齋坐

習靜三首

獨酌

初夏午睡得山靜句醒爲足成之

愔愔庭院日初長，紅壓闌干綠上廊。山靜濃春供駘蕩，盡閒獨客自相羊。雲低遮樹迷蛾黛，風細飄茵凝粉牆。中酒還知尋夢好，扶頭慵起課蒙莊。

午憩層陰

伏日苦熱乍發狂風知且雨矣

新涼便有秋意

輕陰纔幾日，隔樹倦鳴蟬。秋氣迎新爽，殘荷送一年。兵塵消海嶽，夢雨洗篋箱。午睡初酣際，斜陽上枕函。

卷四

乙酉嚴冬幽居和陶形贈影（一九四五）

影答形

神釋

乙酉除夕

忍事安經術，羈棲守道源。有懷猶理亂，無夢不家國。習靜消長夜，遼天互短垣。傷心聞爆竹，雲字忘書元。

丙戌立春（一九四六）

國論

元夜

夜讀唐詩乍憶過庭時事（十三卷本詩題作「無題（其一）」）

築隱以閣中所貽浮生六記假閱留題三首

其一

青山淡宕綠波輕，偕隱江南最有情。更說明朝清福好，重編續記話浮生。

其二一

倦游我亦紅南客。誤盡繁華百斛塵。今日邯鄲應夢醒，重教風月屬閒身。

其三

百事無如讀好書，幽居長日費踟躕。多君仙侶誠知己，料理名山伴蠹魚。

四月三日移寓藍橋賦宮體（十三卷本詩題作「無題（其二）」）

病中讀東坡詩

陰寒側側翦芳辰，妒盡穠姿縹緲身。遺世江山猶入畫，背塵形影祇相親。雲容罨繡凭幽檻，水調高歌負好春。遮莫重看元佑傳，白頭鉤黨惜斯人。

室人有饋

和客游園韻

非關春恨不悲秋，底事行吟集百憂。弱絮漸隨流水逝，新詞漫諳掃花游。砌陰初長三年艾，雲外誰開百尺樓。到此直教豪氣盡，莫將恩怨殢心頭。註一四

送春

疊和

再疊

三疊

四疊

五疊

六疊

七疊

八疊

和人送春韻

一疊

兩疊夜夢上塚

三疊薄醉

四疊偶憶玄武舊游

註一四　此首詩和梁鴻志〈獄圃閒步〉「眼底芳春似晚秋，意行聊用散幽憂。雁行何限范興話，鳶站今忍馬少游。垂老英雄宜種菜，已衰筋力怯登樓。妻孥莫問眠和食，自有丹心然白頭」。

五疊答贈茘枝

和章孤桐（稿本有二首）

其二

舉世從教負謗名，儒冠挾策事難成。梁亡魚爛江山壞，僑壓榱崩性命輕。乍伍諸黥瞰吏卒，羞懷尺刺謁公卿。原知憂樂關興廢，滅度何妨爲衆生

移居和客

一疊

刻木誠知對不詳，銜冤多事問巫陽。索居久已疏琴筑，強飯新來試菜薑。短檻疏花分細雨，危樓罨綠乞餘涼。羈人更奈相如渴，容易金莖夢蔗漿。

再疊

天道周星試自詳，蟾蜍乘漏迓朝陽。人情早似雲翻雨，世味渾同蜜漬薑。已分小邦比曹鄶，不堪殘曲聽伊涼。夢回一往無多惜，甑破猶散乞水漿。

三疊

屈子箋天事未詳，東君倉卒送青陽，山青夙已違櫻筍。河鯉猶堪點芥薑。輕夢中宵渾寂寞，高歌別院自蒼涼。不須更問人間世，赤腳黃鬚友賣漿。

孫九索贈（十三卷本詩題作「有贈」）

唐壽民獄成長羈索詩（十三卷本詩題作「有贈」）

丙戌午日得潁川哀耗（一九四六）其二

追念昔游獨居棖觸輒系一詩十首註一五

其一

躍馬橫戈最少年，歸來青鬢惜華顚。腐儒果學承家法，逐客傳經補外篇。竊祿遽憐三昧戲，心齋未了半生緣。久疏醇酒爲多病，過盡飛花不礙禪。寶山趙厚生，幼習戎事，長治儒學，嘗輯半部論語及老子學解。

其二

武昌張棣生爲廉卿先生文孫。工律耆飲。所居槐堂故趾在新華門右。被逮飲鴆兩度，不食以歿。

其三

仁和王叔魯爲廣雅門人子展三子，屢長度支，仍困于貧，勉出筮仕，且先得蜀中授意，變起，亦罹法網，以病死。

其四

無錫繆不成銜蜀府命，使日議和。忽兵敗就降。遂沒其前功，論辟蘇州。

其五

長沙張廩丞爲辛亥革除前輩，備位金陵，不涉政事，亦罹禁網。丙戌元日占易，謂命盡矣，旬日病發，失醫致死。

其六

閩縣陳人隹（鶴）好聚書，多內寵，嘗以宋陳起刊《江湖集》見贈，變起自酖以殉。

其七

閩縣蕭叔宣同出西流灣即遭變兵狙擊，不治。

註一五　威志按：詩下小注刊本已刪，今據稿本補之。稿本上各詩爲三圈，未審緣何，或因避忌，竟不錄小注。

其八

杭縣湯爾和以醫家從政，曩日北行，握手病榻，期以規復，語重心長。

其九

江陰殷桐聲慷慨任天下大事，海隅車別，發病長逝。

其十

昆明袁峴公爲蜀中所遣刺客辟殺。

丙戌九日移居醫樓和客韻

贈朱赤子三首

和章孤桐

塵埃車隙自相侵，不盡蕭條歲暮心。詩豈眞囚孟東野，詞堪命世顧西林。孤舟許子迴天地，兩戒誰堪共古今。猶倚玉梅問消息，巡簷幾日更逢君。

黃任之粥字療飢詩以寄志和答四韻

丁布衣後人觀萍法曹屬題所書甲骨文冊子三首

丙戌十二月初十日新元雜書四首（一九四七年一月一日）

舜兒北戍于經歲，駐松花江畔調解戰事，殘冬過視不獲延晤，遙見戎裝峨冠而已（十三卷本詩題作「舜兒北戍四首」）

爰居挽章（十三卷本詩題作「挽章四首」）

露臺就曝

殘蠟廿六日，和姊冒雨來視，一別經年，感喟何似書寄註一六（十三卷本詩題作「贈和姊八首」）

醉司命日書牘背

不堪字字關興廢，忍使中原父老知。繫獄鄱陽工授簡，仰天周勃更無詞。書空自訟辜佳節，草檄猶應似盛時，慳醉忘歸告司命，興來韓鄧是吾師。

家人除夕饋遺

家人珍重饋春盤，菘韭胡羊足一餐。似有椒花供獻歲，儘刪金帖笑休官。嚴更細語知懸禁，子夜新篘強自寬。遙想彌天風雪裏，小窗鐙火尚團圞。

丁亥正月初二日舉之□□生朝，寄此祝之（十三卷本詩題作「寄舉兒舉即文漪三首」）

丁未正月初三日獄成長羈示靜宜（十三卷本詩題作「無題十一首」）

同日雪中得傳夫人萊君來詩和答

不聽豪竹與哀絲，屏盡繁華亦自奇。試檢浮名誰見詆，從看亂政更何辭。雲天霽雪爲張目，海燕危巢尚戀枝。幾許詩情消永日，猶懷直筆畏人知。

僉人奪予藏書，憤寫長詩（十三卷本詩題作「藏書被劫憤寫長詩」）

三年

淺笑

雪夜讀孫吳兵家言

讀鬼谷子

註一六　威志按：趙志道，尊嶽二姐，適楊杏佛。

和傅夫人蒹君立春並示築隱，時方同室故云（十三卷本詩題作「和人」）

游仙

蘭房小玉慣呼茶，乍對瓊窗掩碧紗。秀翦星眸眞奪魄，愁分露臉妒還家。開襟菽發相思子，移鏡珠文並蒂花。奴是媢豬即嫪毒，九華綵被不須遮。

立春日遷居新舍

移居示仲符四首（十三卷本詩題作「移居示仲四首」）

夜夢張孝若

送金雄白至別院（十三卷本詩題作「送金雄白」）

卷五

讀明季北略書後四首

築隱不獲平反慰之以詩二首

其一

爰書重定許重刪，舉世憑誰更辨姦。未必東坡眞海外，原知季子尙人間。侵尋歲月終塵土，栗六功名付草菅。還是劉伶持鍤好，勸君遮莫淚痕潸。

其二

相期緩死忍須臾，莫負堂堂七尺軀。手挽銀河洗兵甲，肘懸金印醉菰蒲。曾陪密草中興策，每訝書淫記事珠。歌到花開遲陌上，餘生猶乞共桑榆。

客年屢作暉韻詩瞬更裘葛再賦一首

歷歷東風亂曉暉，晴絲還賸裊鐶扉。一春花鳥驚心換，去日樓臺入望稀。已分朱顏消短鬢，尚勞白袷試新衣。丁香罨雪無心賞，病樹多情亦盼歸。

寄示

靜宜常日課書全唐詩倦則負手花前茗吟自遣習靜忘言闊別三載此景長在目前賦四韻

靜宜饋遺至

就家人索詩韻猶舊藏也重見劫餘悲喜交集書之贉背

夜讀張水部詩後記

裴伯謙戍新疆，探河源，著《河海崑崙錄》，文極駿肆，鄭韶覺其弟子也，攜入禁中以自遣。遂屬題句，因賦排律：

「山邱華屋並無言」，十三卷本改作「成王敗寇付簡竹」。

「觀空晦朔遺離憂」，十三卷本改作「已疏百癖遺離憂」。

「吾生有涯世無涯」，十三卷本改作「緣兹宇宙拓萬象」。

鄭韶覺翁索贈

屢問家園海棠芳訊蓋東南之冠

東坡熙寧除夜直都廳詩讀之增仁人之思試用其韻

夜讀東坡種樨栝詩遂憶吾家雙栝

寫西樓帖紙即用東坡六觀堂老人韻

書如雨潤芳原滋，詩力扛鼎寧些須。坡翁神筆天下無，所見本本形色殊。石華繭墨千年徂，西樓瑰寶誠媚吾。陵谷異勢海忽枯，囚累尚挾所好俱。殉義直欲奪孱軀。昭陵蘭亭足自娛，墨光盈盈泚肌膚。每獲聖解一驚呼，劇勝美酒飫明姝。

再用東坡醉墨堂韻題西樓帖

春暮嘗新二首

乍憶金焦舊游用東坡金山寺韻

學書用東坡墨妙亭韻

梨花絕句蓋山谷書奉外舅孫莘老者少游有和作錢梅溪得之高郵遂付石墨韓城師禹門跋謂嘗見閩刻三十首與之大同小異然山谷少游兩集均失載豈編集時未經收入耶余傾就梅溪叢刊玩讀之書法猶山谷盛年時筆意詩更蒨倩饒得五代間柳枝餘韻春陰浣誦試和繁聲以消長晝至用韻微異者則從山谷十首

五月朔日弔築隱二首（一九四七年六月十九日）註一七

其一

暴秦失鹿十年間，巷哭家家對黑山。始見摳衣來一士，漫從揮麈辟群蠻。微軀早爲蒼生擲，厲魄應收赤縣還。雞黍平生原有約，高歌莫放夜窗閒。

其二

檻坐長吟自傳詩，交期我直傲微之。中興夙又傷禾黍，亡國甘同據蒺藜。比戶鐙昏猶話舊，傳觴句好已嫌遲。悠悠萬恨人間世，淚向斜風余獨思。

午日颶風中感逝

客人以新茗見貽用東坡和蔣夔寄茶韻答之

馮若飛致意拳拳遂憶春明舊游用東坡寄王晉卿忽憶寒食游北城韻

舉女送冰至口吟三絕句三首

註一七　傅式說以此日被槍決。參《各省處理漢奸執行刑罰表案》，《國史館》，檔案號：022000001670A。余子道等：《汪偽政權全史》，頁一四六四。

用東坡記園中草木十一首韻以記家園花木之盛十一首

楊公濟梅花絕句東坡兩和之茲再賡賦以寄余懷十首

示中將／是人仲（十三卷本作「示仲三首」）註一八

和曾錫鋅

夏夜行散再和

心同殘蠟漸成灰，猶向人間賦七哀。不信賭棋眞擲墅，忍循曲水憶流杯。風情落漠禪初定，夜氣迷離天一隈。隔盡短牆餘悵望，海山能幾供詩才。

三疊

搗麝成塵尙不灰，三年點檢賸餘哀。謗書積毀疑盈篋，濁酒無人與泛杯。辟世夢回疑澤畔，閉門句老冷雪隈。蒼生憂樂難忘處，幾更輕狂有異才。

孫九曜東爲姬人索詩[註一九]

海桑歷亂劫無涯，陌柳穠纖興不衰。一代紅妝矜季布，三年珠字慰秦嘉。嫞脂⿰谷曷眼應添畫，墜韻鶯吭緩趁撾。別有風華傳秀句，歸來尊酒鬪尖叉。

孫九行有日矣，用原韻貽之

造物從容遣有涯，歸程歷歷望中賒。棘牆別後親知念，杏蘂前頭節物嘉。命世重揣鬼谷術，消愁儘縱正平撾。賭茶餘韻嫺風雅，好賦香籢手八叉。

三疊再贈

東皇管領舊生涯，往事酸辛夢已賒。松雪雙清垂至大，楞伽秀致紹乾嘉。湔裙漸覺春光好，趁月微嫌巷鼓撾。見說營巢還絕勝，丹青指點玉鴉叉。

註一八　威志按：即譚仲將，趙尊嶽女婿。

註一九　孫曜東，一九一二年生，畢業自聖約翰大學，後去美國康奈爾大學金融系深造，爲上海近代著名銀行家和實業家。一九五五年因潘楊冤案入獄，一九七五年獲大赦，任徐匯區政協僑聯高級顧問。

丁亥中秋（一九四七）

葉勃勃挽詩註二〇

傳呼曾見一軍驚，上將神威壓虜營。忍恥江東方卷土，受降河北乍鏖兵。牙旗肅肅三臺擁，鐵漢錚錚五鼎烹。不信舊游成寂寞，夕陽江漢竚弓旌。

舉中以粔餌雞舌見饋三首

題曾錫錞聽雨齋詩鈔三首

其一

功業湘鄉四海知，文章餘事繫安危。悤悤一萬年間事，尚許騷壇付總持。

其二

西江法乳得傳眞，琢句鏤肝意自新。別有髯蘇應細讀，崇桃炫李見精神。

其三

珠箔紅樓醉錦筵，好春消息杏花天。而今無賴聽秋雨，點檢齋銜已惘然。

孫九移居索句註二一

重樓斗室共危疑，餘事尊前祇論詩。早識巘圖終涉坦，能禁小別不長思。陽春漸卜歸期近，國議微嫌赦令遲。今日送君揮手去，百年心曲更誰知。

八月十八日潮神誕猶記與靜宜海寧之行

十九生朝作註二二

註二〇　葉蓬，字勃勃，相關檔案見羅久蓉〈軍統特工組織與戰後漢奸審判〉，頁五三二，註四九。日本敗北後の8月、いったんは蒋介石に再任用され、国民政府軍事委員会第7路軍総指揮となっている。しかし10月に、結局は漢奸として逮捕されてしまった。1947年（民国36年）9月18日、葉蓬は、南京で処刑された。享年51。

註二一　威志按：銀行家孫曜東，果然他也在獄。尊嶽此詩已知能出獄，在一九四七年其生日之前。

註二二　丁亥，一九四七年，威志按：則趙農曆八月十九生日。趙生於一八九八年清德宗光緒二十四年八月十七日，則爲國曆西元一八九八年十月二日星期日。

豐城寶劍事如何，世亂由知獄氣多。長繫陳蕃傾赤社，三秋吳質竚青娥。鏡低微著霜侵鬢，禪定難禁日似梭。斗酒夢迴酬鐵笛，南飛新曲尚高歌。

五十生朝放歌

同日漫書三首

其一

雲開曉日動晨鐘，掃盡愁霖積翠濃。揩揲道旁逢謝石，生朝知定是眞龍。生前淫雨經月至生朝始放晴。嶽廟重午日生，定十月十日爲萬壽節，嘗遣小璫卜子謝石書一朝字，石曰，此必十月十日生聖人所書。

其二

詩壇宿草恨難尋，聲叟塡詞自賞音。海國從容塵外客，幾時重許共朋簪。余與林子有、陳蔗青、黃哲維同生日，輒共宴賓客。不數年林黃俱逝，惟蔗青遠使南美。酒人星散，爲之憮然。

其三

西樓驚起病相如，掣電奔雲掠炮車。身廢不須窮理亂，十年前事一躊躇。四十生日臥病西樓，淞滬兵事正亟。

九日廢酒

往歲十月十日令節先公必張宴款辛亥參與密勿諸公且傳觀遜國文獻爲一年盛事余小子亦輒侍末席晚歲耆彥凋謝始廢其事屈指蓋三十年矣丁亥節日追賦其事

欣聞還墅之訊二首

其一

昭回樓閣認紅襟，雅淡琴書擁玉簪。賓客欣欣投轄醉，花風習習隔簾侵。更從時雨開三徑，莫泰家風惜寸陰。爔毷青氈應似舊，兒時腰鼓好重尋。

其二

老子南樓興不衰，岸巾撰杖侍歌（梨？）眉。遺孤忍擲楹書盡，一木眞支大廈危。花若有情遲舊主，松還著意透新枝。年來破涕難爲笑，許告堂前燕雀知。

寄樂三弟青州頗憶乙酉秋夜方共尊俎翌晨一別不相見者三載矣

寄藥農兄北都猶憶北巡錄別大醉

別時微著酒顏紅，父老旌旗屬望中。事壞肯爲三字屈，神完能遣萬緣空。十年上苑迎朝旭，幾度明湖櫂晚風。南北白頭千里隔，蕭齋賸檢舊詩筒。

曉枕

和俞子范九日

霜腴斬我作山游，花瘦依人隱石陬。自笑餘生眞忘老，劇憐廢圃尚宜秋。皷皷烏帽思寥廓，寂寂黃壚念拍浮。賸有閒情能作賦，不須開徑迓羊求。

壽黃任之七十

孫繼之屬題秋山紅樹圖三首

讀天親菩薩發菩提心論題記

風華無著與天親，奪境須彌隱粟塵。心動風旛知著相，劫遺龍象不猶人。已經阿鼻難爲獄，乞與低眉舍此身。何處招提更招隱，觀河莫驗鬢霜新。

和曾錫錞秋興四首

夢岑三心叔來談

期書不至徒玩前箋自遣而已

書至

橐饘行　吾鄉盛餐英衍家書爲長詩余讀而善之和答一首

丁亥大雪日奇熱作憫農詩

賦詩翌日陰冽轉寒饒有雪意再作一首

懷舊

金雄白移禁來書堅雲棲之約報以小詩

一牆遽似桃源隔，片札還疑鯉腹餘。遲我雲棲桑落酒，殢人元夜柳梢初。猶期報國珍書劍，莫遣長才廢櫟樗。花事春明應更盛，清詩還欲鬭瓊琚。

連日陰霾靜宜生朝饒有雪意得泛觴遙介眉壽喜賦二首

和曾錫錞賦雪二首

卷六

袁中郎梅花絕句輒在汝南壁間見之賦和寄懷二首

初春和舊作侵韻二首

其一

難忘白袷舊時心，百合濃熏醉漸深。一夢眞教愁似睡，三年未許綠成陰。遲遲露葉晴邊茁，歷歷花蹊亂後尋。徙倚不成憐怨曲，薄寒樓閣隔疏林。

其二

詩因懺盡百年心，會到無言意轉深。窗奪江雲浮曉霽。夢依檣燕逐春陰。久疏玉勒當花控，乍坼山礬撥葉尋。不似平居幽賞好。梧軒新綠壓芳林。

開晦轉晴瞬息間事窗次遠眺三疊前韻

碧翁有恨亦無心，轉綠回黃意自深。晦盡春隨江樹秀，水窮雲起海天陰。芳時了了辜三宿，嘉約遲遲許舟尋，不負千秋陵谷變，朣朧長與照溪林。

張一誠手治牛炙湯餅見贈四首

四海

玉璫

題大別山桃花島（息）夫人廟碑搨本三首

其一

斷紅寂寂下成蹊，怨絕東風漾碧溪。一自渚宮傳故事，小姑祠畔補棠梨。

其二

散盡芳魂過盡春，莫將輕薄誤花神。無言有恨消塵土，贉幾冰清玉潔人。

其二

暈粉輕煙水一灣，拏舟好趁夕陽還。無因環珮荊蓁裡，愁對靈峰大別山。

家園玉蘭盛開

海棠不花聞之悵悵

和俞子范初春

燕子堂空膪曉簷，懷歸猶殢雨廉纖。一痕嫩綠春新上，半縷狂香夢舊添。未了多生矜習氣，更無餘用話韜鈐。塵羹土飯吾能飽，息息心齋境自恬。

夜深望月巷歌淒厲不寐再和

侵晨閣眺三疊

三月三十日懷咏還京和子范

珊瑚鬬勝莫相夸，吟斷初更巷鼓撾。風雅招邀餘唳鶴，幽閒鼓吹屬鳴蛙。花天懷舊蹤難認，瑤想成塵事已賒。一曲商歌慳好語，念家山破自無家。

舊與靜宜同游金山寺雲藍閣爲齋主供養時披袈裟留影忽忽逾十稔矣戊子二月二十六日不戒于火全寺灰燼傳殉僧數人感嘆成詠

讀書雜憶四十首

統一兒從戎三載，期以歸來，賦此速之二首

杭州許藻庭五十索壽詩

戴英甫索贈

戊子五月朔日追懷傅樂清蓋其亡忌

越三日追懷穎川（十三卷本詩題作「追懷穎川」）

五月初六日得更審訊答客（十三卷本詩題作「無題」）

五月二十七日賦事二首

陳散原丈歸葬杭州不克趨奠敬賦四韻

意不能盡再賦

子范賦歸索和四首

子范更請以前韻作香籢體平日涵濡于詞者較多涉筆不愼便落詞荃因專事淡語規模至堯苦不能工也四首

戊子七月初三日盛暑晝晦風雨志異

夜夢與稼農景周吳氏昆季春明游觀

書狄平子平等閣筆記後平子固深于禪者三首

其一

野塘映月弄春姿，坐到殘鐘欲定時。應似觀河能皺面，此中深意阿誰知。

其二

緣知慧業是空花，窮子思歸自覓家。透過有情非色界，何須綺語證楞伽。

其三

初地差工說洞冥，難消塵障是丹青。明朝轉識須成智，那有山光上畫屏。筆記多涉鬼趣及丹青事，尚是障也。

外孫女新令塗鴉函候，情意殷摯，笑題其後，示仲將、舉之（十三卷本詩題作「外孫女新令塗鴉涵候情意殷摯笑題其後」）

壽曹敘彝五十應雄白之屬

自識謀生好，彌知涉世艱。平生文字樂，隨分泖淞閒。祖德能傳集，兒曹解舞斑。少微居士隱，尊酒且開顏。

和子范寄詩

秋陰細雨滌驕陽，說劍論詩未易忘。歸騎已尋三徑樂，亂花微著半枝黃。蕭蕭院宇難爲客，落落才情許更藏。他日欲從沽一醉，當歌猶托少年狂。

孫道始治申韓書有所憤將繪焚律圖余嘉其意先題長句

忽憶大明湖游事漫記

一亭疏柳映斜陽，繞郭穿湖縱野航。漸起蘋風驚雁字，卻回菰雨逗波光。抉闌歷歷平林闊，負手颸颸短袂涼。高閣半天金碧外，廿年游屐未輕忘。

病中口號

郭學群伉儷飴以截肪飴桃賦謝

再附短句

樓深久厭園葵薄，舌在重嘗臠脯鮮。更著綏桃釘座好，王郎哺啜又當年。

戊子九日

客有談兵事者雅無多語示以四韻

薄醉

晚坐

和萊君夫人九日（十三卷本詩題作「九日和人」）

遙憶金陵梅花山

題簡

傳是樓挽詞

圜法日懷百萬始買得蔬果細民遂匿貨不出幾無自致肴饌以知大變之當前也賦寄孤桐

和客賦事註二三

二疊

三疊

原四疊

殘衾游憶飯麻胡，玉闕星期更有無。柳妤纖腰金作縷，菱開妝面月當湖。尚留老眼看陵谷，怕祇多情付畫圖。一覺不嫌愁裏過，十年消息竚啼烏。

原五疊

頻年不接酒家胡，孤負蠻靴窄袖無。壯語紛紛徒斗室，幽懷宛宛繞長湖。觀兵久擲壬禽遁，慮世難言讖緯圖。欺魄早同南郭隱，只將三足驗陽烏。

四疊

五疊

六疊

註一三　九卷本有八疊，十三卷本刪去原本編號的四疊、五疊。

卷七

庚寅南游客仲將家酒疾遽發去死僅間毫髮留連蓐褥五閱月雜作口號九首（一九五〇）（稿本十首）

其十

國毀難爲龍射辱，時艱誰視虎頭癡。堂堂不負蒼生願，漸到千秋論定時。

午日和章孤桐三首

海濱飲座三首

芬女伉儷飛渡重洋賦此

挽潘一山中將姐丈

遷居公爵街戴宅示安之侄

自有相如識鄭虔。朝官東洛竟南遷。蠻風襲海非吾土， 簡尋書只舊編。藉藉故人分斗室，蕭蕭沉痼動經年。但餘詩思難刪乙，猶賦紅棉寄錦箋。

曩與靜宜同游祕魔崖剔蘚尋詩得蒼趣翁舊題此景歷歷二十稔矣頃偶讀滄趣集復見此詩爲之悵觸賦寄靜宜共賞

靜宜來書輒繩王城勝賞苦不獲偕賦答

統兒去廣州就叔氏擇業送之道左勉以攝衛

伯潛春榆貽書三老並隸瑯琊甥館爲余姻尊。疇日北游伯潛殷勤召飲且題拙卷寵以小詩于時已八秩矣。一別廿年，重展遺集，爲之泫然

同隸瑯琊屬館甥，敢持玉潔企冰清。望公元輔眞仙逸，媿我風塵後輩行。破屋城西陪劇飲，小詞研北繼新聲。高梧卷墨今猶瀋，只是神樓未許營。

舉姉兩女盡室北歸示別

偶成

夢裏年光似倒流，亂紅新綠上層樓。幾番眉語要輕誓，別樣魂消起百愁。珠箔碎籠雙影細，金莖涼趁一卮浮。不堪月落烏啼後，驚起覊人聽曉籌。

感遇二首

病起小憩璇灣二首

淺水灣頭三首

習靜

簪裾不復憶朝參，窗外山赭水挼藍。權作臥游欣獨賞，故應詩味漸精諳。鶯吭嚦嚦新羅幕，柳眼青青赭石龕。喚起幽人無限意，笑拈銀管理芸函。

仿玉溪體前韻（十三卷本詩題作「仿玉溪體」）

送客

馭氣排空作壯游，峨峨方丈是瀛洲。撫膺義不稱秦帝，舉目身堪笑楚囚。好見中行賦祁父，且從宣子獻羔裘。郵亭一曲風光好，蘭畹金荃竚唱酬。

庚寅八月五日得統兒噩耗艸往經濟其喪拉雜賦悼詩父子緣慳血和淚忍凡得十七首

壽章行嚴七十

壽葉玉虎七十

開濟權衡四海知，冬官經術有餘師。堂深繞砌惟芸草，吏退尊前衹柳枝。玉局頗知禪墮劫，金鑾近譎密論思。闌干北斗遙稱祝，小隊追陪更幾時。

庚寅九日

黃菊茱萸歲歲開，龍山戲馬已無臺。衰顏漸逐秋容減，綺緒終拚影事灰。望裏新楸徒惜逝，刪餘殘句只銜哀。雁書尺帛難相付，海內誰來共一杯。

重過沙田普覺園蓋統一養痾舊寓所常至也

讀東坡詩用孤桐元韻

縞衣二十尚能從，秋夜臨皋一夢中。鉤黨漸疏人乍老，山川依舊翠浮空。誅茆南海難爲隱，讀易東窗未易通。遷客餘情曾領畧，蒼顏白髮許隨公。

弘法精舍吳藴齋居士供齋聽倓虛和上演教

斜陽映海似平蕪，水淨沙明綠未蕪。久分寸心同槁木，卻從丈室飫伊蒲。山河大地原爲我，水月梵天更不殊。聖解今朝眞轉識，微嫌多事論潛夫。

壽王十內兄述勤七十

聞歌口號四首

統兒七虞適得粵中寄來墓圖感書其後

寄壽靜宜

午醒

扶頭不醉亦微醺，紙帳從容一欠伸。綠靜車聲疑破午，紅稠花氣漸侵人。書拋弱腕緣新病，夢冷衾單祇目親，莫問他生思往日，碧城兜率記難眞。

十二月四日賦落梅

殘年游黃大仙廟或云黃石公也

除日

天南誰寄百年心，多事樓臺付夢尋。綠萼尊前終恨少，晴窗燭上不知陰。猶矜赤縣神州好，每苦皇圖海寇侵。檢點椒盤明日事，鬱茶攬袂共登臨。

孤桐惠詩追述辛亥改革枉顧紆籌事清談移鼎史蹟罕傳景運共和肇端斗室倏忽三十餘年知者蓋僅時于方十三歲撰扙側席正似昌谷之于昌黎也日月居諸東山蔓草垂涕答之二首

余方垂髫　先公命以文字就教林師畏廬孤桐爲致之京師四十年後話舊賦及

除夕此間花事甚盛中夜往游

家書道靜宜亦白髮微添矣（稿本共二首）

其二

海渡移舟送去航，綠波重疊意迴□。三年積別春應晦，一夢馳思夢未央。開篋空嫌銅映月，扶頭漸覺鬢盈霜。吾哀信更憐君老，同是離人羈異鄉。

春陰

靜宜久輟吟事北國來詩饒多雅趣二首

得海上來緘二首

其一

共踏陽春撲面塵，海隅猶賸未歸身。南陽故里今誰主，不欲低頭問路人。

其二

丁香已盡桂枝荒，麴草低迷蹴踘場。密勿莫言當日事，空餘舊額榜書堂。

辛卯六月十五夜寄靜宜

蒙學算經校餘漫書四首

蒙學職方記校餘漫書四首

淺水灣觀水嬉

鴛跕終如馬少游，水邊時復一激眸。樓臺錯落朱成碧，風日蕭疏夏漸秋。襟解豐肌矜薄媚，劫遺病骨諱新愁。茗餘已看銀蟾上，逐隊歸來認阿侯。

過海濱船埠與靜宜錄別之所感吟

史詠賡得一客袖詩還五字斷句爲余寫實足成三律三首

辛卯九日（一九五一）

王四彥和内兄年垂八秩北行浮海視女

客來述臺灣事雜賦兩絕句示之

其一

射天笞地尋常事，艾畢何曾御態臣。海島彈丸眞蕞爾，中行說尙主和親。

其二

寧有中涓能禦敵，更無番將足防秋。今朝已是魚游釜，來歲行看水覆舟。

示感勺波

東南物望介江湄，車笠休明事鼓吹。氣象龍光懸綵筆，墨文寶劍倚神騅。莫嫌白髮俱滄海，輒笑青藜共絳帷。論政近來疏燕許，經師詞客自昭垂。

近有藻繪綵山川人物之屬爲服御者客以爲多出西制余曰中土舊固有之雲仙雜記關文衍官散騎常侍嘗畫九華山水于白綾半臂著之曰令吾此身常在雲泉之内其蒿矢也因亦習御之

壬辰六月望日坐月寄靜宜（一九五二）

壬辰九日詠賡招俞振飛伉儷作局吟唱適得海上來書（一九五二）

李明屬題畫冊三首

由西環校圃循山下降微芒隱秀夜歸輒窮幽賞一日倦餘過海觀殘月漫書卷背

壽靜宜

再製四韻

日寫唐詩更幾行，興來直與古人盟。每循花徑攜群稚，偶遣離觴手一觥。北國雲翰堂上好，炎洲歲序客中更。陰晴天氣兼關注，細數梅開倚短檠。

舊和楊公濟梅花十絕句寄興遙深忽忽十稔消息零落壬辰仲冬重獲幽賞雕痕墜影不異當年欣再續和十首（一九五二）

黎國昌素治格物，老客南天，以蟲魚授徒自給索詩

藕孔窮經不厭貧，窺蠡測海遺芳辰。夙知脈望通仙籍，老泛鴟夷榜逐臣。觀物澄懷徵氣象，達材成德語酸辛。相逢容易瀛洲外，障盡元規撲面塵。

壬辰十二月初二日賦紙帳梅花（一九五二）

癸巳元日日蝕寄靜宜京師（一九五三）

勺波棄武備，課徒傭書，生事甚困，暇時尚行博自遣。日者飲友人家，歸途仆傷一足，來書謂淹纏二日，亦以爲苦，所假微資當徐徐償之。余賦詩代柬，發其一噱

彊場有儒將，幃幄預密勿。聲華振鼓角，威令肅日月。五年同朝班，比肩廁金闕。我弱治露布，君勇專斧鉞。堂堂石頭城，偉攎共英發。一朝世道變，千劫壯心歇。請室我三載，間道君百粵。所喜俱脫險，復又共几席。我猶眷文翰，君亦授典籍。奪我治生事，分我殘杯炙。我殊不自吝，借箸爲畫策。聯鑣各競爽，兩雄豈相厄。此事古所難，素心永晨夕。閒助草堂資，戔戔不盈百。暇往事樗蒲，鼓腹飽魚鱉。當年五鼎酣，今日一盤啜。當年萬貫輕，今日一驍擲。

老尙富童心，此樂未爲失。既醉且復飽，躑躅返巷陌。前已屛呵殿，後不見警蹕。十年汗馬嘶，竟至愁一礩。不爲翰苑齊，幸作學士石。豈眞早倚秋，老驥甘伏櫪。偶然脫韁靮，便爾患顚躓。書來道委曲，耿介勵清節。宿逋緩見償，徵醫起痼疾。壯士慳斷腕，君自俱仙骨。生才必有用，金盡何足惜。余頑尙作健，卅韻當報札。願申縞紵盟，狂歌誌莫逆。

余大綱招飲座中李栩庵談命甚神迨及余輒應之曰求田問舍外無他願矣相與絕倒歸途賦此

曾履川和余此詩再疊答之

栩庵爲余推命，余自問數奇，正如中郎九推所謂星宿値貧也，寄詩爲謝

遲春轟飮最殷勤，地迥樓高酒半醺。御史親裁三命法，中郎舊製九推文。弄人造物眞狡獪，化曜傳書出典墳。君自前身有仙骨，機先粲舌氣如雲。

卷八

近授諸生美學，絕少傳書。因婣女就徐氏女假得兩種，蓋故人徐森玉女公子也。頗憶曩歲北居，搜刻明詞，森玉傾篋見假，更惠以影鈔。陳坐穩和草堂詞孤見單傳之本，爲蕙風師嚮往而未及一見者，光陰荏苒二十年前，朋簪之樂，輒上心眼，爲賦其事，悵然久之。

林下行

詩卷寫成猶留餘軸別作三絕句爲補跋三首

其一

少陵詩史足酸辛，好遺婁東步後塵。中有銅仙辭漢淚，傾河注海付何人。

其二

夙傳元白宗風永，晚見王靜盦楊雲史格調新。更有義甯陳衡恪張一𪊲𪊲。大招涕淚弔靈均。陳挽靜盦詩極工

其三

玉板朱絲試一揮，闌風側雨鎖詩幃。炎洲竊擬東坡老，八賦書成好卜歸。

癸巳上巳日禊游淺水灣分韻得騁字（一九五三）

新會唐天如翁廢詩十稔，見余林下行，喜題兩律且屬賦和。翁作文、論政、坐禪、品茗、醫學、臨池，無不精勝，獨未見其詩篇，豈眞亂後所刪耶？依韻酬答二首

荔園曉泳歸途口號十四首

癸巳九日

酬秋難挽好流光，蕭寺湖樓舊一觴。負手巡闌商斷句，回眸面海倚重陽。斬霜猶遺絲沾鬢，去雁空懷菊滿囊。依約翠微雲外隱，投荒偏更憶江鄉。

梅窩示客二首

散原丈百歲週祭紀之以詩

李彌庵主祭散原丈週紀和韻促答

蘧廬無語對秋山，博得壺天一日閒。百歲光陰真逆旅，十年塵土濯孱顏。黃壚喚酒歡輕縱，珠字酬詩夢未慳。不信令威眞化鶴，可應華表淚痕潸。

癸巳冬日南疆奇熱見梅枝（一九五三）

寄壽靜宜析津

天南不解炎威酷，塞北應看雪降遲。遙想綺窗人未老，偶來珠字鵲先知。兩潮駐景宜增壽，獨客凭高有所思。喜俟揚塵靖東海，一尊歸上介眉詩。

謝扶雅寄新歲詩箋遵西俗繪紅衣老人爲歲神名之曰絳叟以卜宜年

磋砣海國三年客，迢遞江鄉一翦梅。絳叟夢回猶舊識，萼華鏡底遣先開。搜腸覓句爲酬節，破睡拋書漫舉杯。喚起朱顏徵往事，雲翰天外乍飛來。

嚴冬奇暖覯馬賽適得家書謂已雪矣

讀葉遐庵爲曾剛父遷葬詩感作，剛父初葬京師西山幻住園，葉氏所營置，因闢衢道遷之公墓，且刊其詩集

風義眞教重寢門，人天寥落更何言。並時青眼無餘子，歷劫奚囊獲倖存。幻住化城原泡影，重來負土瘞詩魂。不輸禪智山光好，夢外春明寫淚痕。

甲午仲春京師人士移崇效寺牡丹至社稷壇花時尤盛開逾恆（一九五四）

儒醫周懷璋招飲

紅棉歷歷出詞林，愁絕山齋聽暮砧。交趾謫官餘課易，會昌補集夢題箴。病嫌廢酒猶參席，哀

到裁詩每擁衾，引領大庾村店外，青松夾道已成陰。東坡北歸途中句。

倓虛和上八十壽刊集問世

從容瓶錫擁前艫，海氣山光夙效靈。居士淨名終證佛，國師羅什自傳經。無量歷劫能徵壽，三藏名言旋削青。我媿匡盧蓮社客，虎溪法向靜中聽。

武昌劉禺生長文字，有奇氣，主革命，少游瀛海取西婦而繩以禮法，所著洪憲雜事詩尤傳眾口，茲隱化矣。回憶歌酒之盛，挽以四韻

鄭二炎佐歿于太原傷已（十三卷本詩題作「挽鄭二」）註一四

劉漢堃、李北濤約參大士道場于璇灣弘法精舍遂供齋食

詰曲荃灣路，蕭條陟翠微。叢林拔地出，四海壓天低。潮答高僧唄，雲開壞色衣。朅來疏記葪，心事已全非。

註一四　威志案：鄭炎佐，鄭孝胥之子。

參大士道場歸賦長句

甲午靜宜生日

六時盡夜長相憶，笑語樓頭事事親。遙望南雲猶萬里，投詩北雁祝千春。含飴計日裁綳錦，握管長年信雅人。繞膝預知爭上頌，肴蒸醽醁漸紛陳。

黎壑泉寄甲午除夕詩索和章（一九五五年一月二十三日）

補介鄭韶覺翁八秩臈八生辰

瀏陽唐將軍挽章四首

唐將軍與余結鄰三載輒共觴詠感舊惜逝情見於詞

乙未正月二十四日汪希文修祀事敬賦四首（一九五五）

乙未元日姚莘農伉儷招飲層蘇張大千吳子深父女作畫爲壽屬余及楊伯平題識

鄉人王南平出示所藏乾隆題南田畫册

乙未清明不獲上塚北望感悵

靜宜報書俱述蘋蘩薦享之盛喜和前韻示之

己丑（一九四九）四月四日泛海南來迄今適七載孤旅寂然漫吟以寄歲月（一九五五）

故宮院長馬叔平過從宿密茲溘逝矣作挽詩示介弟季明四首

挽王十述勤内兄三首

周懷璋新營新居徵和

扶孱少尉蒼生望，醫國猶先天下憂。貞白松濤新築閣，子陵漁釣舊披裘。千金方續書箋尾，萬首詩來孰狀頭。自占晴山花徑好，願尋芳躅學羊求。

乙未伏日口號八首

壽喬二兄挽章四首

禮沈崑三骨灰金塗塔

久不臨池偶檢得舊所作字爲之振奮雜寫數詩綴爲跋尾十首註二五

壽楊翰西八十

壽王四彥和內兄八十

丙申人日和藥農兄元日均

花透重簾壓座明，客來手自汲泉烹。香南雪北誰堪共，礬弟梅兄別有情。春動瓊酥浮玉李，夢消纖指擘新橙。鄉心人日重回首，猶許雲山一望平。

題周慧如女士風竹冊葉二首

其一

枝似瘦鸞隨筆展，葉如輕燕掠波回。一竿青粉開新籜，道是湘靈冉冉來。

其二

舞迴風細疑新雨，梢動煙柔拂曉陽。好拾仙人綠玉杖，冷簫聲裏過瀟湘。

東坡與趙郎中相唱酬郎中輒自慨明年六十矣東坡作詩調之此與余有同感爲廣其義

註二五　威志按：國圖藏此書法手卷前四首，題贈舉兒。

醉醒

沉沉鐘鼓喚黎明，萬物紛如澌有聲。我尙擁衾躭獨語，依迴殘醉揖長庚。

客至述余前監修淞滬海塘事惘然賦示

鄉人錢湘壽治家庖炊餅見饗七年不嘗此味爲之解顏雜寫口號紀之十二首

用東坡寄子由餅詩均再紀

一杯未盡意先頹，笑待當鑪細細焙。舉案敲盤遲箸下，纏刀菘筍嚮晨煨。猶嫌中饋難爲味，已動鄉心不自灰。薄似白雲酥似雪，朵頤明日乞重來。纏刀江南人切笋法。

丙申盛暑苦旱，乍沛甘霖，農家又以橫潦乞振，天道之難如此，細詠其事

斯民苦旱潦妨稼，爲雨爲暘奈若何。環海豈期愁失水，際天乍復心懸河。衛公銜卜三台座，赤縣人懷五袴歌。褐玉被珠猶待粟，碧翁料量莫磋砣。

初夏泛長洲訪周大志輔迷道久之始抵新居述京朝音政故事將續纂刻劇話也

南通張融武世滿四十生日註二六

喜見施施適越來，春衫白袷好風裁。子孫枝發亭松長，大父名尊殿榜魁。舊憶濠南徵雅故，新空冀北數清才。莫嫌四十滁州守，便已稱爲醉玉罍。

觀雜技團

飲中九仙歌用子美均示勺波

夏日飲薑汁美而賦之

壽張菊生丈九十

註二六　張融武，字凝文，南通張謇長孫，時寓居香港。

百日維新盛，千秋著述宏。罪言矜黨錮，雅尚薄簪纓。老識青藜樂，羣尊絳縣名。華堂瞻上壽，合自主耆英。

丙申中秋泛海

莫持殘醉換清涼，生裏（安裹）蓬瀛接大荒。歷歷九州千里共，盈盈一舸十分光。重揮桂斧開金鏡，待向姮娥致玉璫。獨惜庾公樓上客，廿年辛苦鬢毛蒼。

卷九註二七

潘梓彝夙居江南近返南越，復搆岑樓，招飲索詩

丙申十月九日招天笑孤桐兩老小飲回溯光緒廿九年癸卯（一九〇三）兩老方共事筆硯於上海文字切磋飲博徵逐無日不相共乃自後睽閣逾五十年此夕重逢賡酬雅謔爲樂不減疇曩且約互贈詩篇用志嘉會鯫生以齒幼獲主東道先申喤引十首（一九五六）

和桐老見調之作三首

其一

不如沉醉唱伊涼，隨分天花散道場。多事訶林窮象數，須知有相總無常。

其二

經師吾更重人師，羽翼休明夙見期。垂老投荒慚問字，卌年前事賸公知。余十三歲因桐老以文字呈林畏廬先生指正，頗蒙激賞。

其三

獨客崖州竄遠方，譚談往事釣磯旁。會昌一品分明在，莫道平泉已就荒。

姚莘農東游以玉川堂毛穎見貽，並示以倭客模刻張大千所得敦煌畫馬，謂爲韓幹手筆，遂用東坡題李伯石藏韓畫韻留題

註二七　國圖稿本止於第九卷，第九卷用「香港上海書局監製　我的稿紙」稿紙，前八卷用「大東文具行印」稿紙。

再賦前題

三賦

四賦

孤桐惠詩有不再用字說語歲暮和答二首

其一

售符久已輟詅痴，老去難重理亂絲。絕域殘年消唱酢，破甑野史忘論思。平生撰杖虛前席，幾度逢春約後期。切莫半山尋拗相，海南春夢已迷離。

其二

貪嗔未了尚餘痴，猶向歧途泣素絲。銅狄西陵迷北郭，鵾絃秀句黯相思。白駒過隙容輕逝，綠野誅茆未可期。慚愧燭花紅起粟，霜添鬢影繞長離。

丁酉春暮和周懷璋茗飲

東風梅柳一回新，映帶幽棲不染塵。麄製清詞輕易見，華鐙初月更堪珍。關心鶯燕來胥宇，待話陰晴卜討春，遲我五厄三百箇，蠻箋醉拂筆如神。

日浴寒泉，嚴冬不輟，憎茲多口，作詩以快吾意（十三卷本詩題作「日浴寒泉嚴冬不輟作詩以快吾意」）

孤桐將行臚以四韻

重逢已是隔年遲，此去雲臺自有詩。黃石圯橋堅後約，虬髯海國卜歸期。餞春櫻筍浮螺盞，入畫桑麻滿翠陂。管取王城花事好，低迴莫遣鬢添絲。

和孤桐謝壽二首

孤桐治義齒，作長詩見示，爲之解嘲

吾舌猶存已足多，不須皺面嘆觀河。復生可入徵祥志，贋作何妨得寶歌。教比挑筋換仙骨，鏡開編貝映霜皤。夜鐙更讀張蒼傳，索乳還應待翠娥。

丁酉初夏胃瘍初癒漫賦（一九五七）

林祐一領事秩滿索詩錄別

奉使頻年駐節旌，幾回相見泛瑤觥。平生應恨論交晚，此日微教別恨盈。兀兀敦槃傳盛事，迢迢海國計歸程。何當我亦乘槎去，攜手蓬山絕頂行。

吳美琪世媛北上問業綴玉軒行前演牡丹亭學堂一折余舊與結鄰許其明慧好學又擅新聲詩以獎之三首

其一

冰雪聰明玉雪姿，登場書館逞嬌痴。傳經家法分明在，宣武樓前拜段師。

其二

上學扶闌迹未陳，囀喉車子夙通神。征途京雒休嫌遠，望裏天涯若比鄰。

其三

吟到梅花字亦香，白石句。親承何況擅登場。曲傳絕代臨川筆，五百年來壓太常。

李彌庵以尊人所批、亡女所錄虞山舊詩屬題，余亦遍涉破山三峰諸勝，且於三峰值禁語僧是且卅稔，歷歷心目，比者同客海隅，讀之不能無感，爲書卷尾

南海潘明訓舊藏宋黃堂本禮記，天壤珍本，嘗覆鍥見貽。余又與哲嗣世琪共几硯，乍者驚見路隅，屈指夜窗燈火已四十三稔矣

江南最憶黃堂本，今日重逢寶禮堂。潘氏即以寶禮名堂四十三年渾一夢，路隅先驗鬢誰霜。

再贈

回頭四十二年非。東坡句洛下同看金帶圍。今日蒼涼南海客，相從顛頷不成歸。

監諸生校試三日戲作

新婦三日入廚下，廣文三日趙虀舍。箇中甘苦自曾諳，不如歸去治莊稼。可憐歸去無良田，下

無尺土上青天。祇窮眼力爲園囿，差擬王尼宿道邊。黌舍巍巍起千棟，千金公子飛車送。獨臏門前小乞兒，長拾殘肴幼汲甕。公子落地下孫山，乞兒秉賦非癡頑。一朝奮發露頭角，鳳陽龍德充人間。又如亭長去邳上，僭僞偏安盡掃蕩。哀旒端坐咸陽宮。微恨平城圍玉帳，其時叔孫制朝儀。趨蹌奔走何所爲，不如四皓隱不出，大雲在山雨沛施。儒冠誠賤不可說，何況南荒已異域。吾今不更信浮言，蓬萊文章建安骨。

再賦（十三卷本作「監諸生校試三日戲作」）

李彌庵與余同庚示我六十自壽詩，賤辰又辱親過，和韻答之六首

其一

情懷江海異，俗尚朔南殊。遷客乘時老，潛夫愧自呼。哀啼輸杜宇，短韻趁螻蛄。回首秋光好，華堂設錦弧。

其二

露布開南服，欃槍指北辰。鐃驚山岳撼，雪擁廟堂新。功罪難量事，成虧不惜身。十年流水

逝，滄海幾揚塵。

其三

東閣延賓日，西川觀渡心。北窗終負卻，南土苦重尋。六十誰相笑，密宗語頻年氣漸沉。藥山眞聖解，海底戒深深。

其四

愧致南山頌，欣賡得寶歌。同庚今亦少，鬬韻不嫌多。月朗開襟抱，茶清遣睡魔。鐙窗良不惡，一望綠盈坡。

其五

膺腸應止酒，怯病尚尋詩。往事愁難置，餘生怏復癡。龍蛇終坐困，珠薏漫相疑。留得斯人在，乾坤亦自奇。

其六

莫唱鶴南飛，新來減帶圍。簾疏花影重，室小客蹤稀。秋半人初倦，蕉黃爲漸肥。江鄉風物好，過嶺夢言歸。

孤桐刊南游吟草，余爲將事，經歲告成，索詩爲酬。一夕作三十韻來和答丁酉嚴冬靈修約赴青山試野餐聽樂曲沉陰爲之一開蓋久輟郊游忽以新元臈歸路馳驟落照中樓台重疊尤似西子湖樓外樓頭也爲賦兩律（一九五七）

潮陽翁立之好治詞事贈詩和答

南遷久不接詞人，薄醉投醪味更醇。琢句好持金錯細，開緘深愧彈丸新。草間澤畔情難已，世外壺中道未淪。容遣花箋矜鬬韻，唱酬隨分百年身。

何焯賢兄索詩且約居青山休沐

許頌年挽詩

金滋軒約往晦思園晤月溪和上事阻不來

來歲相約不後期，晦思風物我能知。笑揚雙履循紆泛，倦膹餘杯喚隔籬。忍事前朝老居士，安心壞色舊禪師。同教皺盡波斯面，坐到水輪欲上時。

莘農設琴會，余所識鄉人吴因明、蜀人吴浸陽，均操縵入神。因明自蜀歸侍母、治淨業，洵後起之秀也。督作詩紀盛因和唐人司馬逸客雅琴篇

過李彌庵絮語翌日奉詩依均答之

壽龔西村法長親家烏石山房舊主

老人星見海東頭，日月潭前拄杖游。豸冠高門寬斧鉞。敦槃瀛域樹旌斿。好從烏石徵公族，誰更青瞳識故侯。我愧蔦蘿親壽宇，小詩端合獻觴酬。

得姚莘農書，堅持螯之約，又悼冒鶴亭七夕之喪

卌年文酒事蕭然，絳闕何期賦洞玄。九日持螯堪對菊，幾回雪涕漫拈箋。南溟惜逝孤吟侶，北郭前游賸斷篇。方挹紅牙商白紵，乍驚風雨送成連。嘗與鶴亭同游金陵姑蘇，賡作數十詩，又時方訂證其雲謠集箋。將以寄之。

李彌庵繼余任教，戢以題名計，愧列前茅，詩以質之

爲學眞如上水船，喜君老亦擁青氈。盈川應恥居王後，靈運終期證佛先。綵鷁看雲隨俯仰，鋒車逐岸幾回旋。有時月色清如畫，好景宜詩莫浪傳。

和蕭后十香詞可補耶律野史耶十首

其一

新熨不須長，憑肩半面妝。𩋆斜雲髻畔，蘭澤奪眞香。

其二

挺秀半圍強，朱瘢飣皚光。不容盈手把，脣吻揾甘香。

其三

渦淺宜消酒，鉛華合艷妝。憑歡傾意啜，恣取口脂香。

其四

就抱迴眸看，肩帔卸綉凰。羡它金蕤子，澈夜帖肌香。

其五

簫玉慚新品，流聲宛素滴。紅綃輕拂後，猶殢白檀香。

其六

柔玉初探膩，銀牙幾漱芳。無言傳導納，笑說噴蘭香。

其七

脂爪工挑逗，梳翎似摘桑。莫教輕泥夜，生恐洩餘香。

其八

不待行纏曳，滄浪日濯霜。與歡顛倒處，別染夜來香。

其九

翕翕嫌笙滑，涓涓曳帶忙。邀歡重睇賞，花露試新香。

其十

雪白呈姑射，兜紅早卸裝。簾波妒蜂蝶，影外籍狂香。

舜兒來書，述讀越縵日記有「喚起同光百感來」語，足成絕句

夜飲示客二首

曾履川刊其十一世先集合編徵題用梅泉舊題韻

暑夜讀太白集掇句爲首足成一絕

幾度雨來成惡熱原句，一番月上作清秋。征人不爲炎涼改，夜夜繩牀繫小樓。

夜行

和藥農兄病起寄京詩，病中猶工楷，可愛非所能及

舊游絕句五十首

罷官且二十年述杭游乍憶蘇詩

先妣自營壽兆於孤山旋格於禁例廢去之

與藥農兄夜歸徽歙兄隨地採藥今大隱矣

由花塢丁布衣墓後繞靈隱出眠雲精舍

西溪茭蘆寺看蘆花樊榭翁故宅姬人月上粟主猶存

鴛鴦湖登煙雨樓背誦梅村曲

自通州至海門觀吾家棉田（十三卷本詩題作「自通州至海門觀棉田」）

通州狼山訪駱賓王墓

金陵半山寺荊公捨宅

游莫愁湖歸訪瓦舍

瑯琊寺下至釀泉醉翁亭

游鎮江鶴林寺杜鵑已盡施僧五十金補種之

焦山海西庵見梁髯捨書

應雲蘭閣約游金山寺觀東坡玉帶

北固甘露寺傳爲大耳郎就婚處寺前有很石

揚州看芍藥歸過禪智山

揚州富春花局茗酌看花

揚州登平山堂

莫干山就黃膺白白雲山館茗談時已休官咄咄矣

敬事　先妣參普陀

留臺灣一日游北投且被兵不容久駐（十三卷本詩題作「留臺灣一日游」）

……註二八

註二八　威志按：九卷本止於此。

佚詩

題玉谿觴詠註二九

其一

酒痕依舊濕羅巾。觴詠偏傳博令新。贏得清詞上獺祭，好將妙緒飫群賓。

其二

春燈自古傳嘉話。摘豔熏香絕妙思。眼底興亡渾不管，詞人只愛玉谿詩。

光甫先生七秩晉六華誕二首丙申（西元一九五六年）陽月註三〇

註二九　《民國日報》民國七年十二月廿五日第八版

註三〇　趙尊嶽〈光甫先生七秩晉六華誕〉，臺北：國立故宮博物院藏趙尊嶽行書，贈書號：000080000。

其一

平生慚薄植，素心矢貞堅。空谷終寡合，安從掇蘭荃。幸得從君游，序齒遜垂肩。落落士君子，斐然此瑚璉。器識邁往哲，學養師前賢。雨潮送晨夕，盤桓共市廛。片言折羣疑，一著制機先。所行無不當，所見無不然。直諒又多聞，君殊概其全。清節更坊表，守信似直絃。精純兼粹美，服膺夙拳拳。日居乍月諸，桑海數更遷。論交數十載，迄示相遐捐。憶昨開八秩，爲文壽華顛。今再申臆頌，美意自延年。

其二

君才眞磔磔，杞梓重國器。儒林事殖貨，發軔自茲始。貿易兼闢壤，旗得共論記。危疑震拭間，纓冠事納屣。有無通海國，敦槃張正義。民利資國本，調酌具深意。重瀛溢盛譽，籲雱展騏驥。相別二十載，終許慰鶴企。轉眼胥蒼顏，忽忽流光易。君老初不哀，吾亦老將至。松柏君氣王，蒲柳竊自悸。亟欲從君游，世務盡捐棄。四時賞芳菲，九域騁車騎。南枝方新開，嶺嶠容把臂。

佚文補遺

祝辭*

夫縱横捭闔之道興，而國家多故。飛潛攻陣之功收，而天下凌夷。國家多故、天下凌夷，斯非一二深居安拱廟堂籌謨之士所可策其效矣。矧茲社會，日進文化，以圖騰而部落，以部落而國家，榛棘既刪，學術遂進。希拉詭辨之士，尤援意立法，鋤私昌公，推平治之權輿，泯四民之階級，由來尚也。輓近兵凶，有史創見，強者挺戈錉之利，智者臘城社之謀，伏尸千萬，西顧慘恤，而五那承累世之敝，闢方新之政，宜可以生聚自強矣。顧國民襲平治之虛名，當軸緒晚清之餘孽，鼎革以旋，權奸當道如故也，猖賊兢進如故也。

夫被能亡一清室於三百春秋之久者，更安能奠一民國于磐石萬禩之安乎。民國之責，責于國民，昭然成理，則有今歲學生集義之舉。夫學生將以挹教育、受實學，俾爲起衰開創之貲者也。學初未蒇，國將先墜，爭危砥砫，寧可後時，卒之臨風一呼，舉國援響，曩之辱國自肥者，樸被去位；遠寄使命者，折衝樽俎。凡此國民可沐之恩澤，均一一自學生圖成之矣。申而

* 趙尊嶽〈祝辭三〉，上海南洋公學學生分會刊行：《南洋》一九一九年周刊第一期（一九一九年七月十五日），頁三十。

衍之，可以革故鼎新、摧枯拉朽，中興民國也。

南陽公學位置海上者二十一載，夙負重名，肄業之士，尤當世才俊。茲乘集會之餘，編輯此報，欲以國計民生之大，收集思廣益之貲，並推平治之學，至於編戶市井，爲教育之挹助。籌深利薄，寔導賴之。事聞于余，余不敢以無言，即綜學生救國之義，用當祝弁，願與南洋諸君子切磋之。

趙尊嶽敬祝

馥炎先生感舊記*

民國二十七年秋，蓋距中日事變後已兩載，國家有沉陸之憂。鯫生乏繼之術，尤知抗戰無止境，獨夫無悔心。則與二三知好，別謀所以轉危爲安者，冀趨於平等議和之局，以存國祚，以紓民困，□鵠以求，故知其未易倖成也。

時則萬籟喧囂，群情如沸，積非成是，看碧爲朱，同人遂以爲欲定新猷，當先自僭移民志始。因有定期刊物之□議。事逾四月，部署粗竣，同志十餘輩，決出周刊，顏曰「心聲」。發刊之期，直至翌年一月上旬，聞汪先生已於歲暮赴河內，艷電傳播，如震蟄雷，同人尤欣然於此志之不孤，成功之可企矣。

《心聲》作者頗多名輩□同人各就知□，物色見助者，汪馥炎先生，惠然預列，余與先生

* 二〇一九年五月，筆者於南京圖書館所藏《中報》（一九四〇年十月二十七日，星期日，第二張第六版）檢得「汪馥炎先生殉難週年紀念刊」。汪馥炎以倡導和平，於一九三九年十月二十八日在其上海寓所附近遇難。紀念專刊上，有汪精衛題字「碧血丹心」，丁默村〈憶汪馥炎同志〉、傅式說〈汪馥炎先生殉難週年紀念書感〉、李祖虞〈紀念汪馥炎先生〉、錢蔚宗〈我對汪馥炎先生之回憶〉、狄侃〈我與汪馥炎先生之神交〉的回憶文章，且有趙尊嶽〈馥炎先生感舊記〉一篇。

同里籍，初未一晤，至是始修士相見禮。先生清瘦絕俗，論議風發，業大學教席者有年，夙嫻政術，余傾倒彌已，而先生亦於百忙中撰國際政治之文字付刊，向不逾定期，恆面有徵，尤足敬已。

自是遂數相見，寒齋每爲雞黍之會，集友好論政事，先生亦輒枉蒞。逮四月中汪先生來海上締造艱難，規模粗具，國民黨旋開臨時代表大會，先生亦出席，改弦更張，布之海宇，此其嚆矢。時則緹騎四出，廎衖紛然，拘小節者，多視論政爲畏途。先生乃獨行其是，以學者之風度，懷澄清之大志，出不少加阻懾，日常授課蹀躞通衢，一如素昔，乃奸人夙已詗其行徑，□□□之於家門。不幸傷重，遂謝賓客，嗚呼痛已。

狙擊之事，本非幹國所應爲，而以在位者之部署，應付一不持寸鐵之學人，其行尤卑。國是本非一二人所得而專，各有抱負，自涉□□，宜當各昌其志，□爲國論，以決之於多數之從違，且狙擊既不足移壯士之心，亦更所以作□□之氣。自先生不倖，舉國學者，乃益鑒於獨夫之不足，而羣謀所以奠國是者亦益亟，至於今歲三月中，中執會開會決議剋日還都，大局始定。先生當含笑九泉矣。

歲月不居，忽忽寒暑，時□舊雨，百感□集，既以惜逝，且復自傷。余於先生，相見恨晚，徒傾其憂□之忱，赴事之切。關於其學養，□未及窺見萬一。執筆爲文，徒志吾懷，以紓吾□而已，未足以傳先生也。

碧城樂府序*

林子汝珩，振奇人也。生丁俶擾之世。學而優則仕，邦無道則隱・治生則以賈，行誼則以儒。卒乃以詞重於時。固知其微尙所托，終翛然於塵壒九州以外，初非仕宦貨殖之所能局其器而盡其人也。君治詞且將中歲，略似彊邨老人。老人猶得四印翁指授，掖之誘之，克底於大成。而君則無所師。避兵藕孔侘傺居複壁間，日展《金荃》、《蘭畹》以自怡悅。積之以漸，持之以恆。舉凡情致之所揚溢，笙磬之所應求，霈乎心者發乎口，逆諸意者肆諸言，遂乃自成其歌章篇什。誠吾蕙風師所謂必先有「萬不得已者在」，而後始有性靈之作出者非耶？君小令彌見風神，近元獻父子；慢詞取徑南宋，間傚稼軒。媚而有骨，壯而有彩，寄託遙深，低徊欲絕。山河之感，氣類之雅，燕婉之私，一一宣洩。爲精金，爲純璞，迥非恆蹊所可程限。余與同客港海十年，數數相見。有所作輒以書示，爲擊節者至再。而拙稿之存君案隅者，亦累累

* 趙尊嶽法書〈碧城樂府序〉，鄒穎文編：《番禺林碧城先生藏故舊翰墨選輯》（香港：香港中文大學，二〇一八），頁二四二～二四六。又可參林汝珩著，魯曉鵬編注：《碧城樂府》（香港：香港大學出版社，二〇一一），頁二十八～二十九。

也。同聲璞翁、希穎諸君子尤繩其長，頗欲招邀結社，相互督課，資爲策勵，以余南涉遐荒而罷。旋聞君歸道山，爲之慟悼。玉田、碧山苔岑之跡徵於行卷，竊欲比附以繼前修塌者。珮瑜夫人整輯遺著，將謀永其傳。余適來蒞，得先事讎讀，約略如見其平生。黃壚之感，西州之役，竟不知其涕淚之何從也。爰綴序言，藉識歲月，以示世之知者。

己亥（一九五九）灌佛日武進趙尊嶽書於珍重行館。

梅蘭芳追記

最後一次的梅訊／編者按註一

本文作者珍重閣君，與逝世不久的中國名藝人梅蘭芳生前有金蘭之契。早在四十年前，就已經常撰寫「梅訊」，在上海申報發表，報導梅氏之動態、戲劇消息以及藝術發展等，極受當時愛好京劇人士之賞識。茲篇爲其最後一次的「梅訊」，因梅氏已離開塵世，後此再沒有此類作品，彌足珍貴，特此推介。

藝人梅蘭芳先生，雖然是很不幸地于一九六一年八月八日逝世，但是他的藝術生命和藝術聲譽，卻永恆留在宇宙中間，値得後人景仰。

可是，梅先生値得後人景仰的地方，除掉一生勤苦學習，對于中國戲劇有空前的成就和實

註一　此爲《南洋商報》編者按語。以下數篇，皆以珍重閣爲筆名，〈梅蘭芳追記〉爲篇名，連載於《南洋商報》。分別是一九六一年十一月四日（第十六頁）、十一月六日（第十六頁）、十一月七日（第十八頁）、年十一月九日（第十六頁）、十一月十日（第十六頁）、十一月十一日（第十六頁）、十一月十三日（第十五頁）。

質以外，他對于發揚藝術，把中國戲劇傳達到全世界上去，以及站在藝人的地位，爲中國爭取國際光榮等等，同樣占著他歷史上重要的位置，這一點應該是更加値得表揚的。關于他的藝術成就，在許姬傳君所寫的傳記上，已經記載很多，可以作爲後人的典範，這是人們已經看到了的。並且英國戲劇研究者施高德君Scot恰好把全書譯成英文，在香港出版，這可以和他在美國出演時候，戲劇批評家司徒活君Stuart的中國戲評彙刊負有同樣的使命，讓西洋戲劇藝術界中，認識中國戲劇藝術的長處和梅先生的成就，所以就不用在此細說了。

至于他爲了替中國戲劇爭取國際光榮這一點上，雖然也有齊如山君的《梅蘭芳游美記》和李斐叔君的《游美記》，風行過一時；祇是過了多年，這種書已經不容易覓到，何況他對于爭取國際光榮的事實，也不祇是出國表演，恰是應當大書特書，作爲編梅先生全史的人的參考。

梅先生的上演戲劇，是以首都北京作爲根據地的。北京的戲劇水準，向來是全國最高的地方，可是所講究的，都重在演出的念、白、唱、打工，至于戲園建築、舞臺裝置和燈光照明等，一兩百年來，可說就沒有改良過，直到一九二〇年左右，才有新式布置的第一舞臺出現。後來眞光和開明兩家電影院，也有時上演京戲，梅先生原是舊戲劇時代孕育出來的人才，在先並沒有注意到出演場所，當然自從有了新式舞臺，他也常在新式舞臺出演。

因爲北京是首都又是中國的文化中心區域的關係，各國的外交界、學術界人員，都聚集在那裏，可是他們除了三兩個人拿學術眼光來研究戲劇以外，根本都不懂中國戲劇，這三兩個人像英國的阿令登Aplington、日本的波多乾一卻始終津津有味地不斷研究，並且各自寫了英文、日文的專書，這才漸漸鬨動到其他方面。正好那時，梅先生在新式戲園裏，改進舊劇，採用古裝、古舞，使到舊有的戲劇和藝術，更加豐富美麗起來。因此，外國觀眾，一天比一天多，這在中國戲園裏面，顯見是件不尋常的事情。〈二〉

憑著梅先生的努力，使更多不懂中國文字、語言，何況是戲劇藝術外國人士，也覺得歌唱得悠揚宛轉，表演得深刻細膩，于是一傳十，十傳百的，凡有外賓到了北京，招待的主人，不論是中國人或外國人，都一定要介紹他們去看一次梅先生上演，這和參觀故宮博物院、頤和園、游歷長城、十三陵，一樣的重要，成爲不可少的節目。說得更透澈些，梅先生的演劇，已經代表了中國文化藝術的活的部分。

外交社會裏的消息是最靈敏的，觸角是最長的。在中、外報紙上，不斷的記載和批評，竟然梅先生的演劇已經由北京的外交團傳到各國的老家裏去。當然，這和外交、學術界人員在欣賞了演劇以後，進一步到梅家和梅先生請教中國戲劇以及參觀梅先生收藏的從明朝到當代的各種臉譜、劇本等等，都有關係。在梅先生詳細說明，虛心研究之下，他們更欽佩梅先生的學術和修養，認爲他不但是個成功的演員，並且是個專心研究戲劇學術的學者。本來，每個人希望爲國家爭取光榮，必定要先從本身做起；梅先生的確是個從本身做起的人，毫無憑藉地已經把中國戲劇帶到了世界上不懂中國語文的人的前面去了。

有一年，瑞典皇太子游歷中國，當然由政府招待。他的隨從中間，有一位學術院院士安德森Anderson原是研究東方文化很有成績的人，不知怎麼的一天和中國外交部招待人員談起梅先生演劇來。他說：「皇太子這回到了北京，很想看一次梅先生的演劇，衹是本國的制度，皇太子是不便到普通戲院裏去，眞是非常失望。」招待人員聽到這話，當然是回去報告主管長官，長官就於隔天到梅家和梅先生說起這事，並說：「不知道有什麼辦法沒有？」梅先生當就回答道：「不上戲院，有什麼辦法，要不是就請他看一次堂會罷。」經過幾次磋商，梅先生說：「他又不要驚動多人，又要看戲，要是他肯參加私人宴會的話，那我就在家裡請他吃飯聽戲，你說好麼？」外交部長官，正在無法可想的時候，聽到這話，知道有了辦法，當然興高采烈的去報告瑞典使館。

皇太子回話，隨時到達，說準時不誤，這卻忙了梅先生三天，臨時在家裏搭個戲臺起來，又和外交部人員斟酌禮節，和劇團人員商排戲劇。到了那天，成績當然美滿，特客瑞典皇太子欣賞戲劇和先生珍藏，贊嘆不絕。最後，看見了一塊大田黃圖章和湘妃竹扇骨，拿住看了又看，竟似不肯放手。這兩件東西，價値不輕。同是梅先生心愛的物品，可是到了那時，已經勢成騎虎，不得不說聲奉送，皇太子連聲稱謝，並說：「帶回國去要陳列在博物院裏，並寫明是梅先生的贈品，使看到的人都要感謝梅先生。」〈二〉

事後，梅先生和朋友說道：「我早有心要把中國戲劇推行到全世界去，所以不能不隨時隨地和各國各方面接洽連絡，希望從友誼上建立關係，好來逐步推進中國戲劇出洋。我想，忙了這幾天，總是有收穫的。」

在某一時期，中國和日本外交上發生著很微妙的關係。日本方面，高唱著「日支親善、文化交流」的論調，並且竟然由日本派來第一流左衛門劇團，到北京上演。說起來，那時日本政府，實在太不明瞭中國的情形，他們以爲左衛門是第一流劇團，早已哄動了本國多年，偶然出國，必定是名利雙收，還可以達到親善的目的。于是先由外務省打電報給北京的日本使館，叫使館方面早作準備。使館就將這事，交給書記官重光葵辦理。重光葵駐在中國，是知道北京情形的，知道日本戲到中國來，絕對不合中國觀眾的口味。第一流也號召不起來。可是這是外務省的訓令，又非辦不可，辦得不好，又非受到申斥不可。正在徬徨無主的時候，忽然情急智生，想到曾和梅先生在宴會上見過幾次，梅先生是北京戲劇界的領袖，不如先找他去請教請教。

第二天，重光葵到梅家，很老實地報告經過。梅先生說：「你的話很對，日本戲是不會配合中國人的口味的。此次出演，難免失敗。」重光葵卻又說了些親善、交流的話，終於請梅先生幫忙，梅先生最後挺身出來說道：「只有一個辦法可想，那就是由我的劇團，和日本的劇團同臺同場上演。我自己幾個戲，可說是有把握的，同場上演，觀眾順帶看了日本戲，不是一樣滿場了麼。但是，我還得唱壓臺戲，方始鎮壓得住，否則我的戲一完，觀眾跟著散走，又成什麼樣子。」重光葵是知道當地情形的人，認爲梅先生見義勇爲，當面答應。後來談到賣票分帳的問題，梅先生又說：「既然爲了兩國文化交流的關係，我絕對不要圖利，同演時期，我自己不收包銀。此外，除掉劇團少數開支以外，全歸你們好了。」重光葵聽見這話，更知道梅先生不但幫忙，還犧牲了自己和劇團的利益，來幫助左衛門劇團，眞是高興得要哭出來。回館以後，立時拍電東京，說：「一切圓滿，必定成功。」不幾天，左衛門劇團，眞的浩浩蕩蕩開到北京來了。

梅先生因爲歡迎外國劇團起見，特約北京梨園公會主幹人物，全到北京東車站歡迎，此外招待宴會，開座談會，討論戲劇藝術，應有盡有。等到上演的日子，中國觀眾爲了要看梅先生的演出，也不妨看看一二齣日本戲，這當然是全院滿座，並且非到最後梅劇演完以後不散。落得重光葵賣弄一番，自稱自讚地說準備得好，等到出演期滿，劇團的人，聽到日本報館記者的報導，漸漸明白祇是梅先生個人的成績。〈三〉

因此，沒有一個日本同業心裏不感激梅先生的道義。等到回國的時候，梅先生除掉〔召〕開了盛大的歡送會以外，還每人送一大盒子的禮物，男演員送藍袍黑馬褂一套，女演員送各種花色綢緞旗袍一件，都是按著身裁定做，眞使他們看了又看，笑口常開。這一次，統計下來，梅先生私人的花費和損失就大了，但是他爲了自己存心也有出國去宣揚中國的戲劇的一天，所以反而覺得花費和犧牲，都很値得。

眞的，過了不久，因爲大倉喜八郎的說合，梅先生畢竟達到出國宣揚中國戲劇的目的，第一次出國就到日本去，就因此又忙死急死了人。關于出國劇團組織，第一要選擇身體壯健、舉止文雅的團員——更不可有鴉片嗜好；第二要訓練他們懂得外國的風俗情形和一切起居飲食的生活情況——屢次請團員到擷英西菜館，學吃西餐，以免送刀入口等怪樣出現；第三團員們因爲出洋是破天荒事情，大家對于酬勞方面，不免獅子張大口，好不容易，決定一個合理的數目。可是最重要的問題，還是在演出方面——音樂和戲目兩項——關于音樂，當然一切全用中國傳統的方式，但是鑼鼓聲音，太過強烈，這是外國觀眾聽不慣的，必須加以改進，最後，祇用較小的銅樂，竟然收到同樣的效果。

梅先生既然知道中國人不會欣賞日本戲，當然就聯想到日本人也未必欣賞中國戲，因此作了更深一步的研究，知道欣賞的問題，並不在音樂和做工上，而在劇情上面。他雖是精通戲劇的人，但是對于外國的民情風俗是相當膈膜的，于是費了很多時間和精力，分請當時在北京研究西洋戲劇幾位專家：張彭春、余上沅、齊如山等，討論了幾十次，最後又和日本研究西洋文藝的□□和研究中國戲的波多乾一等，共同商議，方始根據日本的民情風俗，選用御碑亭、天女散花等作爲主要劇本。日本對家庭問題是維持東方觀念的，又是一個佛教化的國家，果然這兩齣戲博得了整個日本的讚許，至于其他配演的武戲，像「霸王別姬」的悲壯慘烈，更合著觀眾的口味是毫無疑義的。

在梅先生和全國人員到達東京的那天，東京車站上，忽然集合了無數穿著中國衣服的男女們，仔細看來，卻又都是日本人，連站崗的警察都莫名其妙，不得不去問訊一番。他們說：「我們是來歡迎中國來的名藝員梅蘭芳的。」警察說：「你們爲甚麼全穿中國服裝呢？」他們回答道：「這是我們去中國上演的時候，梅先生送給我們的。我們自然要穿起來歡迎他。」這一下，不但感動車站上無數的男女老幼，連警察也高興得不得了。不久，火車到站，梅先生就在記者們以及這幾十位中裝名演員包圍之下，進了帝國飯店。〈四〉

當時駐日公使汪榮寶，本是梅先生的熟人，頗懂得國際禮儀，就在使館定期歡宴，並且請在臨時搭的小型舞臺上預演，作爲介紹。同時發出請柬，遍邀日本政商名流參加。日本向來輕視中國，無論使館舉行什麼慶典宴會，不要說總理大臣，不會親到，就連外務省大臣也不來，衹是東亞司司長出席，可是中國使館卻不得不年年照發請帖。卻不料歡迎梅先生的宴會上，總理大臣和外務省大臣都準時到了使館，反使汪榮寶吃了一驚。事後，他和梅先生道：「仰仗你的大名，總理和外務省大臣，纔算中國開設使館幾十年來的第一次來館，豈不是國家借重你的光榮麼？」梅先生雖是笑而不答，卻也暗中高興，認爲對于國家，總已盡了少許心力，博得了少許成就。

上演以後，觀眾的熱烈欣賞，演期的一延再延，不必細說。結果，日本的舞臺上也紛紛演出梅派的天女散花了。各種商品，用梅先生的照片和名義做商標的，據日本工商省商標局的登記，就有二百多種。商標局曾經把全部商標，貼成專冊，寄回來給梅先生作爲紀念，這可算是破天荒的一件事。

回國以後，梅先生又在作進一步的打算，計畫怎樣再到西洋各國去宣揚中國戲劇。他知道西洋情形又和日本不一樣，便繼續不斷地和張彭春、余上沅、齊如山各位商量。那時燕京大學，對于中國文化藝術，正在開始研究，關于戲劇一項，就常給請去討論演講，並且在學校裏舉行公演。燕京是和美國哈佛等大學有連繫的，梅先生的一番熱心提倡，終久〔究〕鼓舞了幾萬里遠隔重洋的文化圈子，漸漸把赴美上演，形成事實。

遊美的準備，就比去日本困難得多了。日本戲劇，儘管和中國的不同，但是同在東方文化系統中間，比較容易給觀眾們瞭解。西洋卻是完全兩樣，不要說中國戲的象徵主義的精美，他們不能領會，反而覺得一個沒有布景的舞臺，一時是戰場，一時是房屋，一時是花園，就有些莫名其妙；何況手裏拿根馬鞭，表演出種種騎馬的姿勢、拿根木槳〔槳〕，表演出種種搖船的姿勢，那種細膩難能的做工，向來都衹成爲他們的話柄。要不先解決這些根本問題，必定得不到觀眾的欣喜，結果是注定要失敗的。

可是梅先生拿定主意，立定腳跟，是要宣揚中國戲劇藝術的。他絕對不願意對于中國戲的成規，少有變動，那就是說，先要教育西洋觀眾明白中國的演唱技術。于是第一忙累了齊如山先生，把他三十年來所寫的中國戲劇書，提要改編，還要加增西洋的戲劇理論，互相參證。又臨時召請北京名畫工，把臉譜、手勢、衣裳、道具以及音樂用品，畫成幾十幅分類彩圖，一一註明來歷和用處。〈五〉

再把中國最通行和最精采的劇本，選完幾十齣，作爲定譜，這就是整整化〔花〕了一年多功夫。接下來就是全部翻譯英文，這種專門關于戲戲〔戲劇〕藝術的名詞和運用，卻又不是粗通西文的人所做得來的。張、余幾位又各有各的職務，衹能擔任審查校閱，無暇翻譯，于是又在上海等處，托人物色人才，總算找到清華大學前校長曹雲祥和華僑梁社乾等，分頭翻譯，重要的幾篇理論，還要張、余幾位親自動手。再就是印刷也極困難，難得上海商務印書館盡力合作，才算辦得盡善盡美。

梅先生由上海坐船渡美與在美國受到優待，和演劇沒有關係，姑且不談。他在準備劇本上，卻耗費了途中無限的心力。張、齊兩位是一同去的。一再商量結果，認爲美國的民族性，對于戲劇是喜歡娛樂成分多些的，中外的唱工、道白，絕不相通，雖然有很詳細的說明，也總比較膈膜，所以必定還要選擇表情多、身段美，並且在表情和身段上可以領會劇情的本子，方始合用。這纔選定了「汾河灣」一劇，改定英文劇名爲「可疑的鞋子」作爲主劇，此外，「霸王別姬」的英雄美人劇，「白蛇傳」的打出手，「三叉口」的玩笑兼武工，都是引人入勝的好戲，預備陸續演出。

在紐約上演的第一天，舞臺完全不用布景，可是場面人員，卻不露面，飲茶和檢場等，絕不使用。在開幕時，更臨時邀到一位楊女士，用最流利美妙的英語，演講內容，經過她這說明，無論什麼觀眾，都不會再說不懂。正戲一上，梅先生和其他演員，各人使出本領，利用中國傳統的身、手、眼、發揮情緒，搬演故事，還加上優美的胡琴、鼓、板，句句字字，都應著點子，這和西洋劇是完全另一境界，卻是同樣地受人欣賞，尤其是梅先生手的動作，更成爲戲劇專家們的研究對象。第二天，各報紙上的批評，一致讚美，尤其司徒活連寫了十幾篇研究中國戲的文字，名爲戲評，實在可算是專題論文。自從他的論文一出，觀眾就越來越多，中國戲劇的優點，差不多給說盡了。不久，加利福尼亞大學和波摩那Pamona大學各贈文學博士學位，還請梅先生必定要到校親受學位。梅先生是因爲上演中國戲劇，獲得了學術上的地位，換句話說，也就是中國戲劇在世界學術上占有地位。這博士的銜名，在梅先生看來，並無關係，可是中國戲劇，借他的演出，使語文隔絕的西洋人，不但認識，並且公認爲有學術上的地位，卻眞正完成了他的心願。

遊美回國以後，中國戲劇和梅先生的名譽，在世界上更提高了。進一步，梅先生還要完成

他到歐洲去的心願，一方面是宣傳中國戲劇，一方面也很想看看西洋戲劇，和中國的作個比較。〈六八〉

同時，歐洲戲園業仰慕大名，又想營業賺錢，就有不少人來接洽演出，正在這個時期，蘇聯卻通過外交手續，由駐華大使鮑格莫洛夫向中國駐俄大使顏惠慶接洽，要求梅先生到莫斯科上演。梅先生對于出國旅行，原已有了經驗，此番能到蘇聯上演，更中下懷，于是就再度邀集同好，討論一切，並且作了歐游的準備。

一切舞臺的音樂、裝置，經過兩度出國，早已有了把握，不成問題。成問題的還是劇本求其適合當地的觀眾心理。蘇聯的民族是富有革命心的、蘇聯的革命是反對壓迫的，因此，又選定了打漁殺家這齣反豪門反貪污的名劇作爲正戲。那次從上海坐船到海參威，由顏惠慶親自陪送，同船的還有參加蘇聯電影節的中國女演員胡蝶。因爲通過外交關係，臨去以前，在南京、上海都有盛大的歡送會。行政院也因爲梅先生出國，爲中國宣揚文化，特地由院會通過院長提議撥五萬元補助費。事實上，梅先生屢次出國，爲中國爭光，都損失了自己不少金錢——因爲國體關係，處處要面子，不應節省，所以祇管賣座甚多，還總入不敷出——這區區五萬元，在他看來，已經是無所謂的了。

蘇聯本是歌劇、舞蹈、音樂最發達的國家，此次上演，除掉多數觀眾的欣賞以外，那些戲劇專家們竟然把梅先生演的中國戲劇，當作一種學術，認眞研究。關于劇本的編製、舞臺的氣氛、演出的動作、音樂的效果，沒有一項沒有專篇記載，條分縷析地加以考訂。這些文字，梅先生都保存著，衹是還很少翻譯出來的。自從梅先生到過日本、美、蘇以後，中國戲劇在世界上的地位，頓時抬高起來，這固然因爲中國戲劇本來有它的優點，但是梅先生用最精美細微的表演技能叫人一看就懂，一懂就願意深入研究，他這份功勳卻是不容埋沒的。

他自從在蘇聯演出以後，還抽出時間，同了幾位同志，遍遊歐洲各國，各國都希望他隨地出演，可是多數團員，先已返國，就無法登臺，這卻不知使多少歐洲戲劇界人物失望。可是，梅先生每到一處地方，無論懂或不懂，必定去看當地的演劇，又向著名戲劇家、演員請教研究，所以他自己的劇學，卻更精進，何況憑著他自己有演出的本能，很多動作表情，一看就能理解。一路上也搜購了各國不少戲劇書籍，好幾大箱，運回中國。他早就說過：「這些戲劇專門書籍，我一人根本沒有時間沒有根柢去習讀，還是捐給戲劇圖書館裏，供給大家研究的好。」

至于在他演出和旅行時間，遭受各國演員同業的重視和招待，是不用說的了。像中國比較知名的電影演員卓別林和武俠明星范朋克、名女演員曼麗畢克馥等，都竭誠和他討論。那時范、畢正是新婚不久，在好萊塢的私宅，就題名范馥別墅，專程招待了幾天，來盡東道地主的情誼。梅先生回國以後，雖然享了更大的名譽，卻照樣工作，編排上演，還要抽出時間，整理旅行中各種材料，準備寫一詳細遊記。當時是交給他的門生南通李斐叔負責，不料李竟病故，以致耽延下來。因爲他已經打通了把中國戲劇出演海外的途徑，後來就有別的劇團，像黃玉麟（藝名綠牡丹）一團去日本、程硯秋一團去法國、杜近芳李少春一團去英、法兩國，中國戲劇的光輝，眞的就此照耀了全球。由今說來，這一點可總算是梅先生應該含笑九泉的事。

梅先生是前清光緒二十年甲午陰曆九月二十二日出生，轉眼就是夏曆六十八歲的生日，可是他已經撒手長眠了。他的藝術成就和個人修養，以及抗戰期間的拒絕出演，知道的人很多，現在就祇提出宣揚國劇這件事，是人們不甚清楚，特地記錄出來，作爲對他第一遭生忌的紀念作。希望讀者，由此對梅先生有更深一層的認識。

這篇隨筆記載的幾千字，正是最後一篇的「梅訊」。回想筆者開始寫第一篇「梅訊」登在上海申報的時候，忽忽不覺已經有四十年之久，時光過得眞快，何況「梅訊」的主人翁已作古人，想到這裏，萬千感慨，且也不免老淚橫流了。唉……〈七、完〉

白蛇傳劇本檢討*

再過幾天，新加坡大學中文學會就要演出中國服裝、作風而是英語對白的白蛇傳來了。我們不要以為對英語對白沒有興趣，就放棄了這個機會。要知道一齣好戲，除掉對白以外，劇本、服裝和演技，値得觀摩的地方，還是很多呢。

觀眾對于中國典型的服裝和演出技術，知道得太多，可以不必細談，現在且專談這本與眾不同的劇本。

說起白蛇傳劇本，是由通俗小說義妖傳改編。本來很多中國戲都是從唐代下來各種小說改編。自從唐代傳記到宋、元、明、清歷朝小說，關于蛇妖虎異的神怪故事，本來不少，可是白素貞和許宣的戀愛史，卻沒有見過，並且也沒有類似的記載。雖是唐代有一部蛇妖變人的傳奇，但內容與此大不相同。

義妖傳出版問世，大概是在明清之間，從文字上看來，更像通俗小說家的作品。崑曲裏的

* 珍重閣：〈白蛇傳劇本檢討〉，《南洋商報》一九六二年七月四日（第十六頁）、七月五日（第十五頁）。

白蛇傳，必是從這部書上改編的。其後不但京劇有它，這各地地方戲也都採用，成為中國戲的普遍劇本。其中的情節，按照崑、京本子，大概分為游湖、借傘、盜銀、盜草、顯形、投市、斷橋、合鉢、祭塔幾大段。其中盜銀（白素貞因許宣需款，用仙法盜去杭州官庫存銀）是滑稽，盜草、水鬬是武打，祭塔是唱工，可算都是戲肉，至于借傘、斷橋，一是戀愛，一是哀情，當然最重要的部分。因為全劇場子過多，白素貞這角色，須要文武雙全、唱作雙絕的演員，才能勝任，所以舞臺上，一因時間的關係，一因演員不能都是全才，就漸漸加以刪節，或者分作幾齣上演，像武旦演盜草和水鬬、做工專長的演斷橋、唱工專長的演祭塔，至於借傘和盜銀，就根本不演。除非演全本，非從頭做起不可，才演游湖、借傘。

這是一齣羣戲（術色齊備的大戲叫羣戲）。編來場次不免散漫了些，但內容深刻描劃白素貞愛情專一、許宣的傻氣、法海的專橫，卻都很好，尤其是各角色的造型方面，均很突出，儘可給觀眾以甚深的影像。

祇是，其中最值得檢討的，便是祭塔末場。這是全部反調唱句，當年北京的名青衣，從陳德霖到梅蘭芳、尚小雲，廣東名青衣李雪芳都是成名的作品，李更靠這齣戲造成最高的地位。一向觀眾，祇知道反調的優美和欣賞名角的聲線，便沒有注意到劇本上去。

試想，白素貞被禁雷峯塔內，轉眼二十多年，許宣始終沒有表示，直到兒子士林，中了狀元，方來祭塔，這二十多年中間，絲毫沒有連續性的表現——不管直接間接，正面反面——已是藕斷而絲也不連了。再在祭塔之時，素貞當窗大唱，士林祇坐在地下，細聽母親高歌一曲，好像置身事外一般。記得從前北京有個煙癮很重的小生，每演祭塔，素貞一唱，他就溜進後臺抽煙，聽到唱完，方始鑽出戲幕，坐到地下去，觀眾□不覺得，豈非笑話。

我常和齊如山老先生談過，中國劇本的優點，當然很多，但是有三齣戲，卻非加以改良不可，一是目蓮救母，劉清題在鬼門關裏大唱，兒子目蓮僧案坐在地下靜聽。一是洛神，甄妃在洛水上載歌載舞，曹子建靠在地下細看。一就是祭塔，士林和目蓮一樣。按照戲劇上演的原理，每個登場人物，必定要有任務，至少像龍套宮女，可以加增氣氛（龍套也大有用處，像斬馬謖時三軍流涕的表示，就是龍套放出悲聲。玉堂春三堂會審，王金龍本想下位認明老相好，卻被龍套一叫虎威，就此作罷。青風亭狀元張繼寶，本也動了天良，想下位認那老乞丐，又被龍套一叫虎威，才忍心害理，誓不認親，這都是龍套的演出）。那有臺上躺著坐著一個毫無作用的角兒的道理。齊老先生也深以爲然，但是洛神是他編的，他不得不說：「曹子建是在做夢，所以不能動作，情形和那兩劇不同。」對此我卻仍不同意。這是和本文無涉的一段舊話，順便帶過，恕不多提。

直到去年香港白雪仙主持的仙鳳鳴劇團排演全部白蛇傳的時候，總算加以改良了。因爲廣東戲一向是沿用明代王府吉祥戲的成規（也是園雜劇裡，可以找出這些劇本來）。末場必定要「大老倌出齊」，偏偏老本子上，許宣、法海等都不露面，無從收場，因此改爲毀塔、仙圓，由南極仙翁出面，做好做歹，疏通法海，放了白素貞出來，和許宣重圓。于是大老倌都出場，白許姻緣，有了結束，總算彌補了二十年許宣失蹤、士林坐地聽唱的缺點。

但是，戲裡要深刻寫出愛情的專一，假如是齣悲劇，而換了鬧劇的話，是不能深入人心的。仙鳳鳴的改本，不免把它改為喜劇，換句話說，也就減低了白素貞的專愛，這是和原作者的用心，有了出入。關于這一點，還要研究一番。

這一次，中文學會編演這戲，第一步便是檢討劇本。畢竟研究文學的高材生們，有見識，想得到這一點上，就找人商議，同來改寫末場。

他們的主意是：第一，不能讓許宣「無疾而終」。第二，許宣屢次表示深愛白素貞，便不能在白被禁以後，毫無表示。第三，不能使士林坐在地下聽唱，即使是英文對白，也不能使他坐聽母親的獨白。最後必定要維持並且發揚悲劇的情緒。以上幾點，在高材生們全體同意以後，大家就動起手來，換過歷史的這一頁。

那一個丈夫聽見愛妻被禁，不想去探望一回呢？那一個母親，不想看看方才生下來的親生兒子呢？這種天倫上的合情合理，最能加增戲劇的情緒，即是最能扣住觀眾的心絃。因此，就這樣下筆了。許宣帶來探塔，偏是塔神不許見面，發生辯論和哀求兩種不同的場面來加增本劇的緊張。

要是始終見不了面，許宣垂頭喪氣而退，那戲就瘟了。塔神是神道，不能先拒後許，于是就得想出「拐彎」的辦法來。論理，賄賂是最普遍買通禁卒的方法（舊戲中對于禁卒禁婆，沒有一個不拿出利市包來的）。但對于神道卻不能使用，況且如此滑稽，必定會破壞了悲劇的氣氛。總算「福至心靈」，想出辦法，那時士林一哭，塔神聽見哭聲，一看士林，用背躬方式，說明：士林他日有狀元高官之分，必須通融一下方好。即此答應開門，放出白素貞來相見。照這樣「拐彎」，神道雖不受賄，卻還是勢利眼、燒冷竈之流，正和禁卒的身分相合，使得劇情可以施展下去。背躬的方式，用在此處，是再適當也沒有，難怪中外古今，都離他不得，莎士比亞老先生，也沒有例外呢。在寫出這段以後，還是不敢自信，特再請教專家李星可先生，蒙他「拍案叫絕」方始作爲定本；以後有人說話，就可以舉出專家來做擋箭牌了。

白素貞出塔，和許宣、小青、士林見面，連哭帶講，絮絮不休，結果，塔神催回，大跑圓場，素貞入塔，士林哀哭，就此落幕。這樣每一角色，可以盡量且同跑圓場，在不冷落的場面中，愈加重了悲劇的氣氛。最後在哀哭之中落幕，使觀眾走出院門，還和許宣有共鳴的感覺、悵惘的神情。信不信，且待演出散場之時，便可證明了。

在白素貞回塔之時，初稿因爲要表示母子天性，寫成白要把兒子抱進塔去，寸步不離，更見悲切。我們又不敢自信，徵求另一位懂戲的人的意見，恰好碰到馮列山先生，他認爲母親雖然自身吃苦受罪，卻沒有一個不希望兒子發達，這才是天性。若說把兒子帶去一同受罪，便違背了天性。這話說得對，當然照改，就在白入塔之前，好生囑咐小青養育，許宣教導，方自己在塔神趕逐之下入塔。

小小一幕戲的改編，可知並不是一個人或三兩個人所能勝任的，必然要經過多數人的斟酌，方能盡善盡美。由此看來，以前的中國戲的編撰，不知費了若干人多少年的心血，積累而成，愈改愈好，達到現階段的成果。或者前人爲了戲班中有長于唱工的青衣，不得不用祭塔的方法編那末一幕？大家雖然改編，卻不願意妄對前人，加以謗譭，但祇自信現在改編的，更比以前合情合理、精采生動。是否如此，還請列位觀眾，多多指教。倘蒙觀眾欣賞的話，我們在受到鼓舞以後，明年還會有更大的貢獻的。〈下〉

中國戲的優點——內心矛盾*

中國戲劇，經過千百年來的創作和錘鍊，早已佔到世界劇藝的最高地位，現在姑先把內心矛盾一點舉出，作爲優點的一個例證。

西洋戲劇理論中間，早規定了幾個原則，Theory of Conflict就是最重要的一個，意思是說，戲裏要沒有衝突，就不成其爲戲了。但是，這些學理上的原則，原不過是後人把前人的成績歸納起來，分門別類加以整理罷了。要不是前人已有了成績，那些理論家也未必能「望空占卦」似的虛擬得出來。那麼，中國戲劇正就是前人最大的成績，是這個原則的最先創作者。

所說的衝突，照一般來講，是屬于故事方面的。無論是神話、政治、社會、戀愛任何一戲，要是一條邊的敘述下去，當然製造不出高潮來，也就引不起觀眾的興趣。觀眾是人類，是生活在宇宙中間的一體，宇宙太大，我們現在的科學，還不配觀察它的全部性能，祇可以縮小些說說地球。地球上人類的感受有冬夏的衝突，一日之內有晝夜的衝突，這是無論任何原始人們都能體會到的。再進一步說到人生，有愛和恨，因此發生了喜和怒；有富和貧，因此發生了

* 珍重閣：〈中國戲的優點——內心矛盾〉，《南洋商報》第二頁，一九六二年八月五日。

羡慕與妬忌；有忠和奸，因此發生了一切的是非差別；那麼，人們畢生就生活在衝突中間。要是戲裏沒有衝突，豈不是脫離了現實，絲毫沒有人情味，還成什麼戲？衹管怎樣表演得精彩，也不過是雜耍玩意兒罷了。

再進一步講，這種衝突的意境，要是連續發生的故事，編爲戲劇，還不一定能夠滿足觀眾的要求。因爲人們往往同時發生兩種衝突的心理，形成一種交織而複雜的情緒，到得最後不能兩全的時候，方才下一種自己最後的決定。這在前人性理書裏，早有「天人之戰，義利之別，理慾之爭」等講法。戲劇要抓住觀眾的情緒，同時製造高潮，就非利用這種機會不能成功。

講到演出方面，除掉唱、做等表面的技術以外，每個人都知道必須注意內心表演。要不能表演內心，那還脫離不了雜耍的一套。可是單純的喜、怒、羡、妒等等，心裏想什麼，面上便什麼，雖是逼眞，不免簡單。倘然演員衹要拿笑示喜，哭來示哀，咬牙切齒來示怒，搖頭擠眼來示妒的話，那又誰都懂得會得做得的必然之事，豈能算一種藝術，更談不到需要練習和修養。

觀眾的要求是比較高的，他要求看到的表面是「難傳之隱」，再配上音樂唱白和做工，通過藝術的人爲方法，還可以完全表達出那種內心矛盾的情緒。必須這樣，才能扣住心絃，滿足他那不容易見到而竟然一見的慾望。演員也必須學會那一點，才配稱爲名角。

關于劇本故事的運用寫作，演員的練習修養，我們留待以後有機會時再說。現在且先「照題發揮」，祇把中國流行最普遍的幾齣戲裏，提出由內心矛盾所造成的衝突，希望觀眾對于再看這些戲的時候，特別加以注意。如果自己愛好劇藝，不妨看看那些名角的演出，不論是舞臺劇或紀錄電影，對于自己演技，也不論是那戲或其他的戲，甚至于是話劇和西洋劇，一樣可以有很大的幫助。若是祇拿看戲作爲消遣的話，注意了這點，便可以增加更多的興趣，引起你對于戲劇的愛好。

現且隨便舉幾齣戲來，有些是電影中很多人看過的名劇，作爲例證。

粵劇于素秋、靚次伯、麥炳榮等演的「楊門告御狀」，其中一場是兒子楊文廣在打天魔陣時，和百花公主私自訂婚，違反家教和軍法，母親穆桂英必定要執法殺他。在表演上講，母子之情和國法軍令，絕對不能兩全，因此非常富于衝突。演穆桂英的人，一方是憤怒，一方是寬容，不但要表演出先是憤怒，後是寬容，並且好演員一定表演出同時兼有憤怒寬容的情緒來。直等到眾將官代爲求情之後，穆桂英乘機可以交代，于是放棄了憤怒，再從寬容中流露出喜悅來。可又不能十分暴露，倘若暴露，一經眾將官發覺，又怎能維持主將的威信呢。至於潘洪這角色，在接詔時候，一面是擺足自己的威風，一面又畏懼害死老令公的陰謀被人發覺，一面還要很勉強的守著接詔跪拜的禮法，這樣同時發生的三種心緒，更加不容易表現的。若是表演得不好，必定祇顧了一種，忘卻其他兩種，全劇就要減色了。

潮劇電影「告親夫」，最後一場父親在公堂開審的時候，把悲傷自己的親生獨子的死，更有從此斷了後代的一種觀念，和國法以及兒子所犯的大罪大惡相比較，內心中起了絕不相容的衝突。他不由自主的在那裏念「論情」、「論法」那幾句，這正是他「天人之戰」的戰鬥期間。他要把父子之私情和國法上一次天平，權衡輕重。在表演上，開始必須用眼神來表示父子之私，用面部筋肉的緊張來表示國法，而這眼神所表示的私情，一刹那間，便已過去，來表明內心上已經有了決定，私不害公；因此，眼神也立時緊張起來，露出憤怒的神態，來配合面上緊張的肌肉。即使眼神一變，兒子的死刑是決定了，國法的伸張是沒有問題的了。這種一刹那間的轉換眼神，面部肌肉緊張的表情，眼與臉面表情，由背道而成爲一致，種種變化，要不是練習和修養是絕對不會成功的。戲劇藝術的精彩在此，觀眾所以愛好的原因也在此。

粵劇白雪仙、任劍輝等演的紫釵記，這是根據唐人說部霍小玉故事改編的。在李十郎負心另娶以後，好不容易由黃衫客強拖到霍家再和小玉見面。小玉當然異常怨恨十郎，但是愛他的心並不因爲怨恨而減少，這種愛恨交織的心理，既不能一味橫眉怒目來表示怨嗔，也不可照以往的纏綿悱惻來表示愛情，須要愛中有恨，恨中又愛，惟其愛他得深，所以恨他更切。這心理上的矛盾衝突是人們可以瞭解得到，但是在表演技術上，就不是任何演員所容易獲得的了。像這一類的舊戲，杜十娘怒沉百寶箱、金玉奴棒打薄情郎等，不論在哪一地方劇種裡，都有很多；祇管故事不同，而表演愛恨交織的衝突，卻是一樣的。因此練習這種內心表演，成爲中國傳統戲裏最重要的一課。

越劇夏夢等演的三看御妹劉金定，戲裏面劉金定自己知道身分是御妹，父親是宰相，又是有學問有教養的閨女，一言一動，都要謹守體法。可是在發覺那癡心的人兒不顧生命危險，不但廟裏偷看，還一次兩次假扮醫生上樓看病以後，當然芳心暗許，甚至立時把御賜雙筆作爲訂婚禮物送給他。在兩次樓會以及送筆的時候，她的內心是矛盾的，禮法和愛情的衝突，須要同時表達出來，要做到千金小姐情不自禁而又不背家教禮法的地步。這在詩經「樂而不淫」的原則下的表演，是要多麼細膩而且大方，有勇氣還不算，還要有尺寸（內行術語，不太過火，也不草率），是一項絕不容易的表演。此外，一個人在房間裏，「宜喜宜嗔」的動作，表達內心的熱愛，但舉動還要端詳，祇可□身轉袖，淺顰小□，決不能用戰宛城和虹霓關裏怨女張鄒氏及東方氏等演出的方法。這是因爲張鄒氏東方氏祇有那一股勁兒，內心沒有矛盾，劉金定卻是名門閨秀，雖然嘗著些戀愛的滋味，內心還是充滿了矛盾的原故。

粵劇芳艷芬、任劍輝等演的桂枝告狀，這是由老吹腔劇本販馬記改編的。桂枝在嫁了趙寵榮任知縣以後，忽然由獄神在風中傳到老父的哭聲，在她認明以後，當然要告訴丈夫營救。閨房寫狀的前半場，先要寫兩夫婦的輕憐蜜愛，但是女兒急于救父的心情，也須略先流露，以免由問名所引起的寫狀，沒有線索。試想，女兒和丈夫在「歡娛嫌日短」的頑笑場面中，卻蘊含了父親遭難急于營救的心情，這既甜且苦，話在心頭的焦急狀態，不是大大的衝突是什麼。加以新婚夫婦，對于家庭慘變還沒有說明的時候，桂枝必須「春雲乍展」，順勢講來，方始不覺突兀，更且容易引起趙寵的注意，因此表演上必須要在細膩中步步逼緊才好。

以上所舉的，還衹是在香港、星、馬的新戲，若要說到舊戲裏面，就更多了。各種地方戲，對于內心表演，都有它的優點，無從細說，現在試舉出最標準的京戲三、四齣來：

「四郎探母」。楊四郎先是又想探母又怕公主是衝突；公主願意成全四郎去探母但又怕他不回來是衝突；太君和四夫人見了久別的家人，一喜一悲是衝突；四郎一面捨不得老家一面又愛公主急想回去是衝突；像在這一齣戲裏，利用如此多的衝突來編寫，並且布置前後照應，天衣無縫，眞是一位名手。我曾經看過故宮藏本這齣大場面戲的全稿，不免散漫，可是經過不知道若干次的提煉以後，做到如此成績，眞可佩服。

武生戲的像趙子龍的「長坂坡」，人們衹注意打工，以爲這是一齣純武戲，實在當甘夫人投井的時候，趙一面殷殷勸她上馬，不可尋死，一面知道敵人就來，急于自己應戰，內心的衝突眞是到了頂點。何況在戰爭中間，時間重要，那種焦急而又要向婦流解釋勸導的神情，要不是名角，如何演得好？也正是因爲名角不多，演得草率，所以人們就不甚注意這裏，認爲不過是一齣純武戲，到底埋沒了編者的苦心。

老生戲「南天門」。忠僕曹富保護小姐走雪山，一路行來，根本衹表演他的忠心，內心沒有矛盾。但最後曹富竟然凍死，上帝念他忠心，派做南天門土地。他從僕人的身分，忽做天官，當然高興，因此站在雲端大笑三聲，不料低頭人世，看見小姐一人踽踽獨行，伶仃孤苦，他自己又不能前去照料，便又大哭大叫小姐起來，這才是忠心的表示。編者利用衝突的手法，先由他大笑，笑後再哭，更見得深刻親切，感動觀眾。

青衣戲「宇宙瘋」。趙女不願嫁秦二世，裝瘋裝啞，爲了要裝得像，就和父親說話都口花花起來了。她暗受丫鬟的指示，如此做法，以不瘋之人裝瘋，已經不易，還要在裝瘋中，偶然流露出不瘋的本質來，那就更不容易。這齣戲說來，趙女根本不願嫁二世，內心並無矛盾，卻是在身段和表情上，利用衝突的演出技術，來創作別開生面的新戲，也是值得一提的，所以一併附記在此。

本來，中國戲劇教育的過程，在初期練習各種基本技術以外，就全部注重到表情。這表情不但指面部講，連一切手足舉動，以至老生的髫鬚、小生的扇子，都要運用得使他能夠表達出內心的情緒，尤其衝突的情緒出來，方始可以上臺表演。可惜老一輩的教師們，有些「知其然不知其所以然」，祇知道按一齣戲教一齣戲，不容易抓到這總原則。現在關於這方面的教法已經加以改良，我們欣賞劇藝的人，還是「故步自封」，因此，特將這演技中最重要的一點先行提出，請大家體會下子。

讀「南洋與中國戲」*

「讀千卷書，行萬里路」是中國教人治學的傳統方法，但我以爲對于研究劇學的人，更其重要，因爲研究戲劇，既然要從書本上去找尋材料，還須要從演出上去訂證，搜索，方始可以獲到若干基礎，再從基礎上，建立出一個全貌來，加以推論，才有成績。中國一向不甚重視戲劇，所有材料，除掉若干衹講文字、語韻、音律以外，散見在各種書裏，縱使讀得萬卷，發現也不爲多。何況文人記載，不免模糊影響，便不見得能夠正確，這又需憑著自己的學識，重加判斷。幸而中國地域廣大，戲種繁多，「禮失而求之野」，至今各地地方戲劇裏面，還可以發現若干重要痕迹，可是一定要有根底有見解的人，親身調查，才有結果。所以讀書以外，還得走上萬里路，聽過九腔十八調的戲劇，才能溝通貫串，沿流溯源，要不然的話，儘管「閉門造車」，必不能「出門合轍」，豈不是徒勞？

王國維的戲劇史，不能不算是開山鼻祖的作品，但是他本人既不懂得戲劇，平生也沒有看

* 趙泰：〈讀「南洋與中國戲」〉，《星洲日報》第三頁，一九六二年十月四日。案：此爲書評，趙尊嶽所論者，乃李星可《南洋與中國戲》（新加坡：南洋學會，一九六二）。

過幾回戲，一切材料，不過是採輯舊說，加以推論，卻又因成見過深，衹知道元曲的美妙，偏忘記了中國在六朝魏晉直到唐代，早已產生了原始的戲劇，所以他的推論，也不能成爲定論，結果就被「後來居上」的學者修正了。

另一位齊如山是能從書本和演出上研究中國戲劇的高手。他能看書，能懂戲，更費了一生的精力，專門向演員們叨教，得到不少千眞萬確的材料，因此更充實了自己的見解。他把中國戲劇的組織，演出以及大小各種問題，都整理出頭緒來，分別寫成不少專著，最後，提出了「無詞不歌，無動不舞」的兩大原則，這才算看出了中國戲劇的根源來。接下來，周貽白和任半塘的著作，以及日人青木的《中國戲劇史》，也各有個別的理解，可稱研究近代戲劇的鉅製，至于其他一篇二篇，散見刊物的更多，恕不列舉了。

可是，綜覽上列幾部作品，其中不能解決的問題，還是不少。也有一部分不免是「強作解人」望文生義的，更還需要有人來補充，改正。我們試想想看，中國一向是善于吸收外來民族文化精華的國家，尤其漢唐兩朝，聲威遠振，鄰國交通；六朝，金，元，胡族入主，所以一切文物，尤其音樂方面，受了不少外族的影響。那麼，戲劇是不是受到影響呢，是不是也和其他一般的文化交流呢，這不用說是一定受到影響的了。既然如此，當然有許多不能解決的問題，可以希望由此得到解決，祇是前人沒有想到這點，不能不留待後人去工作。恰好這部書，彌補了這個缺憾，不能不說是爲研究中國戲劇的人們開闢了一個新天地，好比地球上人類的科學，打進了太空領域一般，呈放著燦爛光輝的異彩。

作者是兼通戲劇理論和演出的人，在前一部著作《我談京劇》裏，早已表演出他的心得來。可是他不怕麻煩更進一步地去解決前了沒法解決的問題。也是「天假以緣」，他有機會在東南亞各國遊歷研究，又懂得當地戲劇術語，憑著他的智慧和學力，從囉嗊這音譯上，引證了當地的演出和中國戲劇裏參軍的動作，從囉嗊樓的存在，推論到中國戲所吸收南洋方面的材料。又如賈大獵兒、白打使、末泥、襪子何生及丑等名詞，在中文上難于解釋，現在也考出它的根源來了。至于鹹淡這名詞，唐戲弄書上解爲兩箇角色的酬答打趣，正同生熟的相反相生，作者卻以爲梵文中寡婦棄婦的音譯，爨不是代表國名而即是參軍戲的別名，在我再深入研究以前，卻還不得不表示「存疑」的態度。這因爲我不懂南洋各國的戲劇，無從判明它的眞確性，要是祇從字面和書上去推想，鹹淡不像專指寡婦一流人物，爨又明明是個國名，那麼，參軍戲的來源，是否出于爨國，或者祇是「嗊—參軍」的譯音，恐怕尙須加以多方面的研究。

再說下去，參軍是中國漢代就有的劇種名詞，沿到後來，內容情節，祇管變化，名詞還照樣的沿用下去，那是不是後漢時期就有囉嗊曲的傳入麼？雖然王國維懷疑漢代無參軍一職，就不應該有弄參軍的故事，但是戲劇中的參軍，自從石勒時代開始，那時囉嗊的傳入，仍然沒有充足的證明。到了唐代元稹贈劉采春的詩，按照服飾說來，確是南洋裝束，但是這種歌唱小曲的打扮，是不須要和愛情有關係的，正像現在清唱關□（說笑話）的對口相聲類似的戲文裏，也未必有指定的戲裝，何況他們弄的是陸參軍，分明是參軍戲的旁枝一詠，正像現在蕩湖船一劇，有他搖船的身段，可是跑旱船的身段，雖是類似蕩湖船，也衹能說他是旁枝，而不能合兩戲爲一戲。因此，就照音譯來說，陸參軍是囉嗊，參軍是扶南面是譯音的嗊，兩者應不是一事，似乎不能一概而論。若說根據吳梅村「雪面參軍舞鷓鴣」一句，就說是白面加官，那麼，加官走的是淨角很穩重的台步，鷓鴣是鳥類，所舞必定是彷彿鳥類的台步，當然是輕鬆靈妙的一種舞技，豈是加官的步法，要說鍾馗身段的大架子小身段，或者還過得去，要說成段正方嚴代表朝廷大臣的加官步，就不免有點太那箇了。

作者爲研究戲劇的人們，打開了一條新路，獲得不少成就，這是本書的特點。但是，盡憑著對音或是通轉的方法，把一切中國戲裏不能解決的問題，完全算在「南洋化」的帳上，這一點，在我這淺學的人，大致看來，似乎還有若干問題存在。

在我讀完這本書後頗有些感想要說，一是深深佩服作者的讀書，行路和苦心推証的精神毅力。第二，是希望作者把南洋各國戲種，詳細地分系記述下來，以便研究的人，可以各自從記述上體會中國的戲劇，由而貫通起來。第三希望在作者放了第一炮以後，更有無數人跟著這條航線去開闢新大陸，那麼，在不久時期，更可得到各種的成就，順利解決中國戲和南洋有關係的一切問題。可惜我自己雖然遠客南洋，忽忽五年，卻對于東南亞戲劇，一竅不通，無從和自己歷年來對于中國戲劇的一知半解相結合，非常慚愧，所以祇能像珠廉寨收威時的老軍，遠遠地擂鼓助威罷了。作者是「六行通透」的專家，對于我這一點小意見，應該可以接受麼？敬候指教。

一九六二年十月珍重閣記

文、學和文學*

文學這個名詞，人們不但聽得很熟並且懂得也很多了，但以一朝加以深入的研究，便知道並不如人們所想像的那麼簡單。要曉得文是文章，學是學問，文學是研究文章的一種專門學問。文和學本是兩個單元，合起來卻變成第三個單元，共是三個單元，不可胡拉混扯，併作一談。

現在且舉幾句大家都知道的話，來做說明。像歷史學家批評一個人「不學無術」，是說他既沒有學問又沒有辦法。《論語》上舉出孔子的話「行有餘力，則以學文」，是說一個人在工作以外，倘是有富餘的精力和時間的話，就應該去學好文學。至于書傳上說到某人是學者，某人是文士，顯見不同。又有稱爲文學之士的，是說此人既會寫作，又富有文學方面的一切知識、見解。

這種分類的方法，歷代相傳，都是如此。像漢朝的枚乘、司馬相如稱文士，漢朝的馬融及

---

* 趙泰：〈文、學和文學〉，《南洋商報》第二頁，一九六二年十月二十一日。

鄭康成稱學者，六朝的劉勰和鍾嶸便是文學之士。可是自從「文以載道」、「言必有物」這類理論昌明以後，後人往往以爲文章既必「載道」「有物」，當然包括了很精深的理論和學問。文和學便漸漸打成一片，凡是一位文人，就稱他做文學家，不再分析他的重點是學問或文章方面了。

實在說來，這種誤會，不但分別害了文和學兩方面的發展，連文學的研究也給它降低了水準。今天，我們爲了矯正錯誤和警戒後人起見，不能不嚴格地加以判別。

簡單地說明是這樣的。文章注重寫作。如就一篇文字，至少要做得頭尾完整，段落分明，承轉得法，所用的語字詞彙，用得適當。進一步再求其用優美的句語，倜儻的聲情，不論是敘事、議論或是抒情方面，盡量可以很自然地寫出心中要說的話來。學問呢，卻是注重研究，並且不是頭緒紛繁或是一盤散沙的綜合，必定要有結論，尤其結論必定是作者從研究中所獲見的心得，既不東抄西襲，也不「人云亦云」。文學是用上說的方法來做研究文學的功夫。

但是，文和學這兩件事，祇管是兩個單元，卻必須「雙管齊下」，才能運用自如。天下決沒有做不好文章的學者，也沒有毫無學問的文人。正如前面所說的枚乘和司馬相如，他們雖是文章的聲價高過學問，但是枚乘七發的聲情、典故，司馬相如幾篇賦裏引用的材料，上自天文，下至地理，那一樣不包括在內。在那沒有辭源、辭海一類工具書的漢朝，試問，要不是學問有根柢，又那裏去找這許多材料來使用。至于司馬相如另外著述了文學的專書，更可証明他的學有專長。

馬融和鄭康成雖然是以研究經學出名，不以文章出名，但是把他們寫作的經注來看看，不必細說內容，就是寫得如此切實清楚，又豈能說他們的文章不好。至于鍾嶸的《詩品》，幾篇概論，那麼的簡明深刻；劉勰的《文心雕龍》，對于每一種文體，都有系統的記述評論，並且全部用當時最流行的駢文體來寫作，眞可當得文學之士的雅號。

我曾經和人談起過這個問題。卻有人說道：「寫得出來就好，應該不需要枉費時間去研究太精深的學問了。」我的回答是：「要是寫作者沒有學問的話，恐怕他所要說的就沒有什麼可取的地方了，『一揮而就』的文章，再寫得好些，總是沒有內容，不會深入。衹靠些風花雪月大自然的描寫，喜怒哀樂心理上的音聲，是不會感動讀者的。倘是一個好學深思的人，平日讀書用功，見解精闢，理致深奧，那麼，衹要隨便一寫，始終還是一篇好文章。文章不必每天都表露出學問來，可不能沒有學問做根柢；有了根柢，不需賣弄，自然顯得出長處，正是蘇東坡所說的：「腹有詩書氣自華。」不然的話，衹管格律不錯，聲調鏗鏘，還不是八百年來起自宋代直到晚清爲止的科舉文學——八股。雖說起承轉合，議論引證，應有盡有，可是千篇一律。不過按著公式，拍湊比合，讀者粗心可能覺得文章不錯，愈細心便愈得空洞膚泛，似是而非，不要說內容，就憑那陳腔濫調，又怎能顯出絲毫的優美來。推論下去，八股以外，古今多少人做的詩集文序跋、壽言、祭文，都免不了公式化，往往看過幾篇同式的文章，東拉西湊，就可以胡謅一套，可又有幾篇是有內容的作品，值得給人賞玩呢。

反過來說。若說有學問的人，可以不注重文章的話，那學問必定也是皮毛罷了。要明白這個道理，先要說明求學的過程。求學是先從讀已有的書入手，在一邊讀時，就一邊細想，忽然發生疑問，就再找材料；材料找不到，再用自己平日的研究去推証，智慧去發明。正像煉金丹一樣，九蒸九臘，加料加火，不知過了幾時，才可獲得一些成就。憑這成就，重複加以探討，經過幾次的淘汰和修正，賸下小小的一丸，結果是不是金丹，還要等待後來明眼人的評判。這個過程，像是任何求學的人都承認的。

既然承認這話，第一步便是光讀已有的書籍。現且不談世界上形形式式的文理各科，就從研究中國文史來說，自古至今，不知有若干書籍，尤其古書的文法、句語、和現代書不盡相同，音轉和同音字的流用，斷句的方法對文義上的出入，要不是有文學根柢的人，如何下得手去，看入眼去。眞要做學問功夫的人，豈能憑一兩本文言對譯的白話句解，就算讀通了古代的書籍。更是純文學的美文，每篇有每篇的韻致風格，一經譯過，雖然內容一些不變，那外在的優點，完全失卻，像《詩經》、《離騷》等極普遍的書，那種風貌，豈能譯得出來。可是文學沒有相當程度的人，對原作品又怎能理解它的妙處，更不要說什麼欣賞和深入研究了。

由上說來，可以肯定下一句斷語：一切學問好像是奇花異草，文學的根柢便是一塊土地，要是土地不能施肥培養，奇花異草是怎樣生長不出來，就是勉強發芽，也絕不會有茁壯而結出好的果實來。所以說，凡是文章不好的人，無從研究各種學問；可是要文章好，又不能不研究學問。更具體些來講，凡是沒有讀過百十部各派名家詩集和詩話的人，除掉其是天才以外，是做不出有功夫的好詩來的。同時也做不出好的詩箋和詩話來。即是天才，像六十年前，湖南一個和尚，名叫寄禪，從小苦行出家，沒有讀過任何詩文，衹是趁著名流雅集，在旁陪坐偷聽，卻有一天，在過洞庭湖的時候，忽然情不自禁地吟了「洞庭波送一僧來」這麼一句詩，給當時老輩王湘綺知道，大加讚賞，從此勸他學詩，他邊學邊做，天天進步，遺傳下來的八指頭陀（他苦行出家時，自斬兩指，所以號叫八指頭陀）詩集，眞有「性情流露，天趣橫溢」的妙境，可知他雖有天才，還仗著後來的好學，才有成就。

一般來講，文人的習氣，大多喜歡運用自己的性靈去寫作。就是用功學問，也仍是忘不了文章，所以流傳下來的書籍、詩文著作總比學問著作來得多。即是專講學問的人，也一樣注重文章，不肯輕易放過。王陽明因爲這點才勸人不要在詩文方面多下功夫，怕的是把精神流入詩文中去，事實上，把精神放在文章上，不一定就妨礙了學問的功夫。試拿唐代兩位學者做例証，孔穎達的《經疏》和劉知幾的《史通》，都是十足的學術著作，文章也都非常的好。孔氏傳經，因注做疏，走在前人的道路，還是有師承有範圍的。劉卻別出心裁，把古今歷史著述，融會貫通，横切直剖，最後像抽絲剝繭一般，尋出了根柢，理出個頭緒來，成爲一部研究史學的創作。後來，像明末清初兩大師顧亭林和王船山，都不是想做文士而是專心學術的人。他們在經學、史學、音韻學上的成就，有目共見。可是在「行有餘力」的時候，詩文作品，豈不都是名家高手。王船山不但詩文好，還塡了兩卷詞名叫《鼓棹集》，寫了一本戲名叫〈龍舟會〉。到了乾隆年間，章實齋是有名的史學家，他那部《文史通義》，可以直接《史通》，可是對於文學，照樣一絲不苟，文集裏面，還留存著一篇「古文十誡」，教人做古文的方法，說得頭頭是道。

即是晚清到民國初年，學者一樣兼重文章，像孫貽讓、章炳麟、屠寄和王國維幾位，對於墨子學、文字音韻學、考古學、蒙古史學都有傑出的著作，可是他們的詩古文詞都也是文壇巨著。若再單講文學一門，陳衍寫得出石遺室好詩才能寫出石遺室的好詩話，況周頤寫得出《蕙風詞》才能寫出《蕙風詞話》，王國維寫得出《人間詞》才能寫出《人間詞話》。這種舉之不盡的例子，處處可以作爲文和學是分開兩單元卻要必「雙管齊下」才可以產生第三單元的證據。

我們試再把藝術和文學做一比較。不會表演的人，研究戲劇，無論說得怎樣動聽，總不免有隔靴搔癢的感覺。一樣一部研究戲劇的書籍，演員提出他自己親身體驗到的一點，就不是不會表演的人所能夠夢想得到的，尤其看來好像極普通的地方，衹會說不會表演的人，當然忽略過去，那知道正是演員聚精會神的所在。觀眾衹覺演出得好，卻有那個懂得這細微末節的關係重大呢。因此，可以說一個不會做四六文章的人，大談四六，不會作詩的人，大談其詩，無論用過多少功，看過多少書，充其量衹能寫出四六或是詩的歷史和掌故，卻未必能傳授寫作的心法。因爲那些細微末節，看來雖小，可能一髮牽動全身，竟然影響到全篇的風貌，這也是文和學兩單元必須結合起來，經過身歷其境的階段，方能產生另一單元的旁証；要是衹從學字上去做寫作研究，豈不成爲一單元可以產生另一單元了麼？

當然，爲了研究某一時代或是某一大家的作品起見，自己先要揣摩那時代的作風，摹擬那大家的作品，是一件不容易並且決不討好的苦事，結果也未必有什麼成就。但是，經過一番苦功以後，雖然仍舊學不像，也許自己根本不想專門依傍人家的門戶，可是必能由苦功裏面，發覺出原作品的細微末節，以及何以學不像的原因，這豈不是獲得深入瞭解，對于研究方面，大大增加了助力。自己本來衹拿模倣來做研究的門徑，一經領會，正不妨再去試試作風相反的另一家，既可拿來做個比較，同時也豐富了自己的智識，增強了自己的寫作力，這樣一舉數得的事情，難道有什麼不值得做的地方麼。

現在，學術開明，作家日來日多，不但寫作詩文，並且好談學問，說起來本是文學界的好現象。倘然作家們更懂得這文和學的分野，邁進一步，做到「文人求學，學人工文」的話，那不但文章會愈做愈好，內容必定更加充實，無論爲自己的成就或是讀者的利益起見，似乎都是有其必要的。

生活藝術化——烹飪*

人生要過得美滿，就需要求得生活的藝術化，飲食是一天不可缺的事，佔了生活最大的幅度，那就更加要藝術化。何況中國在「北京人」時代，雖然一樣茹毛飲血，但經過幾千年來的進長，烹飪食的方法，早已登峰造極，爲世界各國所公認，我們又豈可自暴自棄，不加注意。

本來人類爲了生存而飲食，原始時代，祇求有水有食料，講不到什麼好壞，但文明進步以後，就顯然分作兩個途徑，先是求飽，後是求好。要是不爲求好的原故，至今仍不妨茹毛飲血，也一樣可以維持生命的，但一經提到好字，就走進藝術的領域了。孔子祇管提倡儉約樸素，但論語上面，分明有「食不厭精，膾不厭細」的話，甚至於說「割不方正不食，不得其醬不食」，可知孔子深切瞭解到要好：煑一碗肉，必須先選原料，選那厚實的肘子坐臀，可以切成方塊的，再加上好作料配成好湯汁，方始好吃，他正是求好的先覺者。

所謂好，並不是指飲水必定要汲取天下第一泉的做原料，更不是指菜餚必須任何山珍海

* 趙尊嶽（珍重閣）：〈生活藝術化——烹飪〉，《南洋商報》一九六三年一月一日第七頁。

味，實在講來，任何家常便飯的白菜豆付，衹要會做，都能成爲好菜，正像藝術中的國畫一門，畫山水不一定要把杭州西湖來做題材，隨便什麼的地方的風景，衹要畫家手段高明，都能畫出一張名作來。因爲在人們的生活中，每天都吃家常便飯，所以更應做得好些來供給自己享受。

作者勇於承認自己是個饕餮之徒，從實踐的「大食佬」進一步去研究飲食烹飪，雖然不會動手，紙上談兵，卻也用過不少心機。可惜唐代著名的幾部食經像膳夫經手錄和食憲章等，都沒有流傳下來，最早的食譜衹是元代的飲膳正要，這部書一因是蒙古朝在北方所做，盡拿牛羊做主菜，未必合於全國通用，二是因供給官家豪富所用，每一味菜都拿全羊做單位，絕不是任何私人能力所辦得到，因此，由今看來，沒有多大用處。最通行的書要算清乾隆間袁子才的隨園食譜，照辦煮碗（借用粵中地方語），卻還可行。此外，在齊民要術和本草裏面，偶然同可發見有關烹飪的原理，如說某種植物性寒，那煮的時候，多加些薑，眞的特別夠味，不單是爲了衛生的關係，一切可都仗著讀者的心領神會。至於近代出版的食譜，最先要算大詩人福建陳衍的一部，商務書館在四十年前出版。其後各地都有專書，遠到香港和星、馬，並不例外，香港的特級校對先生，更寫了不少專篇，不但是食譜，並且深入討論，「藝而進於道」了。

說到中國地方之大，菜式之多，眞是「罄竹難書」，可是要不能領會些大綱節目，是無從談烹飪的。作者總算憑著職業——報館從業員——上的便利，幾十年來，遨遊南北，每到一處，除掉正事以後，就專門「過屠門而大嚼」。說得遠些，松花江上吃過活的白魚，百靈廟中吃過全羊席，喝過山西汾縣杏花村的汾酒，河北獨流鎮的醋，說得小些，吃過浙江嘉興的橘李——一種到口即化毫無果肉衹有果汁的李子，山西沙陰的無核的葡萄，江蘇高郵的雙黃蛋，江蘇淮城的饊子和湯包，廣州七塊瓦的臘腸（小店無名，衹占七塊瓦片的面積，就以此出名），積了幾十年口福的經驗，才算懂得少許的烹飪原理原則，可也碰了不少釘子。曾記得徽州菜最有名的一味是紅燒青魚，到了徽州，便要這菜，那知拿上來的是鹹魚，一再問那廚司，他說：「這裏是山城，根本溪流之中，那有上得菜的魚呢。」原來這是靠皖江一帶的名菜，卻不是徽州做的。又如十錦炒飯，各地通行，偏在廣州叫它揚州炒飯，在揚州又叫它廣州炒飯，作者在揚州所吃的炒飯，完全兩樣，可知確是廣州做法，不知為什麼要叫揚州炒飯。現在舉出這兩件事就知道不要說菜譜的研究，不容易下手，就連產地和菜名，也是「盡信書不如無書」的好。

說起中國的菜式來，可說各地都有特性——家鄉風味，只要仔細分別，南京和鎮江相隔不過一百里，做法名目，就已不同。像一樣大肉圓，南京叫斬肉，鎮江便叫獅子頭，南京做法肥瘦各半芡粉較多，鎮江是揚州派，芡粉用得較少，這就不是外地人所容易分別的。這且不談，衹說大體。黃河以北的一概叫北方菜，大概煎炒的菜式較多，可是因為濟南講究湯菜，北方上等館子，都是濟南人掌灶，因此湯菜也成為北方的主菜，連西北各省，都是如此。長江流域，蒸煮的菜較多，味道比北方略為濃厚而帶甜，可拿蘇揚兩地作為代表。西南各省，山深水寒，人們喜歡吃些辣味，但高等菜式，除掉冷盤喝酒以外，一樣用辣不多，並且用辣椒的菜，配入蔥蒜，使它香氣調和激發，並不一味的苦辣，更是，西南多用礦鹽，鹽味特重，所以菜也較下江略鹹。華南各省，福建廣東兩大宗派，福建比較清腴，更會利用當地名產蚌及西施舌等，使人爽口，廣東特別講究。不但菜好，點心花式更多，眞不愧是「吃在廣州」的盛名，更其注重魚翅鮑魚等海味，烹飪方法，冠於全國。但是因爲和外洋通商較早的關係，不免受到西洋的影響，像用番茄作和味，雖是新鮮，已經不是正統的中國菜，點心之中，更見歐化，「中學爲體，西學爲用」的公式，不想在廣東菜中，獲得了証明。

總而言之，中國各地菜式，祇管因爲原料和民俗習慣山川風土的關係，各有不同，但是小異之中，遂是大同。味要適中，煎炒蒸煮要入口酥化。無論海味以至雞鴨魚肉，每種有其特別的美味，也就隱藏著特別的缺點，腥騷羶臭，做菜的人，更必須知道「隱惡揚善」的方法，才能算好。如說最普通的豬腰豬肚，洗得不乾淨，何能下咽，洗得過份，吃的人祇見其形而不辨其味，又算什麼，恰到好處，這是入手的第一步方法。接下來便是和味，腥羶的菜，要用解腥的配製，蔥薑本來味重，可是兩種重味，和合起來，正好相反相成，變爲美味，大蒜薑辣以及燒酒，都有這種作用。那些行家廚司，一見魚不新鮮，決不清蒸，改做糖醋一煎，就掩飾了異味，一見雞不新鮮，立時做加厘雞，一辣之下，萬味不知，豈不是最好的辦法。至於紅棗能夠吸收羊羶，燒酒能夠激發草頭，（苜蓿又名芹花菜），更必須件件精通，得心應手。至於廣東湯菜，喜歡配用藥材，一來滋補，二來解腥，但是吃到口中，藥味往往勝過菜味，究竟爲的是吃菜，不是吃藥，是作者不敢同意的。

自從作者南下以後，先在香港住了十年，親眼看見中原菜式，異軍崛起，突飛猛進，爲港地人士增加了口福，固是一件可喜的事。但一看它們的招牌，一嘗它們的菜式，頓時「啼笑皆非」，眞要代表外江人等向南中吃客道歉。它招牌上寫的是京粤川滬菜，作者還以爲眞能兼有四地的款式和優點，那知進門之後，一看菜牌，才知道是「混一車書」的方式，根本就沒有分析過四地的款式，更談不到優點。進一步，和管事的閒談幾句，承他不棄，詳爲解釋，他說：「四地的口味不同，原料總是雞魚鴨肉，作法總是煎炒蒸煮，現在原料要用些肚子腰子，加上葱蒜，不就是京菜嗎？用些豬蝴燜肉，多加些糖和脂油，不就是滬菜嗎？什麼菜裏，加上半匙辣油，不就是川菜嗎？蒸一條石斑魚，炒一碟桂花魚翅，不就是粤菜嗎？」這幾句話，眞是辱沒了中國幾千年來藝術傳統的飲食烹飪，可也難爲他在「求同存異」的原則下，制定了這麼一項公式。

等到作者愈走愈遠的時候，對於中國菜的想望和興趣，更加濃厚，可是所吃到的也愈走愈遠了。南國本在海外，各國工商雲集，所以在當地執役的廚司，多數必須「才兼中外」，方足當此重任，換一句話說：也就須兼做中西菜式，才可立腳。試想，中國菜不必談兼通南北，就能專做一省的口味，也不是件容易的事，何況還要會做西菜呢。偏偏他們一學便會，賣弄身手，作者常和幾位西友同餐，擺上幾樣菜式，有中有西，卻是値得敬佩，那知一吃之後，西人先來發表意見，說：「怎麼這幾樣西菜都像是中國口味？」，作者的舌神經向是靈敏，不免異口同聲的接說：「怎麼這幾樣中國菜都是西洋口味？」大家不免「目逆於心，相視而笑」地証明這位亦中亦西的廚司卻正是不中不西的高手。作者過後千遍思量，方才悟出眞理，原因是他用的是一式的和味作料，做中國菜用些利沙司辣醬油，用花生油煎牛仔肉，在他老人家一客不煩二主的方法之下，豈不就收穫了異乎尋常的成果，也可算又一位運用「求同存異」的法則了。

閒話休提，言歸正傳，作者現在要堂堂正正地提出幾個大原則來了。本來前人，對於烹飪早經提出過色香味三原則來，這是無可非議的，但在現代事事進步中，三原則已經包括不了，應該再加上聲形兩項，合爲五大原則，正像科學家發明原子，愈來愈多一樣。聲形是作者本身體會出來的，前人未經說過，所以列在下文前段，敢向食家請教，這學說能夠成立嗎？

聲。聲可分爲檯（菜桌，不是舞臺）前檯後兩部份。檯前的像北京菜式盛行的口磨鍋巴湯，一名平地一聲雷，看這名字，就知道聲的重要。這菜是先把口磨放好了清湯（當然要有雞湯打底子）滾熱地端上檯來，於是臨時把輕油一炒好的熱鍋巴（飯焦）投入湯中，嘩啦一聲，不但清脆入耳，震驚四座，即此正就引起人們的食慾。大家請不要小看這菜，湯要滾熱，鍋巴要炒得不焦不疲，油要輕，火要急，時間要快，連從廚房端到檯面，都要快步縮短時間，方始春雷發響，要是一冷，響聲就啞，入口就不脆，油要過重，又攪壞了清湯了。此外，像七巧日通行全國的巧果，不過把麵條加些油糖，或是更講究些加點黑芝麻，一炸即成，乾後可以存放多天，吃時鬆脆有聲。做法是在麵條拉得勻淨，不粗不細，整個沒有局部突出的地方，炸到水份收乾而不枯不焦，所以能維持多天，聲響不變。也未必是件容易的事。再如廣東佛山縣特產的老婆餅，要粉磨得細，水調得勻，餅控得完整，看來是堅硬整齊，一放半年，吃時入口酥化，絕不至於發出任何吱喳屑粒的聲音來，這又是以做到無聲爲極品。照這說來，聲的關係如此之大，豈能不專列爲一大原則。

檯後的聲是指烹飪的過程說的。要做任何菜式；不論是炒是煎，必先在鍋中熬油，油又必須熬熟，否則菜味就有生油氣，不堪下咽，這熟與不熟，就可以憑鍋裏必駁的聲音來判斷，一聲必駁，油便快熟，再一刹那，冒起青孽，便以全熟可用，必要全熟的油，炒菜方可不生不老，不變顏色。

北方人最喜長炒爆，尤其肚尖腰花等類，本質太嫩，切片太薄，經不起多了幾秒鐘，便會太老甚至焦黃無味，要是炒得不勻的話，下面熟時，上面還會是生的，若是多用鏟刀翻撥，又難免把質料碎損，並且鏟刀極熱，貼住的成塊，往往過熟易老。於是專家前輩就別出心裁，祗用手端起油鍋，望空抖動，使質料趁勢拋跌，出入油裏，還怕手力不勻，部分偏枯，再用鏟刀，敲弄鍋沿，叮叮噹這磨幾下子，鍋部全部勻熟，自然適可而止。這叮噹聲響，外行食客，偶然聽到，往往以爲是菜已做好，廚司喚人遞送的信號，又那知既不是叫人，也不是「邪許之聲」而是烹飪過程的重要部分。要不如此，菜不會好，但食客在餐廳裏不容易聽見的，因此把菜列入後檯範圍裏去。

形，指菜餚的形體而論，像切得整齊，裝得像樣，是人們都知道的事情，不值一提，現在要說的是形體和菜餚的直接關係而不祇是外表的形式問題，這就比較精深了。先說揚州名菜最大眾化的煑或炒干絲，原料是兩三塊豆付干，加上些火腿蝦米筍丁肉絲之類，下鍋煑熟便吃，本是成本最輕，做法最簡單的一味。可是在揚州館子裡，食客往往精益求精地預先關照另加切工二百文，（祇是切工，並非增加材料），加工以後，干絲切得更細，正和精製的白鋼絲一般，拿上檯來，竟像一堆冰絲，令人看著，先就精神一爽。但事實上，加工並不專爲美觀起見，要知道豆付干吸收汁味，按著面積大小，本有一定的限度，若是味不內收，便不好吃，如各多煑些時，燜黃炒焦，味雖內收，又將變了形式，爛糊糊的一碗，成何體統，切得一細，干絲吸收汁味的部分加多，自然容易夠味。這種道理，一經說穿，實在沒有神祕的地方，但就眞𣪊藝術化了。

再說作者家鄉的爛麵餅，先將生麵調勻，做成薄片，平鋪在掌上，加入餡料一層，再蓋上一塊薄湘片，置輕油鍋裡□熱，立可取食。做法一要麵粉不乾不濕，調得正好；二要餡子炒得不潮不乾，一切青菜蝦仁肉屑等等，都要做成□漿，不能少有稜角，要有稜角，落入油鍋，就容易戳破薄餅，煎不成形，所以形式的完整，正可以表明做法的合度，還有福建薄餅，和這一樣，外用麵皮（江南人做春捲的皮子），內包菜餡，由食客臨時自包自吃。麵皮大約五六寸直徑的團圓，但可以包得極大，圓徑達到兩三寸左右，固然，包餅是食客的手技，熟能生巧，但是和菜餡大有關係。要是菜餡乾，包成以後，一經咬破，變會碎屑漏落，觀來不雅，要是太濕的話，一咬就汁水橫流，皮子也就潰爛，提防潰決，不但沾汙了手指，並且難於收拾，菜餡切工太粗，入口既不溶化，筍尖等稜角必會戳破麵皮，裂成小洞，切工太細，入口便覺一團糟，不鬆不爽，並且無從包起。這種薄餅，食客「甘之如飴」，連聲讚美，又那知道切工已經費了整天時間，炒餡更發揮了最高明的手段呢。

至於素菜館子，每把菜式做成全雞全魚的形式，使人看了極不舒服，且仍就犯著「意殺」的戒條。作者最不贊成，曾經和那些主持人廚師們談過。他們認爲，素菜的原料，不過是□菇筍尖豆付白菜幾樣，調味固可變化，各是不加裝點，竟必盤盤一樣，未免過於單調，絕對引不起食慾。這話聽來，當然「持之有故」，然而作者不甘同意，力勸他們外形改用新式圖案，不必定像雞魚，如說，西法做的布丁，何嘗不是一般習用的原料，但做出千般花式，有方有圓，有回文邊，有巧格力汁點染的山水花卉，有方格斜方橢垂的間格，那爲什麼不可採用，使食客的耳目一新。結果，雖是獲得了他們的同意，可沒有一家實行過，因此知道他們實在沒有改革的決心。又如專講形式的手法，像冬瓜鐘上刻些花卉篆隸書法，揚州比廣州更精，蘇州船菜配的四色小點心饅頭鬆糕之類，都要做成蘋果橘子的模型，實和內容沒有絲毫關係，只是經過下□（幫廚又叫二把刀）汗手的多方摸弄，使食客想起了作嘔一番，實無必要，這也是作者反對的一件事，特爲附帶提出。

聲形以外，接談原有的三大原則。

色字，有材料和裝配兩部分。材料務須配色勻稱，貴菜像琥珀色或是蜜蠟式的魚翅，加上幾根雪白的豆芽絲，雞絨王瓜是王瓜綠得像翡翠，雞絨白得像白玉，金銀火腿中火腿嫩紅得像一片胭脂，鮮腿白得像一段白藕，看了哪一個不說聲好。即是大眾化的菜式像鹹菜豆付，選用新鮮純綠的鹹菜（雪裏紅），配上雪白的豆付，已經夠美。再講究些，菠菜煎豆付，菠菜兼用帶根微紅的一節，切成兩吋長左右，豆付切方，先下油鍋輕煎，一見四邊微黃，中間仍未變色的時候，立時取出，再和菠菜同煮，這菜的豆付，術語叫金鑲玉，蔬菜帶少許紅色，叫紅嘴綠鸚哥，集合黃白紅綠四色於一碗中間，我想讀者看到此處，已經在眼中顯現出這美化的景象「垂涎三尺」了。問起價格，眞是極廉，可知菜餚的藝術化，在烹飪而並不在原料的貴賤，「謂余不信」，不妨大家一試。總之，任何蔬菜，要保存它的本色，任何葷菜，要注意新潔明亮，鬆炸的菜，要輕黃而不該黝黑焦黃爲上。

裝配是指碗碟說的。講究藝術化的人，不妨在各家攤店，購買不成套的各色碗盞，不論何種花式，三個兩個，價錢反而便宜，用時參雜裝菜，更見精彩，這也有個術語叫十錦博古。用時配置，凡紅燒菜顏色濃郁，用白色的；炒肚子腰花等淺黃或白色的菜，用綠色的；青菜豆腐等綠白間色的，用紅色的；雜炒菜本不一色，不要用碎花而用純色的，就更加相稱。再則，盤碗大菜餚少，最不雅觀，寧可盤小菜多，裝得滿滿的，菜餚按人數估計，請客時寧少勿多，好菜每人嚐兩三塊，正到好處，已經完了，留著餘興，接吃第二樣，更其可口。若是過多的話，眾人一下吃飽，以後的菜，再好也會減色。如若多到大家推三讓四，等於共肩責任而不是享受。來分完一碗菜色，試問還有什麼餘味。這是心理作戰的手法，附帶記出，希望讀者三思。

香是食的前奏曲，務使菜餚端入飯廳，香氣已經向食客招手，還要感覺是一樣好菜方好。倘若一股油氣，使人聞到作嘔，還談什麼美食。本來任何菜餚，不論葷素，祇是材料新鮮，必定有他本身發出來的一種香氣，可惜的是「懷才不遇」，被不會做的人任意胡來，反而埋沒了他的長處。會做的人，不但要保留原香，還要使他強化起來，這在中原北部和中部，大都用酒做發味的主料，酒可以激發本味，減除不良的氣息，更容易發散，使香氣傳播得又快又遠，所以行家雖做素菜，也不妨少洒幾點。但用黃酒或白酒，也有分別，寒性重的像莖花菜就得加白酒，蒸魚加酒釀（端午日應時食品，比較甜的酒米混和物，因爲帶些甜做蒸魚正好）。黃魚腥味較重，出水就死，決不容易買到活的，就多加些蔥蒜，比生薑更見有力，腰肚以及血湯都是內臟器官，無論怎樣沖洗，氣味總必較重些，就要加鹽□胡椒。芹菜固然好吃爽口，不免有一種特殊芬烈之氣，倘用醋炒醋拌，正好相剋相生。鮮花像夜來香本很香重，四川人摘了新鮮花瓣炒雞絲，香氣眞可撲鼻。龍井茶的清香人人愛好的，雲南人用撒茶葉炒雞絲肉絲，拿上檯來，一股清新的氣息，使人吃飽以後，還想動筷。所以這幾味菜，往往用在魚翅海參肥膩大菜以後，吸引人的嗅覺，喚人口味，都是靠著一個香字。

味這個字的標準就很難說了，前人說「口之於味，有同嗜焉」，這句話實在是不能成立的。各地有家鄉風味，有傳統習慣，有個人嗜好，因素既多，品類繁複，像在山西一帶，千百年來，用醋作調味品，飯桌上祇有醋沒有醬油，當地人固然非此不可，外客有時就不甚習慣，至於某一地區的特產，有非常普遍性的像紹興的□雞、武漢的鮰魚和鎮江的餚肉，人見人愛，但是紹興的腐乳和福建的酸筍一類食品，除掉當地人愛吃以外，外客沒有不嫌它味重而不敢輕於嘗試，正和當地名產榴槤一樣，必要住久下來，養成習慣方會吃，等到吃慣以後，卻又「一日不可無此君」了。

對於味字，憑著作者的經驗和推想，方始立出一個原則來：大約每一個平常少出門或是少交遊的人，他的味就限於家鄉範圍以內，要是交遊遍天下足跡遍四海的人，他的味就進入到一股高標準上，正像鄉居的人祇會講當地方言，走過三關六碼頭的人必然會講官話一樣。從前人說：「三世仕宦方知著衣吃飯」，有些人便以爲闊人家世方才懂吃，卻不知道闊吃祇要有錢，暴發戶儘可照辦煮碗（借用粵諺），但從前做官必不在本地，又須去過京城，三世仕宦，小孩跟著大人，自然也跑過不少地方，才能融會貫通，知道各地方飲食烹飪的好壞，用長棄短，獲得豐富的知識。試想，這一味字，雖不在乎「讀萬卷書」，可還要「行萬里路」才能懂得，求知之難，由此可以想見。

說到一般高標準，原也不易解釋。籠統地說，各地鄉味進到高標準以後，大致「殊途同歸」。因爲所用原料，除掉當地一兩種特產以外，全國本是一律，味的方面，更都拿發揚原料的本味爲主。家常便飯雖因鄉土關係，甜（江南）酸（山西）辣（西南部）鹹（浙江沿海一帶）各有不同，但一上筵席，便不是這樣，因爲甜酸辣鹹，都是作料配味，要是做菜不能得到本味，還算什麼高標準，並且衹講偏重一種調味，忘了本味，豈不成了吃作料而不是吃菜嗎？試想，西南部的筵席，何嘗多用辣椒，北方又何嘗每菜都加蔥蒜，舉一反三，便可知道，並且鄉味的菜也一樣講究本味，正像各種地方戲，經過加工精進走入全國性的地位以後，哪一種不像京戲，祇是白口唱調的不同（好比當地特產）罷了。

還有，因爲地理上的關係，一地最大衆化的菜，可能流入異地，少見多怪，便成了名菜。如說四川人年節宰豬度假，因爲一時吃不完，又沒有冷藏方法，祇可將全豬煮熟，以便保存得久些，留待吃時再行下鍋，名叫回鍋肉，原是鄉鎮上人節儉的行爲，等到傳至下江，風行全國，菜館特地把豬肉先煮再燒，豈不畫蛇添足，徒多轉折，何況在當地算作家常菜是上不得筵席的。又如廣州鄉居的人，買些魚露煲肉吃，少得鮮味，容易下飯，正好過路的北方大官，一天在大馬站遇雨停息，飢火中燒的時候，聞到鄉民家裏的菜鄉，傳令辦吃，大加讚賞，進城到任以後，時時叫廚司照作，並且因此和那位鄉人來往，那人姓何，原做繡花生意，廣東是出洋大道，那時正是中外開始建交，公使們出國備禮，都由當地官長交何家承辦，何家因此生意興隆，這菜也就叫作大馬站，到了幾十年後的今天，雖在香港，在眞正保存鄉味的菜館裏，一樣照做照賣，何家後人也在香港做事。這種偶然的機會，不是「橘逾淮而爲枳」卻成了「枳逾淮而爲橘」，所以論起味來，祇有憑全國性來做爲高標準的一法，很難分地討論。

五大原則，規定了烹飪的要目，接下來第一要講原料，原料不好或不新鮮，是永遠做不出好菜來的。從前有位窮書生，娶了一個闊人家廚婢，有心要妻子做一次好菜，問她會做什麼，她說：「我祇會一味炒肉絲」，書生已覺奇怪，也就聽她。再問她要買多少肉來，她說：「肥豬三只」，書生說：「祇要炒一味肉絲吓」，她說：「本即爲了炒一味肉絲的用處，我們家裏，因爲肉絲要炒得撒，必然要從剛宰的豬肘上，每只取得半斤好肉，三只不過取得一斤半，炒成大碟，也不過夠兩三碟十多人吃用罷了」。頓時駭壞了這位書生，就此作罷。妻子還在那裏講述豬肉的切法炒法，談了一晚，從這上可見得原料的重要。我們現在做菜，固然不必這樣排場，可是原料不好，徒然犧牲時間精力，到頭來還是不合算的。如說魚翅，不吃便罷，要吃就得買正庄呂宋黃，也必須三斤方才做得夠味，此外用三四隻雞，先來提煉出掉腥味，再來文火煨燉，同加火腿等等，爲了好吃起見，並無其他辦法。倘是家常便飯，日常原料，也要選擇精嚴，買魚先看眼珠突出，再扳開口腔聞其有無宿氣，買菜用手一掐，試其是否容易折斷，都是鑑別的方法，照此可以類推。本來市場上同一菜式，價格分等，就有好壞的分別，不可貪小便宜買隔宿貨爲上策。

講到做法，各菜各法，講不勝講，總要先知道一些總原則，然後再學會些秘訣才好，總原則第一是注意本味。衹用油酒蔥薑來激發，不可亂下味精味粉，那種化學調味品千篇一律，用下去不過把所有菜式一律公式化起來，何能發見本有的特味。有時湯水不夠，葷菜另用肉骨，素菜另用黃豆芽，分別熬製湯頭，參入菜式，不致礙及本味。時間方面，更要及早準備，不可貪快速，亂下鹼屑。海味翅鮑，必須文火慢燉兩天，汁水才收得進去，肉質才發得開來，吃時不但是爛，並且很鬆，若用了鹼，兩點能速成燒好，吃來就爛而兼滑，滿口爛糟糟，辜負了翅鮑的本質。中國舊法，衹有驛站上迎接過境大官，拿不定到來鐘點，整桌筵席都用急就章，內行廚司早在藥店買了秋石（這是從尿素中煉成的白霜，本作藥用，因爲鹼性充足，廚司就拿來做菜），臨時加滾水發翅，想到這裏，已經難於下咽了。北方麵食比南方的香，因爲用來發酵的是自製的老酵頭（用隔宿饅頭等其天然發酵）比新式發粉更發得透，其實做來毫不費事，並且沒有本錢花費，一看就會做的。

煎炒蒸燉，做法本是相同，成績卻有優劣，這是用火問題，在乎做菜的人自知運用，熟能生巧，懂得時間的長短和火力大小的配合，精要到可以實習，難加說明的程度。試讀莊子庖丁解牛一段，就能領會出來，恕作者這枝禿筆，無法敘述。煎炒菜全靠手到眼到，不怕熱氣，北方人體格強健，所以格外擅場，南方比較吃蒸燉菜多些，配好原料，加上調味，裝入釜罐，文火細細，毫不費力，原盅風味純厚，比煎炒的一味爽口，又不相同。

說到訣竅，各有師承，各有妙用，現在祇能就作者所已經知道的，略舉一二，作爲例證，可惜所知實在太少，必不能滿足讀者的求知慾。家庭便飯菜雖是簡單，仍是有些的如吃蚶子，祇放入熱水中燙熟，下面太熟，上面還生，靠邊的更是半生半熟，吃時先難開殼，後難取食。家中應備小竹絲筒一個，和以前插放筷子用的相同，要吃之時，把蚶子放入筒內，再插入熱水盆桶，隨插隨搖，使蚶子在筒內全部動盪，四面熱力均勻，一熟百蚶，豈不更好。涼拌王瓜的王瓜，不宜用刀切塊，應該用菜刀橫拍，拍成碎塊，大小不一，錯落有致，並且浸了醬油，隨著天然絲理，吸收作料，更見深入，當然可口。做肉圓應多切少斬，先斬小條，再成小絲，最後橫斷斜切，使可凝結成圓成餅，一路切絲，當然一路看見筋縷，順手抽除，吃來自更幼嫩，不致牽牙掛齒，又怕砧板木屑，不免混入肉中，發生異味，就得先買塊小圓鐵板，專作此用。揚州長於這菜，所以市場就有鐵砧出賣，訂做也不費力，比西洋搖碎電機，好得多多。這種技巧，說做都不麻煩，可是成績必佳，列位不妨一試。

若說秘訣，也略有些，講述以前，且待介紹一個故事，作爲引子。宋朝蘇東坡和佛印和尚是酒肉詩文的好友，時常來往，佛印嘗把自種的枇杷請蘇吃，內卻無核，蘇每次問他，他總不肯說明。一天，佛印到蘇家，正在午刻，眼見用人買了大塊豬肉經過客廳，走進廚房，不多些時，就端出一碗燒得最爛最透的紅炆肉來（此菜流傳下來，至今叫東坡肉）。佛印便問東坡，何以燒得如此快法，蘇說：「也有祕訣」，佛印再問下去，蘇說必須和無核枇杷的秘訣交換，佛印因此說道：「在枇杷花開快要結果的時候，先把花心抽去，長成就沒有核了。」再問蘇燒肉的方法，蘇說：「我早上預先另燒一碗，臨時又叫用人買肉，有意給你看見，以便交換你的枇杷秘訣。」於是彼此大笑一番，讀者現在想也跟他們同聲大笑了。

作者介紹這個故事，正好引用到清燉火腿的方法上去。這菜本極普通，但燉起湯來，時間一久，湯雖濃郁好吃，火腿必然過老而無味，時間短些，火腿存了嫩度，湯又必不夠味，無論如何，沒有兩全的辦法。卻有一位食家，想出辦法，不惜工本，先蒸好火腿大塊，恰到好處，至於燉湯的一塊，儘燉不限時間，自然湯濃腿老，等到吃時，棄去燉湯一塊，換放另蒸那塊，豈不湯好腿嫩，是任何名廚所沒有比並的。這莫不正是蘇東坡偷天換日的手法嗎？但是兩塊火腿，必然在整腿上分切出來，絕不可分用兩腿，否則味道未必全同，就會被人發覺，成爲笑話。戲法一穿，便不成其爲秘訣。作者曾將此法，隨地宣傳，朋友無不再三讚美的。

再說一樣。燒豬（整隻的）就是南方的乳豬，分塊燒的中原名叫燒方，又叫燒烤。做得好壞，固然全靠手法，但燒法畢竟相同，無論任何名手燒的，冷了就必不鬆化，所以這菜上來，必須趁熱就吃。可是熱天宴客，坐得滿滿地一桌人，已經汗流浹背，那還受的住這滾熱的菜。偏有能人，想出冷燒烤的辦法來，祇管冷吃，一樣入口鬆化，於是名震一時，人人請教，能人總是笑而不答，好不容易，派人到廚房偷學，起先並不發覺有甚麼特別方法，看了幾次，才發見燒肉之前，除掉照例的作料以外，還將好醋化些清水，淡淡地在肉皮上輕敷一層，再上爐灶，就憑這點醋水，能使燒好的肉，冷而不疲不軟，這是醋水發生的化學作用，一經說明，既不費時，又不費力，必要這類出奇制勝的方法，才當得起秘訣兩個字。作者推想中原如此，閩粵更重視乳豬，有些燒得特別好的，可能已用此法了。

飲食本是「人之大欲」，說來話長，祇可打住。上面所說的幾項原則，實在也「卑之無甚高論」，儘有專門食家，早加研究，朝晚自己邊想邊作，「大快朵頤」，甚至家庭眷屬，廚司阿嬸，各撚幾式，都有幾手不同凡響的美味，祇是做的人並沒有知道自己過的是藝術生活罷了。很多人知其然而不知其所以然，以爲烹飪祇圖一飽，過得去就不錯，不肯枉費精力財力，實在除掉少數名貴海菜以外，加工烹飪，並不多費一文，藝術生活原不必拿金錢作後盾的。愛花的人，對於一草一木，殷勤保養，剪葉澆水，花固一定長養得好，自己也獲得了怡情養性的清趣，烹飪何嘗不是這樣，作整桌十樣八樣名貴好菜，豈不像畫一幅山水庭園的全景，作一味兩味家常便飯，豈不像幾筆枯木竹石松竹梅蘭，圖畫既可自己盡量欣賞，同又博得知音欣賞，菜式既可自己享受，也一樣博得知味者的享受。圖書台上，五顏六色，斑斕玷汙，廚房裡面，油鹽醬醋，亂哄哄的，正也相同。爲什麼人們總有偏見，似乎圖畫是件雅事，烹飪是件俗事，殊不想在「民以食爲天」的信條下面，圖畫家藝術家還要先吃飽了才好做事，烹飪的重要性，著實勝過了其他藝術，而烹飪的本身藝術，就不是一件容易達成的事項呢。中國本來是拿烹飪藝術出名全球的，要是再多幾位一面研究理論一面動手實做的人，那前途似錦是更不用說的。不過千萬要兩面同求進步，口頭高談書畫，動筆寫不成一體的書畫家，究竟搔不到癢處，不經過實驗的科學發明，終久未必靠得住。敢請同情這話的人，要從今天起在烹飪中開始藝術生活，立時入廚，「洗手作羹湯」，多想多做，自己吃來，會覺得味道更好些，這便是開始了藝術生活的第一步。

近不久，看見報載家庭新食譜，內中引到福建王氏的名菜，作者正是王氏的世晚𡰥子，關係重重，雖然沒有學得𡰥點王府文勤公和殿撰公的文章政術，可領略過不少世家風味，畢竟不凡，啓發了多少關於飲饌的學識。又在那書上看見開宗明義第一句，就說明飲食是科學和藝術的結晶，這眞是「千古不磨」的名論，敢借這話，來做本文的結束。

今天是元旦歲首，「一年之計在於春」，有志此道的人們，請即日開始，試試生活藝術化的烹飪，遥向讀者預祝一九六三年的口福。

報告文學的寫作原則*

編者按：新加坡大學中文系講師趙泰先生是報界耆宿，現應本報之邀，一氣寫了兩篇論文，題爲「報告文學的寫作原則」和「批評文學的寫作原則」。凡是有志作記者和主筆的青年，應該人手一篇，作簡練以爲揣摩的功夫。

記得三十多年前，我曾經暢遊西北，有一天，過了大陰山，在新置的武原歇宿，遇見當地張氏農家父子，招待殷勤，就和他們細談起來，知道老人在新開渠地上種糧食，略有積蓄，兒子在綏遠中學讀書，快要畢業了。

內蒙一向是游牧草地，可是在這武原一帶，溝洫交錯，阡畝縱橫，因此便請問他開渠放墾的經過。這位老人原原本本敘述十年來的歷史，眞是中原人士所亟于知道而又毫不知道的事情。我便隨口向那兒子說道：「老弟，你爲什麼早不把這些事情，記錄下來，寄到京滬報紙上

* 〈報告文學的寫作原則〉，《南洋商報》第二頁，一九六三年四月二十八日。

去發表，不但使全國人民，知道內蒙已在放墾增加農產，並且可能約你做一位特約通訊員呢。」那兒子笑著回答道：「我可那裏會寫通信稿，你別取笑了。」我說：「你不是快要畢業的中學生麼？你在學校裏，是不是每週都有作文課麼？既然會作文，又爲什麼不會寫通信稿？不都是一樣的寫作麼？」

這兒子被我問得有些發窘，就指東劃西的說：「學校裏作文題目，都是論說，有時做些遊記和小說短篇，我可沒寫過一篇有系統有內容的文章呀。」我接著說：「方纔你父親講的，不是有系統又有內容麼？你祇須很忠實地記錄下來，豈不是一篇很好的通信？」

老人看看見我這遠客，居然鼓勵他的兒子寫文章，非常高興，也就跟著勸他幾句。我更毫不客氣地囑咐他今夜要把文章寫好，明天早上給我看，我負責和他改好，並寄登上海報紙。這時候，我又暴露了自己是報館記者的身分，他知道寫作眞可登報，起了信心，眞的在第二早上，把兩千多字的通信稿寫完送到，寫得並不壞，後來在報紙登載以後，寄給他看，他還屢次來信，說正想寫一本內蒙素描，我也覆信催促，這本書是否出版，雖不得而知，但他的寫作通信，可算由此奠定了基礎。

事隔多年，爲什麼今天要重提舊話呢？老實說，我正要借這段故事，做個「得勝頭回」來引起人們對于寫作的興趣；不祇興趣，並且希望人們著手寫作，倘是覺得一時找不到材料的話，就不妨先把自己見到聽到或是熟悉的事情記錄下來，做成報紙通訊格式，作爲練習，並且可以有機會發表出來，給讀者欣賞。

人們千萬不要小看了這種紀錄，以爲祇是些鄉土新聞，供給當地人士的閱覽而已。要知道一個國家的構成，就是拿一城一鄉做單位，聯合起來是國家，分別說來是城鄉，積起城鄉的新聞來，便是國家的實際狀況。凡是一切促進國家經濟、建設、教育、軍事的計畫，當然要根據實際狀況來制定。換句話說，就是根據各地的□□來制定，□管政府做盡所有調查工作，一一加以分析統計，表格詳明，數字正確，但是當地人民的意見，一件政務推行以後的反應，往往沒法在統計表上發見，反而是通信式的紀錄中間，可以流露出來，甚至還隱在字裏行間，要細心內行的人，方能心領神會。更其在縱的方面，民族國家的歷史，最容易表達它的文化，而歷史的製作，正是根據一人一地的記錄材料寫成的。中國歷代的國史，由政府設立國史館辦理，所有材料來源，除開公文檔案以外，就完全利用私人的傳記、著作和各地方志書。倘是早期有了報紙的話，報紙是必被採入的——報紙的材料，便是電譯的通信。由此說來，區區一兩千字的通信式記錄，還正是將來歷史上第一手材料，人們應該怎樣重視，好好寫作。

近年因爲各地報紙發達，通信的需求更切，水準更高，因此研究文學體裁的人，就立了一項報告文學的專名。我想這專名立得很好，並且包括兩種相反相成的含義，第一是報告，這分明說內容要報告事實，當然重點是眞確、簡要、包舉、分析而不是咬文嚼字，更不是拖泥帶水，「無病呻吟」，這本是絕對正當的主張。但是話說回來，也不能祇顧事實，不顧文字。前人曾經說過「言之無文，行而不遠」是不錯的，要是寫作不好，不但讀者無法理解，甚至還糟蹋了好材料，或更發生了反作用，因此第二便仍用文學兩個字來說明寫作必需認眞、充實、完美，尤其在正名和合理兩端，不可少有疏忽。合起來便是說：要用文學的筆觸來寫報告，也可以說，報告要寫得合于文學的條件，方始彀上水準。

可是，這類寫作，說難便難，說不難實在不難。難呢，是在一般沒有經驗的人，對于眼前的事實，錯綜複雜，有些覺得無從下手，並且往往找不著適當的詞彙，寫不出內涵的情緒來。不難呢，是每一個受過中等教育的人，都從小學裏開始學作日記，現在祇把眼前的事實，當他寫日記一樣地記下去，或者聽人敘述一事，隨聽隨寫，把自己的筆當做打字機，自己的人當做抄寫員，有聞必錄，又算什麼難事呢。不過寫成以後，剪裁整理卻煞費工夫，要是不先懂得幾項大原則的話，就時時會犯「事倍功半」的缺點，不可不加以注意。

且待我提出五項大原則來，供著手寫作的人共同研究。並且附帶聲明，這原則是憑個人的經驗得來，絕對不是一種成文法或不成文法。寫作者如有更好的方法，以及是一位橫溢的天才人物，當然另作別論，不必理會到它了。

第一，記錄一件事情，先要認清題材的範圍。現在世界文明，社會進步，任何最單純的事情，都不是發生在一個單純的因素上面，同時影響所及，更牽涉到其他無數方面，眞可說是「牽一髮而動全身」，我們現在著手記錄，要是不敘前因，不問後果，祇是斷章取義地摘記下子，是不會使讀者明白的，但是眞要一一敍上，東拉西扯，又必至「游騎無歸」，天空海闊，不知說到哪裏爲止。因此，在寫作時候，務必要注意到題材的範圍，範圍裏的中心事項，記得詳盡，關係密切事項，簡述大要，其他邊緣上有關事項，衹須附帶一提。必要如此，方能突出中心事項的重要，正和新聞照片一樣，務必把焦點集中在對象人物上面，當然又不是對象人物的單身照片，可絕對不許讓陪客奪去了主角的地位。報告文學並不是哲學家或是文學家的隨感錄，這點是要辨識清楚的。

第二，全篇文字，不論長短，須要貫串前後，注意時間。一件事情的經過，遠因往往在若干年以前，而歷史上的大變動，所佔的空間面積特別大，各地處的反應，也不一定是同時發生，可是這一反應的後果，可能便種了另一種反應的前因，所以關於任何事情的記載，不但要注意時間的前後，並要把各地處不同的事情，貫串起來，寫得井井有條，方使讀者可以弄清線索，「按圖索驥」，不至於像走進了八陣圖中，桃花源裏纏好。凡是同時異地的事，用分敍法；臨時發生的事，用插敍法；補述前事，用逆敍法，這是兩千年前司馬遷寫作史記的時候，早經引用並且一路沿用下來——史記上分敍法常用「當是時」三字一短句，表示同時異地的事；逆敍法常用「初」一字一句，表示另一事項的前段歷史；插敍法即在敍事中見出，不一定要用提示字句——我們今天寫作，常用西洋文的分段編制，對於這些問題，那就更易對付，決不需要「食古不化」，全部遵用司馬遷的成法了。第二次世界大戰以後，各當事人的回憶錄和歷史學家編寫的戰史一樣，都時時有分敘、插敘、逆敘的記載，其中頭緒紛繁，戰局紛擾的情況，不用這種方法，便無從貫串起來，讀者仔細看過，自然領會，領會以後，也是不難運用的。

第三、善於使用形容詞來表達言外之意。在純文學作品中間，多數形容詞句的使用，爲的是增加畫面上的美觀，表示作者的寫作技能，或是加強對象人物的描寫，配稱全文色澤、風格，可是在報告文學方面，使用形容詞句的含義就更深刻了。因爲「知人知面不知心」的原故，世界上儘有很多人的行爲和言語是矛盾的，也有言語和表情是矛盾的。報告文學盡記錄的責任，當然祇能記人的行動言語，但寫作者自身卻很知道對象人物的內心，和他的言行不符，並且不祇是消極而已，還有積極的意義，遲早發動起來，可能要展開歷史的另一新頁。因此寫作者就不能不用別種方法給讀者以暗示，這就要借重形容詞句，由描寫人物的神情上，透露出他的內心來了。所用的形容詞句，不管是一兩個字，或是一種小動作，凡是和當時的行爲不相配合而值得記錄下來的，正是可以表達言外之意，也就是補充紀錄上無法記載的內心，這佔了報告文學中的最高峯，可是寫作的人，必須要先有學問修養，纔能懂得這種運用。

第四，文字寫得平易自然，合乎時代，報告文學是報告現代情事的作品，並不是整編以前的歷史，也不是用歷史眼光去對任何事件，加以批判，一定要寫得十分忠實，成爲當前到活動電影一般方好，所以文字應該寫得合于時代性，絕對不要玩弄文學技術，或是力求高古，注重什麼「義法」，或是有意摹倣新腔，加上一套公式化的句話，來表示作者學問淵博，文字的優美。不要說現在是原子時代，就在一百多年前，史學家章實齋早已做過一篇古文十誡，指示寫作方法，特別注意到地名和官職名稱，不可濫用前代的稱謂，這就是提倡時代性的先進者了。同時，記載的內容複雜，柳暗花明，即是簡單寫去，已經不容易使遠地和後世人瞭解，因此文筆寫得愈是平易愈好。譬如最普通的遊記，若是按著通信格式寫去，應該把這對象山水的區域位置，以及歷來的人文、建設和目前的設備，有關交通事項，分別說明，反而山水本身的優點，祇要摘寫突出的幾點，纔合于報告文學。倘使全篇都是些山光水色，月影風聲，卻踏入了美文的範圍，在報紙術語，叫做特寫剪影而不是通信了。

第五，不要忘記了風趣。報告文學，說來是一篇很鄭重其事的文章，似乎乾燥無味，除掉內容事實以外，沒有令人欣賞的價值。事實上，把文章寫到這樣田地，完全應由寫作者個人負責，可不能歸咎于文學本身。天下任何事情，有它整齊嚴謹的一面，也自有他風趣的一面。如說孔子傳記，專寫那見上太夫，下太夫的容色進退，自然不免枯燥。會寫的人，便兼寫他和弟子們「浴乎沂，詠而歸」一段風光，老師和學生們一同游泳唱歌，豈不就生動的得多，可是這便靠作者的觀察力。在史傳裏發掘材料，或者還有些困難，若是眼見耳聞的當前事實，一經接觸，必定可以找到一些有風趣的補充材料，是沒有疑義的。寫通信的人，平日養成自己的興趣，磨礪自己的觀察力，到要用的時候，這種觀感，不期然而然地可以從潛意識中，跳躍出來，那時「信手捻來，都成妙諦」，「短短三言兩語」，可爲全篇生色不少，正像「萬綠叢中一點紅」似的，吸引讀者。

寫報告文學的方法，五花八門，各極其妙。「以水注器，隨器方圓」，可是提綱挈領，這五大原則是不容反對的。凡是能寫作的人，我可以說沒有不會寫一篇記事文章的。倘然再體會得這些原則，善加運用，那就不但會寫，並且定可寫出很好的作品來。我們的風土人物，那一件不是報告的對象，那一件不和歷史有關，祇要記錄下來，便是歷史的一點一滴，我們正要保存歷史，發揚歷史，責任所在，豈可放棄。因此希望平日報紙讀者，積下以往的經驗，「見獵心喜的」，不論眼見耳聞，祇要新奇可喜未經人家說過的事情，即時提筆記下，作爲寫作報告文學的開始，他年「種瓜得瓜，種豆得豆」，成績必更有可觀，須要知道寫作的功夫是不會對不起作者的。

批評文學的寫作原則*

在文學作品中，批評是和報告對立的，正因對立的原故，纔能收到相反相成的效果，所以在研究報告文學以後，就要接著研究批評文學。

爲什麼說這兩項是對立的呢？報告是事實的寫眞、總影，內幕新聞可算是愛克司光片，人們喜歡閱覽新聞報告，不僅專爲打聽消息起見，同時實在還爲滿足自己的求知慾。進一步說，求知不過是人類工作中的初步基礎，是一種手段，須要運用求得的知識去實行任務，達成世界的進步，謀致人羣的福利，那纔是眞正的目標。兩千多年前，荀子曾經說過：「大天而思之，孰與物蓄而制之；從天而頌之，孰與制天命而用之。」即是揭發了這意義。要是人們衹把各種新聞通信，當作茶餘酒後的消遣，未免對不起勞心勞力整天工作的編輯者、寫作者，更太對不起自己了。

怎麼又說是批評和報告是相反相成的呢？試想，報告在人們求取的知識中，尤其是用來做

* 趙泰：〈批評文學的寫作原則〉，《南洋商報》第二頁，一九六三年五月五日。

實行任務的準備工作中，地位既然如此重要，就不能不嚴加注意，以免「失之毫釐，差以千里」。可是報告的對象，縱的方面，從太空到地心；橫的方面又是從太空到鄰里；其中包含的門類，無所不有。豈是寫作者一手所能精通？他的作品，爲求一般人瞭解，也不能深入隱微，所以要不是經過一番加工，就沒法直接運用，這加工的第一步，便是批評。批評的人，好像存心在那裏「吹毛求疵」，實在正是引導讀者利用這報告作爲進門的敲門磚，然後再深入推想，觸類旁通，一面矯正以前的錯誤，補充事實上的缺點；一面積極做更進一層的設計，自必完善得多。照這樣一次兩次，窮年累月做下去，纔可以達到成功的境地。如此說來，有報告而沒有批評，報告就沒有實用的價值，兩者豈不正是相反相成？

這批評不單指自然科學方面講的，關于人文方面，更要這樣做去，因爲自然科學還有儀器、實驗等補充方法，反是政治社會，非特別借重于批評不可。在現今民主制度下面，似乎選舉和表決可以解決一切問題，實在即是有多少數比例，仍還隱伏著無數因素。各國報紙，時常公開舉行民意測驗，但揭曉出來，並不和事實結果全對，于此可見一切報告、統計和推測，都有它相當的限度，民意的表達，有時還須要使用另一種方法，像周代由政府派人到各地搜錄民歌，作爲行政的借鏡，孔子刪存三百多首，編爲《詩經》，其中風、雅兩部分，很多就是對于政治社會的批評性作品，可惜後人讀《詩》，往往祇注意到它的文藝性，而忽視了批評性，不免「買櫝還珠」了。

何況國家負行政責任的人，比受治的民眾，數目相差過遠，少數人能力祇管高強，未必能詳知民間的事情，既不能詳知拿眾的心胸抱負，其中大可能有見解高超經驗豐富的理論，一經採用實行，事半功倍，甚至打消了隱患，挽救了危機，豈不省事。這類輿論的發表，近代都是用批評方式，在報紙上刊布，我們天天看見社論、來論、讀者來函，內中大至世界問題，小至一城一鄉的行政建設，在整個人類社會上講來，總是在蘄求進步。文字短的極短，長到萬言書一般，都要歸入批評文學的範圍裏去。雖然有些只是報告事實，沒有下多大的意見，但必帶有對事實的批評，是可以斷言的。

再者，對于各種新舊書籍的書評，以及歷史文藝作品的評論，也是批評的一種。本來思想理論，「見仁見智」，各有不同，正需要彼此就不同的角度上，發表自身主張，纔能造成健全的學術；尤其對于他人的作品，一方面「提要鈎玄」，一方面從嚴檢討，以畏友的資格、老師的精神、抉發內容、校定錯誤、補充意見，使讀者在本書以外，另得旁証，是不但讀者意外的收穫，並且更可以從此啓發，再創造出一個新天地來。《四庫全書目錄》，早經列有史評和詩文兩類，足見前人很加重視，我們看到曹丕〈典論〉中批評建安七子的文字，雖然每人不過寥寥數字，卻能攝出全部作品的精神來；又唐代劉知幾的《史通》，把寫作歷史的方法以及舊有史書上的得失，分類舉出，眞給後學以無窮的便利，使人省走了無數迂迴曲折的道路。這都是批評文學的功績、成就。

批評文學，根本沒有定例，但是不論關於政治社會、自然科學或是書籍詩篇，既要下批評，總要先立下寫作的原則，纔能落筆。現在大略指出五點，供作者們參考。

一、事前對於批評的對象，必有徹底的認識。批評可說比創作還要難些，因爲創作可以「境由心造」，憑著自己一知半解，著手試做，「成固欣然，散亦可喜。」前期科學家的成就，頗多這樣做法的。批評則是對對象來說，人家已有成績，不管程度怎樣，總能自圓其說，現在作者要讚美他，或是駁倒他，倘使對他本身學術的淵源發展，尚不深知，那豈不成爲「隔靴搔癢」，並且批評的範圍，總要比對象本身大一些，方始有討論研究的餘地，那麼，和對象本身有連帶關係的知識，也非知道不可。前人曾有「知人論世」一句話，就是說要批評一個人，同時要知道那人的環境和當時的歷史，這就至少牽涉到歷史部門，以及心理部門了。就現代來講，對某項政務的批評，政務屬於全國範圍，就要先明瞭全國狀況，不能「斷章取義」；在這重重國際關係中間，一國又不過是國際中的一個環節，絕對不能脫離國際而獨自存在，所以還必須研究國際情勢。說到國際情勢，有歷史上的恩怨、民族間的結合、當前的陣營分野，以及猜忌中的聯合；眞是要熟讀一部萬國通史，再投以銳利的目光，纔能下得了斷語，要不如此，就無從批評起了。

二、應該從批判進到積極性的建議。批評祇是說好說歹，憑著個人的判斷，申論是非，無論詞鋒怎麼銳利，論證怎樣堅實，總是屬于消極方面的。人們希望的既是以進步、福利做目標，那消極的批評，達不到目標，祇管是好，又有什麼用處？批評者更應該「勇于負責」去做積極性的工作，那就是說，讚許人家的主張和計畫，祇是「錦上添花」地頌揚一番是不夠的，應該根據題材，深入研究，加強原文上所有的辦法，使得推行起來，更易生效；要是原文祇有理論綱要，沒有提出辦法，就得和它具體化起來，分條分項，撰擬實施步驟和方法，免得空負了原作者的一番苦心。至于批評人家的不是呢，更須要拿出自己一個是來對付。是和不是，在理論的爭執，到底是小事；事實上的推行，卻是直接有關民生國計的大事。批評者祇用理論來駁倒對方的理論，何不用實行的方法來揭出自己的長處呢？他人有辦法，你的辦法比他好；人家無辦法，你有辦法。憑這一點，批評者的地位，便已高過了對方，一朝實行起來，眞的福國利民，兩方理論勝敗，更已不說自明；而進步福利的目標，恰由這批評中促成實現。批評的效果，批評者的智謀，豈不更見其偉大麼？

三、批評文字務必要合于邏輯。批評這兩個字的意義，多少含有和原對象爭持辯難的成分在內，一味頌揚讚許的批評是不合需要也不能搏得讀者同情的。既然是爭持辯難，那就必須拿出眞本領來見過高下。眞本領固然指的是眞才實學，但運用眞才實學的方法，第一卻是「善辯」。先秦戰國時代，稱批評家、政論家爲辯者是有它的理由的。辯的專名是邏輯，辯的方法有對立的派別——墨子和公孫龍可以作爲兩派代表——辯的效果是服人之口，還要服人之心，運用起來，一句一字的位置、綜合變化的詞令、顚倒往還的詰實，處處都要愼重，用一不正確的句語，即是「授人以柄」，給對方一個大機會，來駁倒自己。當然，邏輯有無數公式，作者並不需要笨幹，按著公式去做，但是字裏行間，隨時要首尾相應，前後照顧，千萬不可疏忽。有時故弄玄虛，自鳴得意，卻不料即在這「興之所至」的地方，發生問題。再是，提出證據，引用成語，原本爲了加強作品的效力起見，反過來，萬一有文不對題或是似是而非的錯誤，不但容易給人笑話，並且注定了失敗的命運。可有時又不妨有意做些圈套，引人誤入歧途，留待再次反駁的時候，「大張撻伐」使對方啞口無言。這一切都在作者平日的訓練，如何利用寫作來發揚自己的才學了

四、全文要多做批評，簡敘事實。批評不是史料，也不是特寫。讀者既有人力閱覽批評，當然對于讀者對象內容，已經相當瞭解。倘然批評作品裏面，再把事實累累贅贅地細述一番，不但減低了閱讀的興趣，並且減低了批評的精神，占去了批評的份量。有時這對象事實，因素很多，敘來也必至掛一漏萬，反不如在題目上大字標明，使人一看便懂，文內祇三言兩語的說些綱要就夠了。眞要提起讀者注意的話，不妨隨文注明，教人查閱那一天的新聞通信，不必摻在正文裏面。夾敘加夾論的方法，是史論不是批評，批評是應該做得「單刀直入」、「開門見山」的。統計數字，完全屬于資料部門，作者在未曾下筆以前，應該詳細研究，可是文中引證，祇要敘一結數，萬不必全部鈔進。因爲統計又是一門專門學問，根本不是一般讀者所易瞭解，鈔進文中，徒然使人眼花撩亂、精神分散，對于批評本身，未必有什麼補助。再是，祇管

是和人辯駁的文字，針對原文做去，也衹要把駁論的原文句語引入，不必引鈔太多，太多反而東拉西扯，枝節橫生，可能牽出另一論點，陷本文于不利的地位。要知道批評文愈精愈峭，便愈有力量，不能像那些粗製濫造的文學史，把古人文章，通篇鈔進，在人名詞典上查填幾行履歷，下面再補上三言兩語的批評，就算一部著作的。

五、文字要寫得精警透闢，同時還要注意風度。批評當然以直接打中打動讀者的心絃，來喚起讀者的同情爲主，自然不可拖泥帶水，使人看得不明不白，那就要用犀利的筆鋒，力求精警了。說明理論，發揚本文的優點，指摘對方的缺點，不但要講得清楚，還須非常透闢，把關係部分的內容，站在作者的立場，全部簡單明瞭地剖白出來，使讀者在認清事實的時候，已經引起一種本問題值得討論的概念，接入正文，自然更有效力。但是，文字內容，衹管力求精警，文字外表，仍必須保持修養，不但粗暴不雅的詞彙，鄙俚失態的句語，不可使用，即是尖酸刻薄的諷刺，對于論辯爭點，並無關係，也不應該使用，充其量「意在言外」的輕描淡寫幾句，使讀者略有感覺，更可以收到意外的效力。人類的行爲，是要講風度的。寫作也是一樣，可以求取理論上優勝的，恰是有風度而不是冷嘲熱諷以及謾罵式的作品。倘然是一篇游戲文章，原衹供人一笑，怎樣寫法，都不成問題。如說是談一件有關國計民生的事情，可千萬不能當作一場筆墨官司，那會失卻批評的原意。

對于學術性的批評文字，像《文心雕龍》、《史通》、《文史校讎通義》都是最有價值的作品。對于近代政治性的批評文字，要算從清末維新時代梁啓超創辦時務報、新民叢報、清議報、國風報開始。那時是開通民智的初期，作者喜歡使用「大聲疾呼」的聲調。可是章太炎也論政治，就另換一種筆法。一直下來，各地報紙，都有時論。雖然跟著時代潮流，文字的組織和詞彙的使用不同，政論的輪廓，還沒有多大改變。我們在研究寫作過程中間，正也不妨翻閱各時期各流派的作品，提供參考，就知道六十多年來的演變而求取改進了。

讀《閒人雜記》*

「偷得浮生半日閒」。試想，天下事物，值得一偷的，必然大有價值。閒的價值，從這一名句上，就已經琢磨得出來了。

可憐得很，任何一個人——從皇帝到乞丐——誰不從早忙到晚，有時連自己忙些什麼也不知道，但忙得出成績來的人，卻又很少，這是什麼原故呢？正因爲太忙的關係，忙到做每一件事，幾乎都是從下意識上出發，沒有思維的餘時、餘地，更不用說到培養思維的基本條件。這種「熟極而流」的公式化生活和工作，能夠應付環境，已經不是一件容易的事情，當然談不到成功兩個字上去。

因此，先知先覺的老子，就指導後輩，說什麼「虛生白」，說什麼「有之以爲利，無之以爲用」，接下來，就有人從原則說到實行的具體方法，什麼「好整以暇」，什麼「指揮若定」。我們在歷史上，分明記載著晉代淝水之役，謝安率兵抗敵，自己卻在那裡着棋，靜聽探馬報告

* 〈讀《閒人雜記》〉，《南洋商報》一九六三年五月二十九日第二十頁。

勝利消息。又宋代澶淵之役宰相寇準，陪皇伴駕，親臨前敵，眞宗皇帝生怕軍情變化，夜不安神，命人去找寇準，那人回報說：「寇丞相已經安睡」，這才使眞宗放下一顆心，畢竟第二天，契丹退兵，答應了和議。從這兩件事看來，閒字的效能，可想而知了。

但是，閒可不能作懶字解釋。要是懶的話，一切什麼，都是推三諉四，聽它過去，根本談不到成功，注定是失敗的了。閒是放寬了時間，鬆懈了肌肉，澄清了頭腦，靜靜的領略這「別有天地非人間」的境界，于是從這境界中間，可以無端端地昇華到任何不可思議的另一境界裡去。這另一境界的範圍可大了，有最高的啓悟，有最深的淵泉，有觸機隨感的哲理，有星羅棋布的學問，「信手拈來，俯拾即是」。

閒中所得到的東西，不一定是對某一對象而發，但是往往有籠罩宇宙和編導歷史的原則存在。就價值與功能方面來講，比較對某一個別對象的指導研究工作，來得更深刻、更宏偉，因爲這已超出了「頭痛醫頭，腳痛醫腳」的枝節工作多多，那收效自然也更多了。

在封建官僚的舊社會裡，人們衹要求取功名，博得一身榮耀，所以父兄都訓誡子弟努力上進。偏偏內行的人，發現了另一「熱官冷做」的法門，說的是：一個負重要責仕或是職務繁多的人，必須更要身閒心靜，方才能夠「執簡馭繁」，不然的話，只知道見一事辦一事，「兵來將擋，水來土掩」，不但事情永遠辦不了，連你的上級也看你像沒頭蒼蠅地亂鑽一起，不當你是天才大器了。眞的，試看諸葛亮那麼一位人才，就缺少這點火候，「事必躬親」，連行笞刑都要親身監視，終於五十多歲去世，仍舊維持不了三分天下的漢室命運。

所以說，一個出世主義的人，「不求聞達」，固然落得圖個清閒。一個入世主義的人，倘想做一番事業，就非懂得閒字的功夫不可。更是半出世出入世的政治評論家，要不從閒處著眼，又何能看得透人家做得對或是不對。進一步再去推斷大計，估測未來呢。即拿求學來講，用功的人，每天做熟讀、查勘、箚記、鈔錄等工作，但是仍須要有靜坐、散步、閉眼、行吟來相配合，這一方面固在獲得生理上的調劑，更重要的一方面，還是在利用閒的一會兒，給頭腦以準備思維充分運用的機會。如果讀書不求運用的話，號稱「萬物之靈」的人，充其量也不過成爲一部兩腳書櫃、活動詞典，何況還趕不上現時代的電腦——一件祇須花錢就買得到的東西。

講了好些閒話，好不容易，找到連士升先生這樣一位同志來了。他雖然讀書，做事很忙，但始終懂得閒的趣味，並且獲得閒的享受。就祇用這「閒人日記」來做書名，已經可以知道他平生得力的地方。眞的，這書的內容，篇篇段段，都是從閒處悟出，並且可以斷定要是不閒的話，便寫不到那樣「入木三分」了。

凡是有志寫作的人，希望自己精進，都應該學些閒的功夫。這本雜記，正是閒的收穫，閒的結晶，值得人們諷誦習讀的一本佳作。

一九六三年五月武進趙泰。

談戲*

中國地域廣闊，文化悠久，歌舞在三千年前已經留下了紀錄，當日的「卿雲」、「南風」，未必就是現在的文句，但這一類無名氏的韻文作品，是一定有其來歷的。舞的起源，傳說多是從黃帝時開始，可是另外有一段記載，說是夏禹王因爲率領了無數人做治水工作，大家常日在水中生活，發生風痺病，禹才教人跳舞，藉此舒筋活絡，不料這種醫療方法，竟逐步進入到藝術的園地。

試想，既有歌，又有舞，再加上古人拜神打鬼的原始風俗，湊在一起，豈不成爲一種歌舞戲？到了周代，文明天天進步，各國諸侯，一面培養起整班女樂，一面又在宮廷裏，養些打趣和會說諢話的人們，專門閒說笑，這又是丑角戲的片段了。到漢代，中國通了西域，輸入不少新鮮玩意兒，于是不但戲劇的形態、故事的扮演—鉢頭—日益形成，而且加增了不少撞竿等硬工表演，作爲中國武戲的前驅，還有幻術穿插，百般雜耍，簡直開了兩千年後海派機關連臺戲

---

* 珍重閣：〈談戲〉，《星洲日報》第三頁，一九六三年五月三十日。

的先聲。雖然現行方式的戲劇，要遲到元朝，方始留下劇本，可是中國戲劇的產生，也眞可說是「源遠流長」了。

元朝的雜劇，祇管精彩，但終是局限于當時的人力物力，規範小，場子少，唱韻嚴格等等，以致內容不夠豐富而上演不能滿足觀眾的欲望。到了明朝，產生多采多姿的崑劇來，傳到現在，說來已有五百年左右的歷史，儘管是新陳代謝，「曲高和寡」，但嚴格研究起來，現在最通行的京劇，一切劇本唱做，始終沒有脫出昆戲的大範圍。其中改進加強的地方，固然不少，可是也有崑曲裏的優點，被埋沒廢棄了，說來眞是可惜。

滿清入關以後，仍是崑曲的天下，到了乾隆、嘉慶兩朝，交通更加發達，人民生活，比較安定，崑曲因爲太嚴謹、太高雅的原故，已經不夠應付各地域的觀眾。同時，各地的地方戲也一天天發達起來，等到「水到渠成」的一天，各地的地方班子，都到北京去逞能獻技，遠如四川的魏長生，出了大名，就是一個最明顯的證據。尤其湖北是九省通衢，南來北往和東下西上的人們，都必由此經過，早已變成國內性的交通叉點，而當地的地方語音，更比較的可使黃河和揚子江流域的人們易于瞭解，所以漢劇入京之後，漸漸長成，成爲各地方戲的領袖，何況初期的地方戲劇，多數以黃色取勝，漢班的開戲師爺，居然懂得「存精取蕪」的地方，採集了各地方的優點，可又把太暴露的地方隱蔽起來，改用內心表演，以至鬨動九城，儼然開了宗派。此外，最有勢力的梆子腔，和漢劇爭了一百年的天下，終于萎縮下去，更不談崑曲的「古調獨彈」了。漢戲本身，當然有自己的進步，到得今天，還是漢調下來的天下，可以正名叫做京戲，成爲中國國家性的戲劇了。

談到戲劇，人們公認唐明皇提創最力，早給推崇爲老郎神，這是不錯的。可是往往忘記了後唐莊宗，他愛好和提倡戲劇的力量，並不次于唐明皇。再說近些，晚清末期的西太后，不但愛好，並且打破成規，隨時召喚宮廷以外的名角承差上演，破格賞賜，于是不但促成了京戲的發達，並且抬高了戲劇在藝術上的地位——演員的身分可沒有抬高——養成了一應貴族和平民的學習，推進了京戲的素質，論起理來，實應和明皇、莊宗同享戲劇界的祭享的。

元曲以來的民間劇本*

談劇本，不能不從元曲說起。不專門研究元曲，且不要談它的內容和文學上的價值，祇先看一些題材，便可了然一切。簡單地說，其中關于春秋、三國故事、水滸故事、包公故事和楊家將故事不少。按時代來講，那時並沒有三國志演義、水滸演義、楊家將、包公案等書，可知這些劇本，都是從民間流傳下來的故事編成的。民間故事的流傳，一小部分是父老茶餘酒後的談片，一大部分早已給民間藝術演員收羅到說唱和平話裏面去。即如唐代李商隱詩中，有「或笑張飛鬍，或學鄧艾吃」，豈不說明唐代的街頭藝人已在講唱三國故事？不過當時是否化裝扮演，尚難確定。宋代陸游詩中，更說了「盲翁負鼓」講蔡中郎的故事，這正是最早的琵琶記。元劇作家，覓得無數的題材，編成劇本，也要同一故事的，也有相互牽連的，爭奇鬥勝，無美不備。到羅貫中出來，就根據這些東鱗西爪的材料，再加上些想像中的噱頭，寫成《三國》、《水滸》兩大奇書。到得明代，兩書久已風行，編劇的題材更加「俯拾即是」，因此《三國》

* 珍重閣：〈元曲以來的民間劇本〉，《星洲日報》第三頁，一九六三年六月十三日。

和《水滸》戲便更發達起來。清代乾隆朝，宮廷提創戲劇，由大臣張得天主編整部大戲，除掉應時戲（月令承應），喜慶戲（法宮雅奏），壽誕戲（九九大慶）等短劇以外，把目蓮救母故事編成「勸善金科」，《西遊記》故事編成「昇平寶伐」，後來跟著有三國故事戲名叫「鼎峙春秋」，水滸故事戲名叫「忠義璇圖」，封神榜故事戲名叫「鋒劍春秋」，西漢故事戲名叫「楚漢春秋」，唐代故事戲名叫「興唐外史」，宋代故事戲名叫「盛世鴻圖」，楊家將故事戲名叫「昭代簫韶」，混元盒神怪故事戲名叫「闡道除邪」等等，多的每戲有兩百四十齣，連臺演出，要一個多月，方能演完。（前幾十年，四川演全本目蓮救母，還須一個多月。）這種循環性的小說和戲劇，生生不已，越來越多，眞可比得百花齊放。

乾隆以後，北京有了各地方班子；不專唱昆戲，而兼唱各地方戲，像程長庚是安徽戲、魏長生是四川戲等，合稱花部，面目一新，大受歡迎。不久就以徽班爲主體而融合各地方戲的精華，成爲現在京戲的萌芽。直到今天，梆子、徽調雖然都還存在，但它們的發展，多祇限于當地，京戲卻包羅萬象，把一切都容納進來。如說旦角一行，正宗徽腔就沒有叫蹻工，蹻工是源于四川和山陝的，等到吸收進來以後，所謂京戲，也有了蹻工了。這不過是舉出一個例子來講，若要嚴格下一定義，京戲祇可算是一個類名，細加分析，每一角色和每一做派，實在都有它的來龍去脈。

京戲的前身是花部，花部的意義，便是五花八門，不限于任何一個戲種。花部有了上列幾部整本大戲，自然「取之不盡，用之不竭」，儘可隨心所欲，加以剪截改編。本來，這百十齣整部大戲，在戲院裏，限于人力和時間，是無法照演的，剪截改編，自有它的必然性。何況，演員也沒法全部唱得好，當時宮廷演員的程度，不會太好，這也正是西太后召用宮外演員的重大因素。于是每一演員，特別就他本人的能耐，專在片段上用工，因此同一三國戲裏，老生行譚叫天就以失街亭、空城計、斬馬謖馳名，汪桂芬就以「取成都」馳名，武生行楊小樓就以「長板坡」馳名，俞毛豹就以冀州城著名，青衣行陳德霖就以孫夫人祭江著名，花旦行于連仙（小翠花）就以戰宛城的張氏孀娘著名。甚而，至于彼此同業，講究戲德，互相讓行，譚不唱「取成都」，汪不唱「失空斬」，這倒和清初的大畫家一樣，王石谷不畫花卉，惲南田少畫山水，「成人之美，藏己之拙」，還給後世讚美一番。可是從戲劇方面來講，一部整戲，已經割裂為百十齣的短戲，再因為演員個人的能耐，祇在幾齣短戲上下工夫，這幾齣短戲，流傳愈廣，整部戲的精神，就愈難顯得出來，竟是辜負了當年編者的一番苦心。所以我們要誠心研究京戲劇本的話，最好還是找出這些整部全本看看，好在三十年前，故宮博物院已經印了不少出來，儘彀作為示範了。

怎樣欣賞「韻文」*

編者按：新加坡大學中文系講師趙泰□生爲一代詞人況周頤□生——即「蕙風詞」及「蕙風詞話」之作者——的得意高足。趙□生現受本報之邀，特地撰述一篇長文，題爲「怎樣欣賞韻文」，分上下兩篇發表。上篇略述概要，下篇闡明方法。像這種窮源究流、觸類旁通的論著，在南洋論壇中實在不可多得，望讀者不要輕易放過。

一提起韻文這個專有名詞，有人便已經認爲是一種難讀難懂的高深文學作品，不要說什麼學習和欣賞了。

說這話的人，可惜說得太快，沒有細想一下，要是細想一下，就應該從本身的經驗上，證明韻文是比散文易讀易懂。爲什麼呢？試想，在自己兩歲左右的時候，「牙牙學語」，斷斷續續地連發音都不很連貫，當然談不到表達完整的意見，可是三個字兩個字聲氣，往往都同于押

* 趙泰：〈怎樣欣賞「韻文」〉，《南洋商報》一九六三年六月九日（第二頁）、六月二十三日（第二頁）。

韻一般。父母在逗他玩耍或是催他睡□時候，又必定吟些韻文歌曲，自己也眞像懂得欣賞，很容易接受愛好，再進一步，自己就跟著和唱起來，「手之舞之，足之蹈之」了。過著幾年，進入幼稚園，先生最先教的還是唱歌，以後由初小而高小，語文課本裏面，程度愈高，韻文愈少。這豈不說明了韻文易讀易懂，容易到作爲嬰兒、孩童的讀物麼？

再說，中國古代韻文的結集，當然就是孔子刪訂那三百〇五篇的《詩經》，其中百分之五十上都是「風」——各地的民風歌謠，作者不但不盡是文人，甚至還有一些是一個祇會吟唱，不通文字的文盲，因此也查不出姓名來。一切全憑奉政府命令前往採詩的人記錄口語，記錄卻很忠實，完全保存了原作品的語句意義，以及腔調音韻，一絲不苟，凡是當地所用慣的語助辭、驚嘆辭，和地方音，全部錄下，流傳到今天，成爲中國古典文學中最可寶貴的遺產。這豈不又說明了絕對不會寫作文字的文盲，卻能編撰韻文歌謠，韻文歌謠不但易讀易懂，還更容易製作麼？

究竟韻文爲什麼比其他文體容易寫作呢？說來理由也極簡單，因爲韻文裏所包含的，不過是諧聲和節奏的綜合，聲是人類天賦的官能，節奏是呼吸必然的動作，兩者求其和協，正是合于自然的趨勢，並且有其必然性的，這在文學術語上，名爲「天籟」，說明了是天然的成品。那麼，一個寫作者，根據「天籟」的原則，發揚自己的情緒，豈不比矯揉造作「匠心獨運」的容易得多。當然，韻的使用，和時代一同進化，到了六朝時代，有人制定了公式，有人立出了

「四聲、八病」的禁例，早已超過所謂「天籟」的範圍，但是作者不需一一遵守，仍舊可以沿用古體，惟我獨尊。至於少數人按著禁例做去，不怕辛苦，其中見巧，那是他的長處，也值得同好的人們切磋評讚一番的。

還有，爲了容易誦讀和記憶的原故，韻文更比其他文體來得見效。一個人強記一篇文字，要不是熟讀深思的話，往往易於遺忘錯誤，可是韻文靠了和諧的節奏聲韻，就能以腔就腔的觸起他的記憶力，由這一同韻字方面聯想起另一同音字，引入本文，其中過程，涉及聲韻學與心理學，出了本文的範圍，姑置不論。但看中國傳統的兒童用書，講修身的書就有《三字經》，講歷史和常識的書就有《千字文》，講典故的書就有《幼學須知》，甚至於專門學術部門，講醫學就有《湯頭歌訣》，講文字學就有《說文部首歌訣》，講陰陽風水命相的更多。最特別的是敦煌石窟裏，還發現了寫本的傷寒診病曲子好幾首，那可算是最高度的運用韻文來做教學工具了。至于以前官府出告示曉喻人民，往往也用四言或六言韻文，這便是要人民容易讀、容易記的原故，處處可以證明韻文的功能和使用的方便。

以上所說，暴露了韻文的眞面目出來，我想一定可以解除人們對於韻文過度重視，以至於發生「望洋興嘆」的疑慮，那就邁進一步，言歸正傳，再要談到怎樣欣賞韻文了。

韻文又爲什麼值得欣賞呢？簡括說來，孔子所說的：「詩可以興，可以觀，可以羣，可以怨」，大體可以包括韻文的價値，雖然韻文不祇是詩，觀者得失，並不限於韻文爲止，我們正不妨拿詩來代表韻文一談。至于其他三項，確是韻文的特色無疑。試想，興是興發志氣，一個人爲了興發志氣起見，慷慨激昂，自策自勵，借文字的功能，促進本身的情緒，儘是有聲有色的文章，也能有些補助，像古人拿漢書來下酒一般，但總不如有韻的作品，借它的節奏音韻，來和自己的呼吸脈搏呼應，更加「相得益彰」。凡是行軍出征，古代有鐃歌、橫吹，現代有進行曲，都用韻文來表達，就是顯而易見的証據。

羣是融合社交。本來人類應該互相敬愛，互相扶助是有其絕對性的，但實行起來，必先從建立社交開始，韻文歌唱，正是合羣建交的唯一利器。人們不論親疏，或根本不相認識，可是聚在一起，歌詠同一韻文的時候，感情必然融洽，意志也就一致，這在人類沒有完全開化以前，已經如此，並且就從這融洽的感情和一致的意志上，茁長出了民族的團結，社會的組成、部落的集合，直到國家的建立。小而言之，幾個道同志合的朋友，談談文藝、寫作，切磋，又何嘗不是增進友誼的捷徑。

怨是抒洩幽鬱。在個人生活過程中間，免不了發生若干不愉快的事情，釀成幽鬱，要不是加以抒洩，弱者必然陷入病態，強者更或「鋌而走險」，闖下天大的禍亂來；祇有靠文字去發舒情緒，化解苦悶，把內心的千悲萬痛，找個地方，向外表達，一面既可安慰自己的心靈，同時還可博得相知或是千百年以後的同情，總算有個交代。可是感情的作品，韻文要比其他文體來得適用，因爲韻文的用韻，既和感情的起伏同有抑揚頓挫的節奏，可以相和共鳴，撰作起來，眞情更易流露，何況借著韻字的修辭藝術，還能夠減低緊張的情緒，多少克制些過分的衝動呢。

觀是觀考得失。文字作品，雖說有主題的限制，但作者局限于時代範圍以內，無論怎樣，是脫離不了現實環境的，若說主題便是記事性或是歷史性的，當然更明顯地或是含蓄地有所批評，這在讀者便可以拿來作爲時代史的旁證。前人詩話說得好：「雨後有人耕綠野，月明無犬吠花邨」，顯見是太平盛世的景象，由此推想孔子刪詩，讀到「取禾三百廛兮」以及「氓之蚩蚩」等篇，自必從無功受祿的污吏和棄妻另娶的惡人身上，觀考到周初政治與社會上的黑暗面，更加認識了詩的功能。

孔子對詩的四字批評，本是兼給讀詩和做詩的人的一個指示，分開來講，讀是學詩的開始，做是學詩的成就，其中實還包括一段重要的里程，便是欣賞。要是祇知道讀，「不求甚解」，或是祇求得瞭解釋，不知道欣賞，那就永遠「食而不知其味」，不要說做，連讀的時間和精力，都算白廢，正和一個人不去利用消化器官的胃，無論吃什麼山珍海味，身體精神上，得不到一點受用一樣。既然形體臟腑裏有了胃，爲什麼不去利用它呢？要是胃不健全的話，又爲什麼不去促進它呢？在生活食糧上，消化最關重要；在精神食糧上，欣賞最關重要。韻文雖在文學作品中間，佔著崇高廣大的位置，事實已經說明了並沒有什麼不容易下手的地方，祇要讀者肯耐心咀嚼，細加體會，必定獲致成果，領略得到欣賞的樂趣的。

爲了促進欣賞起見，先把韻文的體制約述一下。我們暫且不追溯文體歷史，從駢散不分的早期作品，像易經、書經裏面，都參用很多韻文說起，現在祇就人所共知的韻文，簡單分類于後：

詩歌。這種韻文，歷史最長，作品最多，門類也最廣，古代有配合音樂的，像詩經各篇，以及漢代的樂府，都不配合音樂的，名爲徒歌，後來模倣樂府的作品，祇用其名，也不配合音樂了。樂府以外的詩，漢代直到六朝四、五言最盛，偶然也有七言和雜言（一首之中兼用長短字句）的，六朝就很少用四言句法。唐代七言和五言日趨發達，並且因爲六朝人提創嚴格用韻，又好用對句，逐步形成了唐代的律體，和古調長篇、絕句同時通行了一千幾百年，直到近年白話詩出現，方始產生了新體，至于白話詩不用韻的，當然不能歸入韻文範圍以內。

辭賦。辭是周代楚國特有的文體，後來模倣的人也不少。賦本是詩的一格，到了漢代，特別發達，成爲一代的代表作品，但是並不完全用韻，直到六朝開始，以及唐、宋，漸漸建立了用韻的賦，便是後來用于科舉考試的館賦格式。

詞曲。唐代文人，借用民歌的韻律，改寫文字，開創了詞曲的新體。因爲吟唱和配樂的原故。句法不論長短，一律都用韻文。五代十國，風氣大盛，宋代更加精進，韻律的規定，也更日見嚴格，可惜宋代以後，詞樂失傳，不再能配樂歌唱，就變爲一種純韻文，流傳到現在，還爲文人所愛好、倣製。

戲文、南北曲。戲劇的發源，雖然很早，但是合歌唱、對白和扮唱爲一的戲劇，要推宋代的南戲開始。同時，北方的金、元兩代，也就有北曲的產生，愈演愈盛，現在流傳下來的南戲戲文不多，可是北曲的雜劇劇本，卻多到好幾百種。元末明初，南曲改進了原有的南戲，無論文字、音樂方面，都有進展。更經過明代魏良輔和梁伯龍的加工精製，便使崑山腔成爲南曲的中堅，地位一躍而上，超過了所有的地方戲戈腔、高腔，文字更用韻精嚴，出語雅潔，儘管有時過于雕琢，失去了自然的眞趣，但祇就韻文來說，確實是美化到了極處。

大曲、諸宮調。大曲當自唐代開始，但沒有傳本下來，到了宋代，方始有曲文可見，這是配合音樂、舞蹈的唱詞，當然是有韻有律的。旁系是鼓子詞，供給彈唱所用，最早的西廂記故事，即是宋代趙德麟的作品，用十首蝶戀花編成的。其後隨著音樂的改制，創造諸宮調（合用多種宮調的曲子，所以名爲諸宮調），金代董解元就用這種體制重編《西廂記》，在韻文中間，別開新體，祇是北曲形成以後，這過渡時期的產物，又倏然消滅了。

說唱、彈詞。隨著佛教文學的東來，一種夾唱夾說的演講方式，漸漸地盛行于唐、宋兩代，後來就變爲平話、說唱了，其中唱句，定是韻文。到了清代，有些作者，把整部故事，全用韻文寫作，刪去了對白部分，以便彈唱，名爲彈詞，通行于南北各地，但名稱不同。在北方，一般用大鼓節拍，名爲大鼓書；在江浙等省，因爲多講佛教故事、出于經卷，名爲宣卷；在廣東，也因爲講經用木魚做節拍，名爲木魚書。至于用魚鼓竹簡的歌唱，自道院裏流傳出來，名爲道情。大體說來，除了音樂節奏和方言字音的不同，都是同源異流的通俗韻文。各種地方戲、京戲。音樂戲劇是人人愛好的娛樂，所以各省都有地方戲產生，儘管編撰有雅俗高下的不同，唱詞總是韻文，同時，因爲語音關係，地方戲的協韻，便「各自爲政」，不能統一。京戲號稱是全國性的國劇，實際是混合了各省地方戲的劇本、唱詞，以及演出技術而成，並沒有本身立場。但是語言統一了，韻轍規定了，技術加工了，劇本編多了，後邊的唱詞愈見精美了。

按著這六大類別，已可見中國韻文的發達，和普遍了。我們不要以爲必須拿起一本詩賦集子來細讀，方算接觸韻文，實在耳腔裡隨便聽一句歌曲，舞臺上隨便看一場戲劇，都在韻文範圍裏面。眞要促進欣賞的話，不怕沒有時機，不怕沒有材料，衹怕不懂入門的途徑和怎樣用比較簡單的方法，去求得最大的成就罷了。

詞呢，說起來聲情更加勻協，便于誦讀，但入手的人，不必求深，還是從李煜、歐陽修、晏幾道、秦觀幾家，選擇〈浣溪沙〉、〈虞美人〉、〈鷓鴣天〉、〈滿庭芳〉等中、短等詞，翻來覆去，隨口吟誦，更不妨各用鄉音母語，咀嚼起來，愈加容易上口而有味。等到自己摸索得欣賞的趣味，加增了閱讀力以後，自然會推進到長調和一些有寄託的作品上去，要是更圖便利起見，平聲韻的詩詞，比較讀來舒適，不妨用來開蒙。過了些時，仄韻的也自然覺得一樣，不致逆口。詩詞本是同類的韻文，在唐、五代時候，根本衹因爲配樂而分別，文字上很難有顯明的特徵，讀者志在欣賞，拿來作爲修養的工具，就暫可不去研究它的體製，這功夫留待文學史或文學批評的專家去做罷。

至于怎樣判別那一篇才是流露眞性情的作品，這問題不但不簡單，並且可以說沒法確切答覆的。因爲欣賞是人的一種直覺，不是研究，要是詳考歷史背景，作者身世，便做考據工夫，祇可平日注意，了然於心，若是臨時查問，一定會損傷了讀書的興趣。欣賞也不是批評，臨到讀者的時候，對于純美文的韻文，一再琢磨這作者是君子還是小人，這作品是出于那家那派，或是融合了那幾派的筆調，又是否流露出他的眞性情來。這樣一來，豈不自居于法官的地位，對這作品去下判決書，本來法官也多引用「自由心證」，那麼，這答案還是自己給自己做的。

何況，讀者的性情，也是「各如其貌」，並不一律，除掉上舉的李煜、岳飛、陸游幾篇最容易和最普遍發覺的以外，古人名作裏，還有不少是流露其性情的，那得憑讀者自己的性情，求得了同情，再來辨別其眞不眞。至于在作品裏求得出同情的，必然是流露在外，求不得的就必是有所寄託，或者是隨便應酬，根本「言中無物」，像代人做壽文、墓志一樣，原不認識那人，強爲頌揚，「賣文爲活」，那性情當然眞不了，更流露不出，可是作者困在生活環境裏，從漢代蔡邕和十幾歲孩子做的墓志，以至唐代韓愈和人做的墓志，明代歸有光和人做壽序墓志看來，那幾位大文豪的作品，不過是一種文人的悲哀的物證，還值得去欣賞麼。用自己的性情去求出同情，正可作爲直覺的解釋，說得更徹底些，就是自己喜歡欣賞文字，認爲其中流露眞性情的文字，就去欣賞，否則雖有好評，也一概暫置不裏，留待考據，批評以後再說。試看，五家批的杜甫詩集，都出名手，但同一句中，有人加圈讚美，有人勒帛（前人評文，對不好的句子邊上，劃一大黑梅的專門術語），還加些「膚淺」、「庸下」的評語，就可以知道各人對杜詩欣賞的「殊途」而不「同歸」，「存異」而不「求同」了。

等到讀者有了相當的經驗，同時豐富了欣賞力以後，再加上考據和批評的旁敲側擊，自然可以更發掘不少的好作品出來，但是這種過程，還必先從欣賞開始。欣賞的發源，是拿一首詩或詞，半生半熟地哼哼唧唧，哼出了他的滋味，拍合了自己的性情，在這飄飄然的時候，「別有天地非人間」，不但和被欣賞的作品，早已合爲一體，而這終點，可能使將來成爲文豪，甚至建功立業，成爲一位「不世之才」。至由文學的領悟，擴充到做人處世，建功立業上去，一個人的修養工夫，決不白做，並且修養的運用，決不局限過程範圍以內，正如練習武術的人，學會了拳技，也就長足了他的氣力，堅強了他的意志，出來應世，毅勇邁進，並不定是去做拳師一般。

我們對于開始誦讀韻文，且不要小看市面上通行的《唐人萬首絕句選》、《唐詩三百首》和張惠言《詞選》、朱孝臧《宋詞三百首》幾部書，這些選本裏面，包含著很多名作是富于眞性情的。若是換換口味，想讀些賦類作品，文選固然最好，不過初讀時，不免感覺過于繁重，還是找一本許槤選的六朝文絜，薄薄一本，盡是妙文，無論讀者能否全部瞭解，讀來包管有情有致、齒頰生香，不容你不加欣賞。

最後，講一段近代名人關于欣賞文學的故事，作爲結束，希望青年未婚讀者，都像那主人翁一樣，能從欣賞文學中間，走上婚姻美滿，功業彪炳的道路。

清代道光，咸豐年間，以禁雅片不恤和外人開戰的林則徐，在中年一度回住福州家鄉的時候，延請塾師爲子弟授課，同時也准許鄰家子弟附讀，就有沈家送來一人，名叫葆楨，因爲家貧，就住在林家。葆楨祇有七歲，每天早起，誦讀古文——但不是韻文——預備塾師早課背書。一天，林則徐早起，巡視書房，看見葆楨讀到《左傳》一段中「老夫髦矣」一句時，竟用手像下頷一抹，像捋鬍鬚一樣，林知這七歲小兒，讀書入神，懂得欣賞，心中著實讚許，過了幾年，等到小女兒議婚時候，還記得這事，就許配給沈，林夫人嫌沈家道太差，強而後可。沈後來眞的讀書上進，少年科名，終究點了翰林，和這位林夫人，共患難、同安樂。沈人極開明，主行新政，曾在福建辦起船政學校來，是中國辦理海軍的開山鼻祖，最後，做到兩江總督，清廉公正，聲譽卓著，傳下來的《沈文肅公政書》，極有價值。試看，一個七歲小兒，讀書有如此興趣，竟然身入書中，眞可說是發揮了最高的移情作用，把自身和書中人物，打成一片，領會了極度欣賞，就憑這點欣賞力，擴充到婚姻和事業上去，大有成就。這豈不夠作爲欣賞文學的一段佳話，值得後人景仰師法的麼？

編戲*

老京戲大半出于幾部整本戲截頭去尾祗是演出片段，就成爲今日的通行戲。可是也有一二位能人演員，憑著自己的拿手本領，要想特新耳目，就約了同班肚子寬（戲班術語，稱有學問及知識豐富的人的名稱）的人，另編新戲，這種戲的來源，當然不在那幾部大書之內。有時採用歷史，地方戲本和其他名著小說的一節，有時採用前人詩歌筆記裏的材料，甚至還把佛經和當時的新聞，都做活材料使用，祗要編得緊湊，演得生色，一樣受人歡迎。不過，這種新編的戲，往往編者是特別就主角的技能，加以腫脹或是隱蔽，加強一切長處，減少一切短處，把重點完全放在主角的工夫上面。嚴格說來，爲主角編戲，一切照顧主角，是非常應該的。但是，要爲編戲而編戲的話，就有些藏頭藏尾，不合編戲的大原則了。並且此後不是主角那一路的演員，也沒法唱好那戲，所以這種戲往往曇花一現，反不如幾本整本大戲流傳得長久。

現在舉出採用小說片段的幾齣戲來，作爲証明。

* 珍重閣：〈編戲〉，《星洲日報》第三頁，一九六三年六月二十七日。

武戲方面，除掉整本三國，水滸等戲外，現在通行的最多是黃天霸型的戲，這多出在彭公案和施公案裡面，這兩類公案戲是咸豐、同治年間的四大京班編的。因爲京班戲有幾個名武生，工夫在打武上面，所以編的都是偏重武工的劇本。也算編者有才學，搏聞強記，知道兩部公案盡是打鬪，就盡量加以利用，再推廣到七俠五義上去，材料更是用不完了。這些戲固然很精彩，但是看的衹是主角的開打，其餘配角，毫無襯托之處，彭公和施公，儘管漏臉的機會很多，但一時被擒，一時被釋，推出推進，在戲裏不過是過場性質，既無唱做的表演，甚至連劇情裏也不起任何作用。本來這種大戲的出場人物，如此之多，論理便算是羣戲，那麼，羣戲裏又怎能衹重一位主角和幾場武功而抹下了其餘的生旦淨丑，豈不是大大破壞了成規嗎？即拿配角來說，三國有很多關公戲，周倉雖是配角，卻也站在背後，拿幾個身段，盡了綠葉扶持牡丹的責任，施彭公案裏，連這樣一個角色都沒有，這豈不是專爲主角一人而編，歪曲了整齣戲的風格。試看以前羣戲，八義圖兩個老生，三娘教子一生一旦，失空斬老生和淨角，在每一片段中間，還有配搭，更不要說羣英會和四郎探母等了。

旦角方面，比較早期的編戲除光緒初年的「五彩輿」、「福壽鏡」外，要算王瑤卿的「十三妹」，這是剪取《兒女英雄傳》裏的一節，並且可補爲新型花衫戲的創作。（本來青衫與花旦兩行，在唱做方面，絕不相通，知道王瑤卿倒嗓不能專唱青衣，而又精通戲學的原故，纔把發兩行揉合在一起，名爲花衫，開了京戲的一種新面目，從此就分爲正工青衣及花衫兩行。）

因爲是一齣有文有武又不是專講唱工的戲，配角較多，分量也還相稱，其中的安公子、張金鳳等，都要像個樣子，所以一唱便紅。後來尚小雲、程豔秋等都沿唱下去，成爲大路劇本。又如梅蘭芳曾從「鏡花緣」裏摘出公下西洋，在君子國做買賣等場次，刺蚌的武工身段，固然極好，可是其他場次，非常簡單，買賣對白，似乎還不如南天門曹富兒金子屋牲口的引人發笑，所以一場以外，並無精彩地方，終于這戲站不住腳，連梅本人，後來也祇當他歇土戲（戲班術語稱輕鬆戲的專名）或是連演兩齣時配搭之用罷了。又如白牡丹（荀慧生）從《紅樓夢》裏摘出二尤故事，就熱鬧得多，成爲荀派名劇。梅又由齊如山採用西洋獨幕編制，編了「俊襲人」，利用新式布景，把舞臺分作內外房間，一新耳目，當時也曾鬨動京滬，可是終因觀眾沒有接受這種新場面習慣重心又祇在主角一人身上，以致姜妙香的寶玉，英雄無用武之地，姚玉美的紫鵑，更不過「伴食宰相」，就不能維持下去。即是當時初期古裝戲最叫座的「黛玉葬花」、「嫦娥奔月」，後來也都漸漸失傳，絕對敵不過「霸王別姬」的有霸王配搭，愈唱愈紅，這便可以證明劇本的重要性了。當然，若是有特別技能見長的戲，像「生死恨」的唱工，「八大拿」的武工，劇本雖重在主角，還照樣流傳下去，是因爲這特別技能的示範性，更在劇本編製以上，但祇能說是例外情形，不能一概而論。

歷史劇本*

採用歷史材料的近代劇本很多。前三十年最風行的要算汪笑儂的「馬前潑水」，這曾見于《漢書》。汪是借此來諷刺社會，但編的詞句，也很不錯，又「張松獻地圖」一齣，雖是演義故事，也見于陳壽三國志，是以前「鼎峙春秋」裏所沒有的。「黨人碑」是宋代一件大公案，出于正史，自不必說。最近風行一時的廉頗藺相如故事「將相和」見史記列傳，記得是一九二〇年左右北京李釋戡等爲高慶奎（？）編寫，主要是在諷刺奉軍張作霖和直軍吳佩孚的內爭，吳定要內閣總理梁士詒辭官，通電仿照韓愈祭鱷魚文的筆調，「三日不去則五日，五日不去則七日」，活是一個不通的山東秀才的口吻，引得人們大笑。當時高慶奎有心冒上（戲班術語，謂力求上進）頗想演幾齣新戲，請教文人，因此李纔動筆。此外還編了「荊軻刺秦王」，也曾出演過幾次，成績不壞，不知何以竟成絕響。可是「將相和」卻走了鴻運，一直唱到今天，還能叫座。

* 珍重閣：〈歷史劇本〉，《星洲日報》第三頁，一九六三年七月四日。

和汪笑儂同時的劉鴻聲，以票友演黑頭出名，後改老生，雖因爲北京人不善唱中州韻，卻有天賦的一條好嗓子，清婉激越，每一登場，好聲四起。最著名的「三斬」（失空斬、轅門斬子、斬黃袍）一探（四郎探母）竟可和譚叫天齊名。他也曾邀人編了幾齣正史戲，常唱的有「完璧歸趙」、「藺相如故事」，見《史記》，「蘇武牧羊」見《漢書》，打吉平三國戲見陳壽《三國志》。有人說他發掘得老科班的秘本，但是以前既沒有人演過，可知也是出于近幾十年了無名作家的手筆。自從辛亥革命以後，新編的戲，著實不少。可是十分之九是旦角戲，老生行新戲不多，値得把這幾齣代表作來。提出一談。

說到旦角新戲，出于野史筆記的比較多些，留待下文細講。見于正史的，也不過幾齣，最享盛名的，當然莫過于梅蘭芳的「霸王別姬」、見于《史記》。其中虞姬所念君王意氣盡四句，還在註中，更見編者的細心好學。這戲大體固然早有崑曲的《千金記》和京戲的《楚漢千秋》，可是梅本卻和以前絕不相同，並不像梁紅玉的就崑曲改編，還不過酌加潤飾，功夫花得較少，並且重點擺在舞劍一場，別開生面，難怪成了空前的名劇。此外，程豔秋編過「文姬歸漢」，唱全了胡笳十八拍。梅的妹夫徐碧雲（唱得不錯，觀眾因爲梅的推薦，「愛屋及烏」，也曾捧爲名角，衹是後來頹廢了）曾從《晉書》裏採編綠珠，是一齣很熱鬧的戲，最後憑他武功，在墜樓一場中，顯出眞本領來，異常叫座。又尚小雲那時，不甘示弱，也編了不少新戲，文武兼具的，就有從《明史》取材的「秦良玉」，邊唱邊打，演到十刻（戲班術語，以一小時爲四刻，說明演出時間，十刻就是兩點半鐘）之久，把秦的原作：「蜀錦宮袍手製成，桃花馬上請長纓。世間不少奇男子，誰肯沙場萬里行」的一切一切，都搬上了舞臺，觀眾見他賣力過人，非常讚美，便也是尙成名作品之一。

可也有利用歷史材料而編得不好的戲，便是海派作風了。以前上海有個童齡老生小楊月樓，因爲倒嗓，改唱花旦，唱來仍不彀味，在無法維持中，編演新戲，採取正史諸葛征蠻的故事，編了《七擒孟獲》，本來這應該是老生和花臉的戲，兼重武工，豈能以旦角爲主角？偏偏小楊月樓專祇腫脹了孟獲做蠻王一節，作爲戲肉，蠻王縱情酒色，蠻女載舞載歌，小楊月樓自飾蠻女，穿了相當肉感的紅護胸，披上薄紗，大跳無可依據的南方土風舞，完全靠黃色作風，迎合低級觀眾，畢竟也沒法叫座。試想，在這戲裏，諸葛亮祇由一個班底老生充任，不但降低了這戲的地位，並且糟蹋了這戲的精神，能夠受得歡迎麼？

所以說，戲的材料，遍地都有，正史不見得少過小說，但是一定要有好手去寫作。第一要認清故事的重點和歷史上的意義。第二要寫得生動，並使全戲首尾呼應。第三要能由主角表演些特別技能，不論唱做念打都好，因爲小說演義或是評話，已經有人把故事剪裁整理，成了片段，改編戲劇，比較容易，倘是直接利用正史材料，原文不過短短幾行，或是幾句，那就更不能不靠編者的心靈手腕，加以發揮，說來容易，事情卻不這樣的簡單呢。

評彈*

評彈是合評話彈詞爲一體的白唱，邊白邊唱，白是以有韻的文句爲主，偶爾接一兩短句道白，唱是使用短腔爲主。一樣注重口勁、韻味、身段、表情。它淵源于佛教變文的輸入。變文原是爲宣揚教義，講述經典用的，推行南北，本受歡迎，偏是唐代有幾個和尚——文漵等——爲了爭取聽眾起見，不免添和些黃色詞句，以致愈形發達，結果表面上雖被官廳禁止，事實仍照舊通行。中國文人，聰明特出，看見變文走運，就利用原有的組織方法，另編中國故事來講演，這一下子，聽眾更感興味，就此產生了評彈這行新興藝術。評彈是大眾化的消遣，所以各用地方音韻，分南分北，大致像京音的快書平書、江南的彈詞寶卷（這寶卷兩字，還是佛家的傳統名詞，因爲內容多是佛教故事）、廣東的木魚書等，無不是同堂兄弟。

從唐代開始，到現在已經一千兩三百年之久，不知有多少話本，多少故事，供給千百萬聽眾欣賞，祇是古代的話本，流傳下來很少就是了。到得明代，這一行業，更加繁盛，文人爲了

---

* 珍重閣：〈評彈〉，《星洲日報》第三頁，一九六三年七月二十五日。

供求關係，不但編出新本，並且把原有的三國水滸等改編評彈，長篇接講，日夜不停，拉住觀眾，漸漸文人學士，也都愛好起來。像錢牧齋、吳梅村，就曾和專業者柳敬亭題詩做傳，抑也自己編了不少新本子出來，可惜大半失傳，無從搜訪。清代道光咸豐年間，小市民悠閒階級，「樂此不疲」，編成的新本更多，連女作家——《鳳雙飛》是常州女作家程姓所編——都出現了。這些本子，原祇供彈詞的需要，通場到底，編制和戲劇不同，但是在人物和情節方面，一樣熱鬧緊湊，各色俱全，並且文場武場，有分有合（帶武場的叫說大書，專是文場的叫小書）。祇要內行一看的話，把他分場分段，刪繁去複，加上身段，改編唱詞，實在並不是件難事。因此京劇中又吸收進去，成爲劇本的一宗大來源。

從彈詞改編的劇本，最早期的是三笑姻緣。三笑敘述唐伯虎故事，著重在以文豪解元投身相府點取秋香一節妙事，再配上當時幾位有名文人祝枝山、文徵明等，實在是部喜劇兼鬧劇。其次是玉蜻蜓，敘述蘇州相府申家公子和隔壁尼庵裏三師太的男女關係（此戲因蘇州申家呈請禁止，直到清末民初，方許演唱），再其次珍珠塔，敘述方卿因窮給人退婚，可是小姐用情專一，暗贈珍珠塔，總算經過千辛萬苦，始得完婚，這可算是代表窮書生出氣的一部富有階級性的故事。按這三部代表作，故事都出在蘇州，可知編爲故事，也必定是蘇州評彈家的手筆。彈唱《珍珠塔》最有名的馬如飛，也是蘇州人，就因這一書而開了馬派，至今一脈相傳，長江下游的評彈家，多還沿唱馬派，到京劇改編者，可就不限于蘇州人了。

此外，《天寶圖》、《孟麗君》、《天雨花》、《鳳雙飛》等都是大部彈詞，也都在三十年前，改成京劇。不但在上海由小楊月樓主演天寶圖，作者還親見北京名旦女伶琴雪芳和他妹子琴秋芳演過孟麗君。其中女扮男裝，考中狀元，授官以後，皇帝識破女身，想要納爲妃嬪，便在御花園中，巧言勾搭，終遭拒絕幾場，最爲精彩。至今還能記得。這類大部彈詞，雖然脫不了後花園私訂終身，落難公子中狀元等千篇一律的情調，可是情節豐富，登場人物眾多，最適合于羣戲的編製。比較大的戲班，各色齊備，不難全部登場，分日演出，就是規模小些的，也可摘演一段，使觀眾換換口味。所以這些故事，都給搬上了舞臺，在三十年前，曾經盛行。

地方戲*

京劇的材料，最多的要算是從各地方戲的改編。本來，「十步之內，必有芳草」，地方戲並不能因爲限于方言和物質配備的關係，就看小了它。試看最近盛行的廣東藝人馬師曾和紅線女所演「搜書院」，誰不知道是從瓊州戲改編過來的。直到今天，此地街頭巷尾的瓊州劇團，還照常在酬神慶節的場合中演出，一般圍繞戲棚立著看的觀眾，豈不照樣十分欣賞？何況，演出的好壞，不能全和劇本的編寫做正比例，儘可能有好戲給人演壞，也有很枯燥無味的戲，給名角演得生龍活虎一般。像京戲裡的打金枝，南北斗，龍虎會，三十年來，差不多都是無名角色在開鑼三齣中的等客戲，但是在光緒中葉，著名老生張二奎，王九齡等演來，照樣叫座。打金枝加上郭子儀慶壽一場，七子八婿，好不熱鬧（這戲本是由崑劇滿牀笏改編）也算名劇之一。

這種地方戲改編京劇的時代，推算起來，不會太早。因爲京戲的成班，在嘉慶道光年間，

* 珍重閣：〈地方戲〉，《星洲日報》第三頁，一九六三年八月十五日。

而各種地方戲出演北京，也正在那時候。前期是京戲和地方戲爭勝，最能和京戲抗衡的便是山陝梆子。一因全國票號（銀行的前身，也就是操縱社會金融的財團）多是山西人開設，同鄉夥計，愛聽鄉音，促進了梆子的發達；二因梆子戲有蹻工（京戲旦角，本沒有這一套），並且表演方面，比較暴露澈底（這在戲班術語名爲「粉」，此字用得儒雅而意味深長，我們眞不可加以輕視。），能夠引起多數小市民的趣味，再加上用國國配音，高亢爽利，到了後期彼此採用戲本，各就所長，各合所用，重新改編，說得好便是交流，說得不好聽些，便是互相抄襲。說到梆子戲，在唱白寫作方面，固然有它的缺點，像最是「貽人口實」的什麼「滿朝中，站定了，一個羣臣」另是「行至此間，不知什麼所在，抬頭觀看，前面三個大字，潼關，潼關」等等，但嚴格研究下來，不過是用語不合邏輯，但在唱功和表情上，能夠有神有味，便會受到觀眾歡迎。

按說，戲班編劇，一重情節，二重場次，三更要使當時沒有充分學識的演員，容易記得，容易上口。因此編者往往爲遷就起見，特定製定了無數公式化的詞彙，以便念本子時方便得多，更且懂得公式以後，上演登臺，一念就順流而下，不易發生錯誤。這種情況，並不僅是地方戲的短處，更不能專指梆子戲而言，試想，現在京戲詞句，凡有念白提到狀元的時候，必稱頭名狀元，提到進士的時候，多稱第八名進士，誰不知道狀元祇是一人，並無第二名，進士很多，戲上歷史人物中進士的，又何嘗都是第八名？這正是公式化詞彙的產物，一樣不合邏輯。

事實上，劇本中的文句，並沒有特別驚人作品，可是在氣象上說來，確有妙句。我鄉先輩劉可毅喜歡哼幾句京戲，曾在唱打金枝時說道：「金鑾殿上紅光起，來了皇兄郭子儀。」這種氣象，眞不亞于王國維的「日色纔臨仙掌動，香煙欲傍袞龍浮」的精妙，這也可算是京戲編者的知音。

由梆子改編的京戲，最通行的莫過于三十年前的蝴蝶杯，而南天門是否由梆子改編，也大可研究。以前作者旅行大同去看雲崗石刻的時候，曾經親自涉水，到過曹富廟，其中一座小樓，地方人士還說即是那南天門的小姐的妝樓。

學戲*

學戲不容易，演得好可更難了。以前開科教戲，並不簡單，先要有各行師傅教授。再要有學生好幾十人，能夠成名的，祇有幾箇，即使成名，滿師以後，演足數年，便要遠走高飛，各自搭班，一切收入，也與科班無關。科班的收入，祇有高級生的出演一項，可是唱來祇管認眞，觀眾到底認爲是學藝的表演，不能像名角來得過癮，因此都只在白天上演，座價特別便宜，試行吸引省錢以及無戲不看的小市民，因此更要試排整本新戲來號召了。作者前在北京，曾到虎坊橋葉家所辦富連成科班多次，親自看他們教學過程；又常白天花三兩角錢看他們演出，朋友們還說：「您愛看小孩兒戲。」這小孩兒三字，就不免帶有學藝表演的氣息。可是那時盛字輩方纔出科，世字輩像李世芳、毛世來還在高級肄業，天天演出，程度已經很好。唱做更其一絲不苟，教師們在上演時候，站在九龍口，隨時注意，看其是否合式。據說要有錯失，即要受責，因此一羣天眞爛漫的孩子，在臺上個個提心吊膽，不免影響了情緒，過于緊張，以

* 珍重閣：〈學戲〉，《星洲日報》第三頁，一九六三年八月二十二日。

致表情減色。

當時科班收錄徒弟實在是買苦孩子做徒弟，第一部是由內行教師，先看他配演哪一路角色，分配各科。試想，憑一個七、八歲孩子的舉動說話，就要替他分科，這是何等難事，要不是很有經驗的人，就擔負不了這個職務的。大致說來，面貌清秀的學旦角，方正穩重的學老生，濃眉怒目的學淨角，粗手野腳的學武生，嬉皮笑臉的學丑角，至于門門不能入選或是嗓子五音不全的，既經收錄，無法推卻，就叫學做幕後工作，戲班術語叫經勵科。勵字必定是理字誤寫，但「積非成是」，已經成爲定例。從管理後臺應用物件、摺衣分箱，以至排演戲目，說來也極繁瑣，沒有幾年是學不會的。學成以後，便是後臺經理，負責排演和正式出演的指導集合。後臺舊例，一切發號施令，都寫在劇用的牙笏上面，演員及後臺工作人員，奉令照辦，不能違誤，術語叫出牙笏——算是後臺唯一要人，雖是名角，不能不聽他指揮，在戲班裏，也很有地位的。

科班教授方法，先讓新來的小孩子，背臺詞，練武功。臺詞是死記死背，一句一字背到爛熟。武功是先從壓腿做起，一足立地，一足平抬，需要恰好四十五度，身體不許下腰傾斜；再學站檔——跨馬式，彎腰至地時間愈長愈好，站得愈穩愈好。這種功夫，從幼年練習的，纔能到老支持得住。術語叫幼工，內行一看上演的情況，就知道這角色是否幼工。這種幼工實是一切文武角色的基本功夫，術語叫紮底子。觀眾不要小看這點，以爲祇是武生用得著，要知道無論生旦淨丑，站在臺前，且演且唱，要是沒有底子的話，時間少久，豈不要東搖西擺，還成什麼樣子。即如譚叫天七十多歲，還能演連營寨火燒一場，梅蘭芳六十多歲，還能演貴妃醉酒的臥雲式，豈不全靠底子紮得好麼？再說，就是學不成氣，祇會跑龍套，也是站有站相，走有走相，衝鋒前進，拖槍敗逃，哪一件不需要武工的底子？可是這種基本工作，並不麻煩，祇須長期練習，自然工夫到家，正和打拳練舞一般。

背臺詞在以前就比較困難了，因爲小孩子們都不識字，一字一句，先由教師解釋清楚，積少成多，從一句到一段，要他們明白，同時孩子們各有鄉土音，非要字字校正不可，孩子們耳音好的，容易學會，差些的就非苦練不會咬正字音，這樣也是從一字一句的做細工夫開始，那時富連成班已經不錯，請有教書認字的老師，兼行讀書，比較進步得快。可仍萬不能像今天的戲劇學院，技術和學問并重，反而容易見功。我們曾在幾本記錄電影中間，看到學院上課的情形，師徒們相互討論研究的鏡頭，保定日後劇藝，必定更有進步。

唱戲的嗓音*

唱戲的嗓音，先決條件是天賦。像作者「弱而好弄」，也曾發過雅興，想學兩手玩玩，曾經當著名老生王鳳卿前，試唱音字，先後叫喊幾十遍，他畢竟說道：「七音中間，您好像缺了兩音，這是天生的。要想學出來，可不容易，您也沒有這麼大功夫，天天弔喊，這是祖師爺不賞你飯吃，算了罷。」當時梅蘭芳同在一起，見王老實話實說，頗似大煞風景，因即接說：「您還是學經勵科罷。」如此哈哈一笑，就把滿腔學戲的興趣，冷水淋頭，告一結束，但是愛戲還是出于天性，就改做研究工作。回想前情，事隔四十年，王、梅都已去世，眞不勝「人琴之感」，感到「大雅云亡」了。更是從這一段話裏，就能知道嗓音是要弔要喊的，弔喊不但可以發揚嗓音，並且可以小小有所補救。

北京城南一帶，清早起來，晨光熹微，路人很少，可卻聚集了兩種人，背牆練功；一種是養鳥的，手托鳥籠，時站時行，目對籠鳥，聽牠鳴噪，自得其樂；一種便是弔喊嗓音的人，張

* 珍重閣：〈唱戲的嗓音〉，《星洲日報》第三頁，一九六三年八月二十九日。

口瞪目，望空叫喊，有音無字，有字無腔，必要喊夠百幾十聲，方始回去。這鳥和人本是兩種根本不同的動物，但是對于發音，卻都要勤加練習，方有進步，豈不是很明顯的一個証據嗎？再說，弔和喊涵義不同，喊不過是把字音發的正確，同時又能遠達為主——正因為當時戲場多在露天搭設，雖是祠廟有臺，也一樣無牆無壁，所以角色演唱，既要正確，還要能在曠野風中，使人聽見，才有資格出場，正宮調門，便是最低的條件。不像後來科學發達，戲院既有保音設備，臺前還掛上一個收音機，接著擴音機，衹管唱扒字調，同樣可以送達後座。這種科學的設備，一面固然「巧奪天工」，一面也正減低了角色的眞功夫，眞訓練的水準，究竟對藝術是進步還是退步，請人們仔細推敲，再下定論，但是手工品比較機製品名貴是人人所已經知道的一件事了。

有幾個字音不能發得正確，由于地方音太重或是生理構造的缺點，其結果是一樣的。老師收到這類學生，必然加以校正。但是仍有到老改不好的角色，因為另一特長，掩蓋了倒字——發錯字音——的短處，照樣成名。像老生劉鴻聲因為嗓音響亮受聽，人們就原諒他念字衹作京音不會湖廣音，武生李吉瑞因為做工有勁，就原諒他發音永遠脫不了天津口味，但在眞內行說起來，究竟是「美中不足」、「瑜不掩瑕」。校正的方法，老師不得不從韻學雙聲疊韻上入手，如說天字發音不正——李吉瑞就是如此——便須教人先念梯字，再念煙字，兩字念會，再連續快念，自然協成天字。如說聲音不夠宏亮，屬于生理上的缺點，更須要兼用物理治療方法，如對牆喊叫、擎著大碗當前喊叫，再加上說明怎樣抵腭運舌等等，根據各別病態，分別設法，但學會以後，如不勤加練習，開口又必忘記，這是嗓子要喊的原故。

弔的功夫，卻比喊進一層了。本來「拳不離手，曲不離口」是天經地義的求學門徑，學戲的人們，即在字正腔圓，登臺成名以後，要是隔了好久，不去練習，不但腔調會不圓熟，就連發音也會發毛，自己都感覺不滿意，何況賣座？因此，任何名角，都須時時弔嗓，唱一兩段，試聽有無問題，雖在登臺那天，百忙之中，還是如此，這是角色的職業訓練，並不避人，有時朋友滿堂，一人弔嗓，在開始幾句不很得意的時候，總必自己謙虛的說：「今天嗓子不在家，怎麼對付得了呢？」言下還面帶愁容，必要唱開以後，玉潤珠圓，方始休歇。

戲劇固然是唱做並重，有聲有色的綜合藝術，但北方人更重視聽覺，往往在戲院裏閉目靜聽，逐字推敲，更其酷愛者買一廊座，正在柱後，絕對看不見臺上動作，祇要聽得清楚，便已心滿意足。角色也知道他們是眞內行，並不敢因爲買了較廉的票位，加以輕視。同時，他們也最不客氣，唱得好的時候，大聲叫好，一唱百和的讚美，遇見錯誤，立即怪音叫起倒好來，毫不容情。京諺原有「聽戲是行家，看戲是利巴」的說話，見于此次京劇團赴港出演，音樂院副院長趙渢的祝詞中，足知聽眾的趨尙。所以學戲的人，必先以唱得好爲主，除掉上海武二花王益芳是啞巴，算是例外。

嗓音*

唱工戲多屬于生淨和青衣三大類，可是小生花旦另有專腔，各各不同，老生向來分派，最早程長庚是京戲的開山者，其後張二奎又立了奎派，這都是咸豐、同治到光緒初年間的事。其後有汪桂芬、譚鑫培，和孫菊仙三派。汪唱得沈著高亢，因爲當過程長庚的鼓手，所以〈打鼓罵曹〉的一段夜深沉，演得特別生色，又因嗓音沈亢，易于拔高，但頗有含蓄，並非狂呼大喊可比，所以也合于老旦，有時演出「目蓮救母」、「吊金龜」等，鬨動一時，祇是汪沒有武戲根底，所以不以做工出名。汪自己愛惜藝術，不願在北京上演時，常給西太后傳差，就買通太監，僞報身死，來了海上，唱了幾年，再回北京，也不敢正式登臺。因爲是佛門弟子，拜過普陀山行俠大盜洗心革面的華雲方丈爲師，回京以後，寄住廟宇，過著出家生活，蕭然自在。可是戲癮發作時，還愛高歌一曲，于是廟宇裏的香客，一傳十，十傳百，都湧進去旁聽。汪住在內院，不許香客攔入，有些香客，就爬到樹頂牆頭，盡情欣賞，樹枝一斷，不免滾跌下來，受

* 珍重閣：〈嗓音〉，《星洲日報》第三頁，一九六三年九月二十六日。

些皮肉之傷，還大呼值得不已。記得作者童年，隨著老輩去聽戲，曾聽見他們閉目凝神，讚嘆不絕，一位親貴志六爺說道：「咱們眞是福氣，老師爺旗（人對西太后的稱呼）都聽不到呢。」

因爲汪的嗓音高亢，出于天賦，並不全靠學力，所以死後很少傳人。說得上的是王鳳卿，三十歲左右時，氣力充沛，唱幾句文昭關取成都，很有些流風餘韻，但四十以後，便差勁了。王鳳卿就憑這一點，馳騁北京藝壇，當梅蘭芳初期和他合作時候，地位比梅高，當他們同到上海，第一次出演，王尚掛正牌，唱壓軸。等到演過十來天，梅黨同志，才放膽請園主把梅改爲壓軸，試演一次，居然王唱到第二完後，無人「軸簽」，方始放心，以後便由梅壓軸。但王極有戲德，不但不以爲嫌，且多方面提掖梅氏，凡梅排演新戲，甘居配角，像上元夫人裏的漢武帝、霸王別姬裏的李左車，實雖乏勁，一樣承演，因此二人交誼極深。此後梅的聲譽日高，王的嗓音日退，可是凡來上海，兩人合作，第一天梅必唱王寶釧武家坡，且在戲單上加注「兩國封王」四字，表明兩人地位相等，同唱壓軸。

還有一位唱派的劉鴻聲，本唱黑頭，嗓音清銳，使然毫不費力，後改老生，也唱幾齣老旦戲，天賦著實趕得上汪，但運腔咬字，功夫較差，所以祇能講嗓子好而不能講唱工好。更因微有跛疾，台步已經減色，不要說少帶做工的像桑園會的妻房下跪，即感動作困難了，但是愛聽好嗓子的人不少，遇到三斬（斬黃袍，斬馬謖，轅門斬子）一探（四郎探母）時，譚叫天有時賣座，還不如他，可稱奇跡。不過他不專演汪派取城都、文昭關、打鼓罵曹等，還多演譚派空城計、四郎探母、烏盆計諸戲，所以每每害得老譚跳腳。劉有「寡人之癖」，因此體力日差，最後在上海大上海大舞臺日戲演雪杯圓，上裝已竟，靜候出臺，忽然氣絕。蓋世歌王，就此殞落。因爲當時劉派的盛行，百代公司就收過斬黃袍等幾片，又舞榭歌臺，女伶和書寓清唱，均是劉戲。一到晚間，上海中心市區酒樓茶座之間，一片「孤王酒醉桃花宮，韓素生來好貌容」之聲，東起西落，嗷嘈切錯，結果竟不知所云，這是作者不但目擊而且身經的事情，轉眼四十年，回想追寫，眞不免有些「天寶當年」的滋味。自劉以來，拿汪派來標榜的老生，竟還沒有。至于汪笑儂的汪派，則是同姓不同宗，沙喉別派，不能併坐一談。其後又有一由西醫票友下海，陪程豔秋演唱的郭仲衡，雖稱汪派，實難傳法，不在話下。

老譚的下場*

老譚一生，享名五十年，開立了用湖廣音爲基礎的新派，風靡天下。事實上，他的武工底子，更幫助了他的成就。雖說老生戲並不注重打鬬，但因爲武功，使他在演出方面，更有獨到之處，像定軍山的開打；李陵碑的刀花，隨意幾下散手，都比人好。此外，翠屛山的石秀舞刀，秦瓊賣馬的舞鐗，煞是邊式。還有瓊林宴問樵時拋起鞋子，一踢便頂在額上，連營寨火燒時跪步退入後臺，八大錘斷臂和烏盆計服毒時身段，乾淨巧妙，自然合度。更不必談弔毛搶背等動作，這是當時老生戲所僅見，也不是汪孫等齊名兩角所擅長，伶界大王的尊稱，眞是當之無愧。

雖然如此，老譚卻也在上海，受過挫折。記得那回上演于新新舞臺，老闆黃楚久，天天在報上大登伶界大王的廣告，連演兩月，熱門戲都演過好幾次，冷門戲又不易使上海低級觀衆所欣賞，于是別出心裁，演盜魂鈴的豬八戒，這本是半滑稽戲，八戒連唱各戲和大鼓小調，跟戲

* 〈老譚的下場〉，《星洲日報》一九六三年十月十日第三頁。

迷傳十八扯訪棉花相等，滿擬老譚多唱幾段，一新耳目。其中盜鈴一場，八戒原有翻臺子的表演，老譚因爲武功好，翻臺並無問題，可正那天，大約煙癮沒有過足，爬上三疊臺，竟然怯場，不敢翻下，裝出三聲豬叫，爬了下來，這可惱怒了一位觀眾，大喝倒采。試想，以黃楚久流氓行徑的老闆，對譚叫天六十多歲的伶界大王，何等尊重，豈能容忍？當時一遞眼色，就有人上前叫罵，趁勢把那小子，打了幾下，害得抱頭鼠竄而去。這不打緊，卻惱怒了一般觀眾，認爲喝彩是戲園成規，觀眾慣習，決無花錢娛樂，反遭毆打的道理，于是憤憤不平，全場鬨動，戲就打住，不歡而散，當夜，譚回去以後，認定上海觀眾，沒有程度，沒有道德，可是打人究屬不合，再怕生事，即在第二天，由譚登一道歉廣告，大約說伶界大王之名，本是一句戲言，自己就不敢承受，昨天紛擾發生，出于誤會，戲未終場，因請觀眾原諒等等，方始告一段落。可是約滿之後，即日辭班，不再繼續。這在六十多歲的老藝人，對于戲中無關緊要的情節翻臺子，置之不演，實在應該原諒，那小子自以爲花錢大爺，竟然毫不容情，挨打實是「咎有應得」，然而此後，譚卻也不再以伶王自居，這伶王的尊稱，直到梅蘭芳出來，再度使用，在戲國裡面，可算結統一度中斷。

譚的成就，還有戲多也是一個大原因。他從小受專門職業訓練，少長，到北京搭班，那時各大班正演大部群戲，像東周、三國、飛龍傳、楊家將、薛家將等，他「無役不從」，無角不精。後來大部戲不再連演，分作若干短戲，一炁化三清，他的戲自然覺得多起來；其中還有失傳的和編得疏鬆不受歡迎的幾齣，打為冷戲，可是譚都能記得演得，如有人提起，照樣源源本本，一場不走，于是更為一班行內所敬佩。事實上，他擅長的和常演的，也不到一百齣，但已比學會一、二十齣就自命名角的多得多了。

譚雖有子有孫，卻可惜不能傳下他的功夫來，他兒子小培，也曾出演南北，太不高明，連孫子富英都不如，衹可自稱「名父之子，名子之父」來「聊以解嘲」。富英年紀太小，趕不上接受乃祖教導，有幾齣是小培所教，有幾齣是余叔岩所教，雖說余也有怪癖，不肯教人，臨死時還將所藏有名秘本，當面燒掉，但對譚家，總算有情有義，當富英前往請教之時，他說：「我倆本係世交，我學戲的時候，令祖看在世交份上，悉心指教，我這區區成績，實是令祖所賜，現在自當轉授世兄，還給你譚府，方合做人的道理」。富英也很好學，頗有進益，但是那時候，余已自立門戶，創了余派唱腔，因此所傳出來的，已經不是譚派正宗。至于正式能傳譚派的貴俊卿、王君值、王又宸——譚的女婿——程君謀、言菊朋，以及夏山樓主幾位，都已年老下世，何況除言以外，原也衹有幾段幾齣，摹倣很像，根本不能有其全貌，說將起來，正宗譚派，可說是「及身而止」，這也不是他本人所料得到的。

從今天起寫日記*

編者按：日記文學多是第一手資料，是研究文史的人，尤其是專攻傳記的人，最得力的史料。

新加坡大學中文系講師趙泰先生，近應本報之邀，撥冗寫成這篇大著，將日記文學的要義，闡釋得有條有理。「勸人寫日記」，問題全在控制的功夫。望讀者對這篇佳作特別留意。

「從今天起寫日記」。爲什麼我對人們有這樣的要求呢？且先套用一句最古老的易經成語來做答案，道：「日記之時義大矣哉。」

說得遠些。凡是有知識有思想的人，不論程度高低，沒有一個不重視文化的。文化是社會演變世界進步的淵泉，是民族習性的特徵，當前寄托在一切生活方面，已往寄託在所有書籍和藝術上面，但祇憑生活或前人遺製，斷章取義，還是無從發見文化推進的過程，必要互相參

* 趙泰：〈從今天起寫日記〉，《南洋商報》第二頁，一九六三年十月二十日。

合，細心探訪，就已往作品，運用可以表見生活型態的部分，就當前所見，尋覓可以追求的繩索，綜合研究，纔能夠找出一些輪廓來。文化的範疇實在太廣了，文化的涵義實在太抽象了，大家生息其中，卻不容易發覺眞相，蘇東坡廬山詩：「衹緣身在此山中」一句，確可借來說明這點。

關于已往作品的運用，是一件困難的工作。從有文字有歷史說起，一霎眼已經好幾千年，並且文化連續不斷下去，以後正還有千秋萬世的遞變。我們現在自己研究，既已感覺到艱苦異常，倘再爲後人設想，當然更加繁重，必至無法問津。固然，任何書史藝術品，都是文化範圍，研究之時，不允許你隨便放棄，但也就不得不加以選擇，先從材料最多的書史下手，等到形成一種意識，確立若干基礎以後，再行博覽羣書，披沙煉金，補充考訂。試想，表見生活型態最多的記載，豈不是日記。

至于當前的事象就更廣泛了，放眼看去，側耳聽來，個人的感受，外界的動態，衹要存心研究，隨時隨地，都是材料，但是電光石火，如夢如幻，往往轉眼便已遺忘，靈感一去不復返。且不要說給後人準備材料，就爲自己打算，一言一動，有因爲事務上的需要，應該留下紀錄；有偶然看到愜心當意的作品，小到一副對聯，大到一篇宏文，摘錄抄存，留備欣賞，都是最有用處的事情。何況，每個人心中，無論國家大事，朋友恩怨，以至私情戀愛，往往有若干隱衷，沒法告人，倘然寫下，永久保存，等到老來重看，豈不是喚起前情，更加有趣。那麼，除掉寫日記，還有什麼好辦法呢。

這上面所說的，都還祇對寫作者個人來講，若要談到涉及文史的話，那關係就更大，材料就更重要了。我們知道最有價值的歷史是第一手材料。所謂第一手材料，實際上也不過是當時沒有經過改編修正的官文書和公私記載，（因爲公家發表的歷史，時常跟著政治改編，最顯明的是清朝編明史，抹煞他臣服明朝的事實。私家記載，比較客觀，但已經有因私人恩怨，傳聞失實，發生問題，（像宋人筆記中所載歐陽修盗甥以及李清照再醮等等。）算來最實在最超然的，當然莫過于同時代人寫的日記。沒有一個寫日記的人，存心記下些有作用或是由掩飾性的材料，來欺騙自己的。若是勤力的人，更會把見到的重要文獻錄下，（像李慈銘越縵堂日記對于重要的上諭奏章，全部抄存。）以便查考，千百年後，更可拿來訂正或許遭遇改編的歷史，就可以一清二楚，發覺眞相。由此說來，日記不但是歷史的原料，並且是歷史的「諍友」。

我們慚愧得很，要借往歷史來說明文化，日記的著作和流傳，實在太少，很難見到，就連專制制度以下，惟一統治者——皇帝活著時代的起居注（即是日記）和死後彙編的實錄（縮編日記），都成爲鳳毛麟角，因此就解決不了很多問題。于是又不得不從各種詩文集裏去發掘，功夫費得過多，有無不可預料，即使得到若干，也都零星瑣碎，不成片段，不要說政治軍事，各家所說不同，就是柴米茶酒的價格，也紛歧百出。我想，倘使歷代有好事的人，隨手記下一筆，留給後代，豈不一看便知了麼。總之，日記的功用，如此重要，現有的作品，又如此其少，我那能不要求人們，從今天起，就開始寫日記。

寫日記看來五花八門，好像不是一件容易的事情。實則，衹要根據幾項原則，按天寫去，或多或少，伸縮自如，絕對不會發生困難的。現在不妨爲了提倡日記起見，我姑且定下這幾項原則。

（一）重質不重量。每一個人的職業和興趣，是有局限性的，但社會接觸方面，卻非常廣泛。開始寫日記的時候，要是聽到見到，隨手就寫，漫無去取，最後必致于埋沒了自己的長處，所以還不如就自己熟悉的一行多寫些。當然，有能力和方法多的人，政治社會，無所不記固然是好，但是多寫些自己有興趣有經驗的材料，對閱者更是有益，像曾文正公日記關涉軍事的特別多，王闓運湘綺日記關于政治和文史的特別多，葉鞠裳緣督廬日記關于校訂古書和記載版本的特別多，吳汝綸日記關於教育行政的特別多，董康東行日記關於日本漢籍研究的特別多，便是例子。除掉政治學術不談，就是一家洋雜貨店的主人，能把當地當日的商情，產地銷市的概況，按日寫下，我知道將來編輯商業史的人，絕對少它不得。不要嫌它有局限性，正是小範圍中的事情，容易被人忽略。倘有有心人詳加記載，使後人由小天地中，可以發見大宇宙，功能眞是更在政治學術之上，因爲一切政治和學術，那一件又不是從社會上每行每事上積累而成，再小到自己對于茶酒種花養魚集郵看戲的嗜好，從詳記下，積多了便成爲一種專著，也正就是整個文化裏的一個小環節，是不應輕易放過的。

（二）要眞不要假。日記對於史料的功用，第一便是眞字。當然，在商情物價方面，祇會錯誤，不會做假。記載政治和社會的動向，有時卻不免因爲過於主觀，或是裝點門面起見，就會說幾句假話。更或膽小的人，深怕得罪權貴；熱中的人，有意攀龍附鳳，自作多情；實在本心並不是這樣，偏要寫些無聊的語句來敷衍一下，結果卻給後人一個不正確的啓示。尤其私人生活，雖是非常隨便，但記錄起來，偏要正顏厲色，活像一個聖賢，終致給人笑柄，（李文清公日記內有一段：母親叫陪去聽戲，自想看戲不是好事，但又母命難違。又一段：妾侍在冬夜送寒衣到書房，不免動了慾念，馬上自責自怨。這種不近人情的想法，明明爲了裝成道學家面目之故，忍心說假話，誰不知道。）這是寫日記的人，應該引爲大戒的。日記的長處，即是一個眞字，你可以不加論斷，也可以不寫進去，即不應利用它來抬高自己的身份，騙自己，騙後人，要知道後人終久是不會受騙的。

（三）求實不求文。日記的重要性在內容，在事實，絕不在寫作技術。祇譬像李慈銘的越縵堂日記，幾十年如一日，文字美妙，書法秀逸，但讀者推重它，仍是因爲所記的朝章國故，社會交往，有關史料的原故；寫得好，做得好，還在其次。倘使一個人，因爲自己不精於寫作，就不願意寫日記的話，實犯了大大的錯誤。日記不是拿出來炫耀的東西，寫日記也不是一件了不起的大事，開始寫作，爲了記事，從本行的業務寫起，熟能生巧以後，逢著比較空閒的時間，自然就有意無意推廣了視野，寫上若干關於社會政治的材料。方面一多，詞彙可能不夠應用，尤其形形色色的曲折變化，不容易記錄清楚，但這是不要緊的，祇要把看到聽到，認為值得記錄下來的事，簡單寫出。作者本不當他作文集看待，將來看到的人，尊重作者的恆心，利用不易見到的眞相，誰也不會有挑剔文字的雜念。反過來說，每天做一篇美妙的文章，內容空虛，對於日記的功能，又盡了甚麼責任。

（四）求秘密不求公開。司馬遷這樣一位大史學家大文學家，寫成史記以後，曾經寫信給好友任安，道：「藏之名山，傳之其人。」可以証明當時他對於作品是保持秘密性的。為什麼呢？因為社會上方面太多，看書的人，主觀不一，角度不同，必須面面俱到，重重隱諱，寫成一部失掉眞實性和正確性的書，否則必然遭遇人們的反對，惹出一身無聊的是非，豈非多事，自找麻煩哪？國家的歷史是如此，個人的歷史，何嘗不是如此；政治的情形是如此，社會和商業的情形，又何嘗不是如此；同行的嫉妒，反對人物的挑剔，親友的勸告，種種都免不了，若是為了避免這些麻煩起見，祇是記錄天氣陰晴，個人娛樂，或者酌鈔些報紙新聞，雖然每天寫上十行五行，也算是部日記，內容可就貧乏，價值大為折減，也似乎辜負了寫作者早晚可貴的光陰。因此我們雖然生在今天民主制度之下，對日記一事，卻不妨效法專制政體時代的帝皇（把實錄和起居注，原稿燒掉，清本密存，絕不讓一人看見，專作修撰正史本紀的用處），全部密存，甚至免得妻子看見以前或有的戀愛經過，發生誤會，豈不更好。

上列四項原則以外，還可以把寫日記的好處，引申幾點，或者更能鼓勵人們的興趣。

（一）樹立恆心。人們都知道做任何事情，沒有恆心，便沒有成就，這恆心卻又是最難建立起來的。有人文學寫字，有人武學打拳，有人戒孽戒酒，結果，立志之初，一往直前，若干時後，漸漸怠廢，偶一振作，再度荒疏，到老無成，悔之已晚。要知道恆心需要樹立於先，實行於後，祇要按時實行，並不是一件難事。我們正不妨借寫日記來維持恆心，一天不斷，風雨無阻，多寫少寫，不成問題。拿這小節，磨練自己，等到一件事能夠做得有恆，其他的也自然帶挈起來從而發生毅力了。

（二）引起思考。思考是人類天賦的本能，祇是不去用它，就會生澀，實是一件可惜的事情。我們雖然每天做事，但因爲早晚操業，太過熟練，已經形成了一種下意識，往往自動工作，也不需要什麼很深的思考，於是這項機能，幾於廢棄，可是思考的功能是驚人的，發明科學，改進人生，一切都缺它不得。現在每天必要用心想一下，才能有條有理的寫出日記來，豈不即是做著引起思考的工作，等到運用慣了，容易深入，是沒有問題的。

（三）練習寫作。會寫作的人，沒有一個不想求其進步，祇是，除掉「賣文爲活」的人，動筆的機會不多，就愈疏愈遠，「三日不彈，手生荊棘」，彈琴是這樣，寫作也是這樣。若是常寫的話，當然日漸進步，可是又有誰這樣耐心費事去每天寫作呢？正好，做日記的既成爲每天規定的課程，好歹都要寫上幾筆，不是正給人已一個練習的機會麼？日子一久，筆調嫻熟，不但日記寫得精熟，就連其他信札公文記載評論各體，那一樣不同著進步，可說眞是「無師自通」的一條終南捷徑。

（四）表顯良心。凡是有知識的人，對於任何問題，原都有判斷是非分別曲直正義感，同時，因爲環境關係，卻又沒法把良心話盡量吐露出來，這確是一件非常痛苦的事情。等到混世的日子愈長，說良心話的時間愈少，可能眞的連良心都漸漸汨沒，正義感都隨同沖淡了。現在仗著秘密地寫作日記，拿說眞話的機會，來激發良心，來表顯良心，正和前人說的「清夜捫心」，達到「內不疚于神明」的最高境界，豈不是件快樂事。至于後人看到，還要讚嘆一番，說聲公道，卻是後人的事，不必先來自我陶醉了。

寫日記既不困難，又有益處，每天衹花很短的時間，卻爲自己爲後人盡了莫大的責任，留下歷史上第一手材料。爲什麼不「當機立斷」，從今天起就開始寫作呢？因此，希望各位，現在就提筆一試，我敢替後來歷史家請命。

筆記寫作的檢討*

自從前回發表了勸人寫日記的文字以來，我很榮幸地收到不少新筆友的來信，有的說已經開始寫了，有的說正在買些前人的日記看著，不日準備寫，有的和我研究寫作的方法，甚至于有人問我可否用西文撰寫。這些問題，說來都不難答覆。卻有一位，老實訴說他本人每天做的是些例行工作，休假時間，有時看些雜書，有時和朋友清談，也有時在家種花剪草，消遣一天，如說按日寫記，實在是沒有可記的東西，若是有日子寫，有日子不寫，既不成其爲日記，更犯了有恆和練習寫作的大誡。因此，自從開寫十幾天來，每天戰戰兢兢，極感不安，屢想停止，卻又自己不肯，長此下去，勢必害精神病。問我怎樣纔好。

在我勸人寫日記，原是好意，豈可反而使人自尋煩惱，我于是急寫覆信，第一要安慰他，勉勵他，說些什麼打破困難，鼓足勇氣的套話。這信都寫完了要封發了，忽然一轉念間，想起這是眞正的困難，必須要和他打通一條出路，解決困難，纔有效果。若是祇說些空話勸勉，豈

* 趙泰：〈筆記寫作的檢討〉，《南洋商報》第二頁，一九六三年十二月十五日。

不和不說一樣，枉負了人家一片至誠之心。想到這裡，又立時把覆信撕去，換紙另寫。寫的是解決他的實際困難，用的是「窮則變，變則通」的另一方法，可是，這另一方法的效果，我可以保證和日記一樣，決不減少他的作品在文史和寫作技術上的價值。

我首先向他解釋日記的好處，重在記載。當然，能夠每天繼續不斷，一路寫來，和編年式的春秋一樣，對于社會歷史，是有莫大價值的。但是，歷史的方式，本不衹編年一種，像紀傳體的史記以至此後的廿四十史，長編式的漢紀和歷朝記事本末，更有各種雜史部，等于後人的筆記一樣，又那一部不是歷史家的好作品。總之，一切在內容的眞實，文字的優點，卻不一定在用編年——即是按日記載的體例。我們試把最通行的四庫全書目錄，就史裏面，點查一道，便知道編年體的數量比較少，這已經可以證明史家著作是不一定以編年爲主的了。

再說，在以前封建時代的眼光下，對于一切文史，凡是不關君國大事的記載，無論內容如何好法，總就貶降它的地位，當作小說看待，即如四庫書目的小說類裏面，分作異聞、瑣語、雜事等子目。事實上，不但雜事裏面，包括史料甚多，就是瑣語和異聞裏，除掉過涉神怪以外，儘多的是史料，一切社會上形形式式的動態，以及補充正史的不足，糾正正史錯誤的地方更多。這正因爲正史是政府主編的刊物，當然不免有所偏袒或是避忌，所以研究歷史的人，必須要借重筆記雜錄等書，相互考訂，纔可以發掘出當時的眞相，不致受其蒙蔽。退一步說，像張華的博物志、任昉的述異記等，固然內容儘多神怪，但明眼的史學家，由此更可以瞭解從晉代到六朝時候的人文思想，是怎樣的打開了漢代尊經崇儒的舊觀點，以及佛教故事和理論的滲透、深入並且混合到中國固有文化的範圍裡去。至于世說新語，完全是筆記題材的名人軼事，絕對是研究魏晉六朝時所不可缺少的史料，卻也被正統派的學人。硬生生派入小說類中，加以淺視了。

說起中國的筆記寫作來，大約可分爲六類，第一是內容比較偏重于掌故的，像六朝梁吳均的西京雜記、唐張鷟的朝野僉載、五代王仁裕的開元天寶遺事、宋葉紹翁的四朝聞見錄、清代阮葵尊的茶餘客話等。好的是這種隨手記錄，不但朝章國故，有聞必錄，並且當時流行的笑料，甚至于荒誕不經的神鬼故事，也一體兼收，這種筆記，到了宋代最爲發達，大政治家兼大文學家司馬光、歐陽修都有作品，司馬光更註明每段故事的述說人，所以名叫涑水記聞，歐陽修則是罷官歸田以後的雜著，就題名歸田錄。本來，所謂的掌故範圍最廣，筆記又沒有一定的宗旨，有的是儘一地方來說，有的是儘一時代來說，有的是上下古今，無所不談，一切一切，都是編寫正式歷史書的人所疏忽遺忘，或是因爲不合于體例而披刪除掉零金碎玉，但在後人，無論是做深入考史的工作，或祗爲了消遣，對于這種筆記，沒有一個不感覺興趣，所以流傳到一千年之久，還是照樣的受到讀者的歡迎。

第二是內容比較偏重于讀者心得的，像隋代顏之推的顏氏家訓、宋朱翌的猗覺寮雜記、周密的浩然齋雅談、范晞文的對牀夜話、明王世懋的藝圃擷餘、清俞理輯的癸巳存稿等，前人圖書分類，把有些當作小說，有些當作雜記，說來實不容易嚴格區別，總之，都是各人發表自己讀書的見解居多。在讀書的人，從不同的角度上，對于名家著作，看法本不一律，尤其文學批評是直覺性的、主觀性的，若是「人云亦云」、「拾人牙慧」，還有什麼價值。我常勸了看五家批的杜工部詩集，用意並不在研究杜詩，卻在使人知道像杜甫這樣一位詩聖的著作，有人密圈讚美，同時也有人打下大槓子，說它不好，這眞是可做啓發思想的重要工具。所以，關于讀書心得筆記，我們一面可以窺見批評者的程度，一面還可以策動自己的思考力，再用本身的眼光，加以批判，這正是學著求得進步的終南捷徑，而作者把自己的主張，記錄下來，留待同好和後人作爲討論的資料，也的確是一件值得驕傲的事情。

武俠小說的剖視*

（一）成因

任何一種事物，乃至文學體裁的興衰，都必有其成因，成因的最大要素有兩項，一是環境和事實，一是作者的意識和情緒，必須要這幾樣正好湊合一起，才會由原有體系中間，把重點移入一處，漸漸產生另一體裁。至於既經立體以後，逐步發展，先則愈做愈精，後則愈多愈濫，終也至於衰竭，那時，卻又有新興的代起，「長江後浪推前浪」是必然的情況，生老病死，是沒有辦法打破這規律的。

武俠小說，不管他的內容如何，文章怎樣，現在既經風行一時，幾於佔著出版事業的首位，在研究學術的角度上來講，似也不可加以忽略，正好有些朋友們，看得入迷，問我哪一部好，哪一部壞。我說：「逐部批評，恕不奉陪，至於武俠小說的淵源和寫作的典則，我卻有些意見，不妨寫出來供大家研究」。因此，我就開筆寫道：

* 珍重閣：〈武俠小說的剖視〉，《南洋商報》第二十五～二十六頁，一九六四年一月一日。

小說的誕生，本有兩大源流，一是依傍歷史，腫脹故事，一是憑空結撰，不問現實，做得好的話，兩類都極美妙。但就中國古代小說史看起來，漢書藝文志所載的十五種，雖然一部都看不見，但就舊名叫黃帝說、伊尹說、師曠、青史子等等，已經可以證明初期是歷史性的作品了。戰國時候，諸子爲了推廣自己的理論，常在文章裏，編造幾件假想體的故事，像愚公移山、宋人揠苗一類，實在還算不上小說，連莊子也是如此。

嚴格講來，歷史和小說的界限，祇在文字的運用和型態的描寫上，略分輕重。作者照事直書，無枝無葉，是歷史；歷史寫得生動些，又即是小說。左傳記城濮之戰，豈不是一段三國演義的前奏曲，夏姬故事、公子彭生，豈不是縮本的艷情、神怪小說，這就難怪老學究們要說什麼「左氏浮誇」了。歷來目錄學家，編排書籍的門類，像燕丹子、山海經，有人排入史類，有人排入小說類，可知完全是主觀，沒有什麼原則，也就更見得兩者的界限不清。到了司馬遷做史記，竟然有聲有色，畫龍畫虎，內容體製當然是歷史——並且列入正式國史——寫作方式卻活像小說，後人也正因他像小說一樣有趣，才奉爲史家文學的開山鼻祖，哪個不想學他，又哪個學得像他。

武俠小說的祖本，說來要算無名氏的燕丹子「荊軻故事」和司馬遷的「荊軻聶政」等刺客列傳，這正是當時環境事實和作者情識的共同反應，所以寫得如此之美妙。燕丹子雖然查不出作者名氏，無疑是漢朝到六朝間的產物。我想，漢朝制平七國，晉朝八王之亂，同室操戈，成者爲王，敗者爲寇，其中征戰很多，自也必有若干暗殺失敗的經過，作者心有所感，寫這故事，未必不是隱射現實。至於司馬遷一面爲了保存完整的歷史故事，一面藉著超法律的暗殺行爲，發舒自己胸中那股怨憤不平之氣，所以不但刺客，就連社會黑暗面的私會黨行爲——遊俠列傳，也特別聚精會神，寫得淋漓盡致，並且往往在運用虛字或是旁筆中，深深原諒他們，還帶著責備當局的意思，讀者儘可以細心摸索，是不難發見的。

小說是由札記式的短篇而進到整部長篇的，札記式的短篇，開始於晉與六朝，恰因佛教發展，梵文故事，可以翻譯，可以利用，於式內容多爲靈怪神異，聰明的作家，又一氣化三清的拿來補充改造，日見其多采多姿，祇是材料的範圍有限，描寫的手法還不甚鋪張，也沒有人想到武俠的路子上去。魏晉清談的風氣一路推拓到六朝，人們習慣了譏諷標榜的清談，不免更要找些新刺激，於是小說就大行其道，第一流作家，像張華、郭璞、任昉等，在做官做文章做詩以外，都認爲由此可以表現新體寫作，人人均有撰述，流傳直到今天，小說的根基，從此就打定了。

（二）發展

唐代是小說發展的重要時期，因爲考進士的人，要先做些文字，請教考官，使他看了容易記起，提名中選，就不得不找些不尋常的材料，引起他的閱讀慾，於是神鬼精靈、風花雪月，樣樣都編造進去，創造了廣告作用的傳奇體短篇小說。等到安史亂後，封建軍人——藩鎮們彼此混打、爭權奪利、抽稅徵兵、民不聊生，又沒有地方申訴，以致引起了若干文人的不滿，祗可拿文字來安慰自己，激勵人民，借超現實的事象，來塡補現實的缺憾，於是紅線、聶隱娘、虯髯公等一一塑造起來，成爲大眾歡迎的讀物。這樣有意無意之間，就確立了武俠小說的類型，可知道這正和環境有關。

經過黃巢、朱溫和五代十國的兵荒馬亂，宋代統一了天下，民生略告安定，當然娛樂事業，隨著發達，最簡便而最能引起興趣的說書講話，不但一天比一天盛行於市場——瓦子，並且連仁宗皇帝也要傳進宮廷去消遣解悶，說書便成爲一種專門職業。所謂說書，實際上是演講小說，原有的小說不夠應用，說書人就自己編撰，按照說書的需要另定格式，名叫評話，全用白話，加上幾句韻文，或詩或詞，以便唱白兼用，這種體製，是從佛教變文上學來的。到了南宋，講歷史故事像武王伐紂、三國志等，講近代故事像水滸等，至今均有傳本。從此以後，評話取材於小說，小說作者又取材於評話，互相抄襲，互相改編。每次改造，都各加些裝點，多些鋪張，愈做愈形精彩，這評話就開了後來白話小說的先河。比起原先的傳奇，文字雖好，難於講說，不合實用，自然就萎縮下去，祗成爲文學家偶然遣興的作品，失去了通行性，在多數人心目中，祗記得諸葛亮、宋江，卻遺忘了紅線、聶隱娘一輩人物。

人類是生來有正義感也有好奇心刺激感的，不管評話小說或是傳奇裏面，能最把這幾項合併在一起的題材，自然要推武俠故事。比較戀愛靈鬼，緊張得多，因此武俠也較容易列入了說話人四大項目之一（孽粉——男女戀愛故事，靈怪——神鬼妖怪故事，公案——偵探故事，刀棒——武俠故事，見於兩宋史耐翁周密等記載）。正好當時梁山泊好漢風起，接著方臘造反，鬧得天翻地覆，餘威尚在，給寫作評話者以無限的方便。此外，三國的材料，應用太多，漸嫌俗套，聰明些的人，再就歷史故事中發掘，三國以後，便出現了唐初的小秦王詞話，把重點放在打鬥上面，也可歸入武俠一類。祇是評話爲了登臺之用，說話人祇須講來有聲有色，便能吸引聽眾，故事還在其次，更談不到寫作技術，文字好壞，所以現在我們閱讀話本，不覺得好在哪裡，但是倘去聽講的話，加上面部的表情和手舞足蹈的姿勢，必然大有可觀。

元代出了一位羅貫中和他的朋友施耐庵，利用各種評話材料，穿插起來，擴大起來，寫成整部的三國志和水滸，創立了長篇白話小說的新體製，可是書名還加上演義兩個字，說明這是爲演講用的（後來金瓶梅也加上詞話兩個字，是說明模仿講本的意思）。風氣一開，長篇白話小說，接二連三地出現，明代的西遊記、金瓶梅、清代的紅樓夢等，不在武俠範圍以內，恕不多談。祇說三國、水滸的佈局結構，筆調神情，處處可以見到作者的工力，遠不是後人所能追及，再經過金聖嘆提倡一番，細加評註，於是升到了和經史作品同等地位，列爲第一才子與第五才子書了。

明代的政治非常腐敗，官僚社會更是不堪，一般文人多數對於俗文學方面注重曲劇和神魔小說、黃色小說。曲劇大抵存在，黃色小說屢遭禁止，祇有查遵生八箋及梁苣林撫蘇查禁目錄，便知數量多得驚人。神魔小說呢，西遊記以外，還有其他南、北遊記——其中不少是打鬥刀棒的場面，封神榜也是一樣，卻因爲民風不振，習於文弱，竟沒有純粹的武俠小說出現，倒是古文家做的義士傳記，保持些武俠風格。直到清初侯朝宗、魏禧的文集裏面，仍有幾篇頗爲出色的文字，像大鐵椎傳等，傳誦人口。這種風氣，一路若斷若續的傳遞下來，在幾部選集像虞初續志、觚賸裏，都能發掘出些材料。更是清末，古文家兼西洋小說的翻譯開山者林紓，自己略通拳擊，性有所好，竟然收集不少武俠故事，寫成一部技擊餘聞，分人立傳，簡當精審，完全用古文筆法，更見雅潔，同時，錢基博也寫成技擊續聞，一切照林紓的體製文筆，可算是部姐妹作，但因用古文分傳式來寫，各部相連，說來並不能說是部長篇武俠小說。

清代乾隆嘉慶以來，精史考據各門學問，固然人才輩出，長篇白話小說也極發達。紅樓夢、儒林外史、野叟曝言等，大家固然知道，但武俠小說，應運而生，陸續出版，數量並不在那幾部鉅著之下。祇是白話寫作，流行於小市民的機會廣過士大夫階級，截然兩途，就不大爲智識份子所注意了。說起成因來，實和社會環境有莫大的關係——所以上面用應運字樣——試想，清代正史野史上記載的雍正奪嫡、火燒少林寺、林清鬪宮、川楚教匪、齊二寡婦、黃巖大成教、靈清教匪等，都是打鬥行爲，並且江南八俠和呂留良孫女等，牽涉宮闈，顯含政治意義，更容易動人心目。就中奪嫡一事，祇是家庭糾紛，其他變亂，不論說他是叛逆或是農民起義，卻總害苦了無數人民，更不知冤死了幾多無辜。士大夫高居上位，乘機升官，當然無所感覺，偏是那些無權無勇的小作家，看在眼底，氣在心頭，無從申訴，不期然就會寫些小說，發洩下子，博得群眾歡迎。

固然，小作家們並不詳知事情的眞相，更不敢輕易冒犯文字獄有關身家性命的危險，提名道姓，隨心寫去，可又捺不住心頭之火，總算出了能人，絞盡腦汁，左思右想，好不容易竟然另想移花接木的方法，縮小範圍，變換型態寫去。正好清代的吏治不良，因和坤貪職枉法，賄官鬻爵下來，以致清官少有，逼做盜匪，大到開山立寨，小則鼠竊狗偷。同樣貽害社會，小作家靈機一動，就更迎合社會心理，大量寫清官除暴安良的事實，這是絕不違反國法，並且一樣是和人民吐口寬氣的作品，其中既是做案破案，當然離不了刀棒爭殺。因此，公案而兼刀棒型的武俠小說，像施公案、彭公案、七俠五義、小五義、綠牡丹等層出不窮，恰巧那時正是京戲發展的時代，戲班需要題材，這類材料，最合編戲之用，更其「相得益彰」，和武俠小說做了有力的廣告。

文學作品是逃不了風氣的影響的。太平軍失敗前後，人們仍有醉生夢死的一小撮，過著悠閒生活，寄身風月場中，上行下效，因此風月小說，大行其道，最出名的起先有品花寶鑑、花月痕，後來有九尾龜、海上花等。同時，清末的政治更壞，有心人熱心改良，揭發黑幕，大寫譴責小說，二十年目睹怪現狀和官場現形記算是兩部代表作，老殘遊記更是傑出，「語重心長」。辛亥革命告成以後，人們祇以打死老虎的偏狹心理，大寫清宮野史，不惜遠離事實，趨合潮流，有些人卻又因革命以後，暢談男女自由戀愛，大寫鴛鴦蝴蝶等愛情小說，論起來，野史派的許指嚴和鴛鴦派的徐枕亞、李定夷，意識既不正確，文字又極平庸，實在要負很大的責任。更可特別一提的，是在這種新風氣下面，武俠小說竟然被逼阻著，等於蟄伏了。

革命過了幾年，軍閥相爭，人民依然過著苦日子，比較僻遠地方，像豫西湘西一帶，更不能不老幼練習拳棒，保護身家，這也本是傳統的習慣，一時湖南就出了杜心餘、柳森嚴幾輩名家。杜還是留日學生，回來頗有鄉望，柳是練拳出身，功夫不錯，恰另有一位湖南留日學生向愷然，也略懂幾下散手，和杜相熟，常談武林近事，多是常人所不知道的。向文筆不錯，人又聰明，喜歡寫作，所著留東外史，揭穿留日學生種種底細，大半眞事假名，銷路旺盛，同時也另寫了一部江湖奇俠傳，聞動全國，一年半載，幾於無人不知道以平江不肖生做筆名的老向，結果向也就在武林裏出些小名。抗戰時期，暗中招集人馬，從事殺敵救國，總算施展了少許平生抱負。

奇俠傳這書，雖然大銷各地，人人愛讀，但是一時沒有繼起的發現，這因爲當時作者還沒有練出勇氣來，自己既沒有領過武林的教，不要說一切故事不懂，就連一拳一腳的架式也聞所未聞，又何敢信口胡謅，巧立名目，祗以大量出產爲目的呢？倒是有位還珠樓主，看出此中的門路，大有生意眼，就接連寫了幾十本，論起內容，比向著差得多，銷市也祗有京津一帶。我三十多年前，曾在天津大羅天市場全部買來，旅夜消遣，可是因爲內容太過離譜，往往從頭至尾，一味混打，既像人事，又像神魔，結構無不大同小異，就沒法看完。離津之日，全部送給茶房完事，回到上海，卻仍不見什麼新著出版。不久旅行港粤，看著當地小報，副刊裏面，頗有武俠故事，祇是「每況愈下」，潦草塞責，除掉欣賞低級趣味的小市民外，誰也不重視它。我常以同行資格，問過報館當局，何不勸作者少少用心，必可名利雙收，當局回答道：「報館稿費，每千字不過二元（三十多年前的話），作者另有職業，抽空寫稿，找些補助，白紙上寫了黑字，既已銀貨兩訖，誰還肯去思前想後，自找麻煩？好在前後不必貫串，武林中人，功夫絕頂，總可以半空殺出一位老道人，救回書本上的漏洞的。」我聽完這篇道理，就再不敢「妄參末議」了。

至於抗戰期間，舉國人民，痛恨敵軍暴虐，無不氣憤塡胸，卻又無法用赤手空拳，挽回刼運，就又祇可「口誅筆伐」一番，偏是中日係同文之邦，在陷區裏，檢查書籍，不厭求詳，少不小心，會遭橫禍，也祇能借徑武俠，「大伸撻伐」，來提高國人敵愾之心，養成鬥志。讀者們適在有冤沒處訴的時候，偶然得見一兩部武俠小說，借酒澆愁，大感興趣，因此武俠小說又復活起來。接下來抗戰雖然勝利，政府貪污無能，幣値每日慘跌，民不聊生，並且豪門當權，富人愈富，窮人愈窮，更是全國人民氣憤，一籌莫展之下，血脈僨張，武俠行爲正是投其所好，可以用來洩忿，因此即復大行其道。作家們爲了生活，經營書業的爲了謀利，兩方一拍即合，整部長篇，乃至短篇中篇，像山洪暴發一般，幾於淹沒了整個出版界，聰明的人，還出版武俠定期刊物，一本書裏包括多篇，定價不貴，各地報館副刊更必須備此一欄，應付讀者。有些本不感覺興趣的人，經不得每天接觸，漸漸染上癖好，打開報紙，不先看世界大事，先看副刊，男女老幼，心同此理。我的朋友中，幾位老銀行家、老科學家，無不如此，更不要談我本人，照這說來，武俠小說尚有一段好運是無疑的了。

（三）寫作

武俠小說，在現階段中，既然如此發達，那到底是愈做愈精呢？還是愈做愈濫呢？這正在交叉道上。依作者的意見，再往前去，兩者中之，必居其一，因此深盼作者們，千萬要把準了指南針，叫它走上精的路去。我無法批評才子書，一句一字，加以解釋，起承轉合，分別說明，衹可綜合討論，講些原則，貢獻作者，「知我罪我」，率聽尊便。

我想，一切小說，固然可以不要依傍，無中生有，但是中國人民沉浸於幾千年歷史之下，養成了一股讀史的潛意識，似乎有歷史背景的作品更容易獲人瞭解，像封神榜、西遊記，分明是神魔小說，但一是依託武王伐紂的史事，一是插入唐太宗劉全進瓜果的傳說，都是有朝代有主名的，讀者儘管不注意於小說的歷史性，有了卻更似熟悉一些。神魔如此，何況武俠。武俠是人事，總脫離不了時代，作者爲什麼不依託或插入些時代背景，來增加讀者的興趣呢？倘然歷史性外，再加些地域性，在某地方著作發行的書，能夠利用當地故事，描寫當地山水人物，引起讀者的親切感，效果必然更好。正史的記載，野史的傳聞，古跡的遺留，父老的講說，材料何處沒有。祇待作者用心搜訪，多看雜書，固然在下筆之前，似乎略多準備工作，但借到題材以後，一樣可以由我發揮，由我錦上添花的放筆寫去，事實上，並花不了很多時間的。

武俠是人，不是神魔，功夫固然高人一等，但人有人的活動範圍，作者可以格外加以塑造，把它腫脹，卻不要離譜太遠，形容得成爲神而不是人，脫離了人的活動方式。這一點，往往爲多數作者所忽略，人人知道「畫鬼容易畫人難」，不假思索，祇求險怪，製造緊張，卻不知正因爲人的活動，受著天賦的限制，所以臨到限制的邊緣，便感緊張。要是寫一個人已經「超凡入聖」，和神一樣，那麼作者縱使故意製造緊張，讀者卻早料定那人法力無邊，保定他逢凶化吉，不必「聽鼓兒詞落淚，替古人擔憂」，反而橫著心不感覺緊張，以致作者想入非非的一頭大汗，毫沒收穫，豈不大呼冤枉。會寫小說的人，尤其武俠小說，要從故事的情節和氣氛裏，襯出驚險，不能專注在主角一人身上，寫得呼風喚雨般的比神龍還要本領高強，但眞比起神魔小說來，又成爲「小巫見大巫」的比例，仍使讀者不能過癮，因此不如還是儘人的尺度去寫，雖然難些，效果卻必更好。

不要說寫人事的小說，必然要像個人，富有人情味才好，就是短到西洋古典式的伊索寓言，借用禽獸做主角，長到無人不讀的西遊記，完全屬於神魔性質，也都因爲兼有人情味，更獲得讀者的欣賞。西遊記裏，有一段說孫行者到了火焰山，不知所以，召來土地問明，土地卻吶吶不敢出口，經不得行者逼迫，才說：「這就是大聖在八卦爐中逃走時候，踢下一塊火磚所成。」輕輕幾句，把一個自作自受的行者奚落一頓，可眞夠人情味，行者脾氣雖大，也仍莫奈他何。讀者每看到這種地方，都會發出會心的微笑來，憑空加增興趣，文學批評家公認西遊記比另外三種及封神榜高明，正是因爲流露人情味較多的原故。可是，一般武俠小說裡，雖然男女角色一一登場，橫刀奪愛，間或涉及，但是彼此相見，差不多都是一言不合，動起武來，又很少有一兩處聰明的對話，瀟灑的動作。本來，寫武俠應求其智勇雙全，方使讀者滿意，智的表現中，倘能流露些人情味出來，豈不更形生色嗎？

武俠固然是以寫動態爲主，但是天下動靜兩個形態，是由比較而成立，正和黑白兩種顏色。在畫面上，黑的愈黑，便顯得白的愈白一般，即像畫雪，雪是白色，在白紙上不容易看出，就必須在四團雪霧或是樹枝邊上，潑出一團黑氣或黑線，方能表達出堆積的白雪來。前人論軍事動作，便有「靜如處女，動如脫兔」的妙喻，軍事如此，武俠可知。即是讀者，看了一陣動態之後，也必要有一般靜態的描寫，調節情緒，放鬆呼吸，方始收到「柳暗花明又一村」的效用。否則，一路緊張，從始至終，反會使人痲痺了心弦，連緊張都感覺不著，三國志裏，佈置一個司馬德操彈琴；水滸裏，佈置羅眞人的道院，都是動中夾靜，既可換換讀者的口味，又可蓄氣作勢，使下面動態更見精彩。我們讀過老子一書「三十幅，共一轂，當其無，有其用……故有之以爲利，無之以爲用」，這個原則是一樣可以應用在小說寫作上，更其武俠小說，動態特別多，靜態自然更不可少了。倘然，有人注意這點，能夠利用靜態來襯托動態，不要從開卷到完卷，一味亂打，甚至於連情節都不注意，那豈不更形精彩。

（四）情節

說到情節，分明是杜撰出來，隨意穿插，不在話下，但主角配角，須要分明，人物登場，須有線索，前後既要貫注，組織更求嚴密，開場時候，固然不妨「奇峯突起」、「天外飛來」，但一路下去，起承轉合的運用，有意無意的伏線，仍是寫大部書所不可忽略的事情。試看，紅樓夢和水滸，人物如此之眾多，頭緒如此之紛繁，寫來莫不頭頭是道，使得讀者眼光，跟著作者的筆尖，順流而下，非常自然，也非常順暢，當然興味更濃，値得「低迴永飄」，看了再看。倘然每個角色，盡是從天而降，初讀的時候，似乎精神一振，再接下去，卻又沒有好好安排轉合，就反會覺得渙散零亂，沒法自圓其說了。這是因爲作家急于脫稿，不肯用心去先構成一個綱要，按著撰作，祗要白紙上落下黑字，寫滿三五張原稿紙，即算交代一天的原故。甚至于前後沒法呼應，上場人物，聽其虛懸不理，這種工作態度，未免太不嚴肅，漸漸給讀者們發覺，自會因「偷工減料」而影響情緒，以致午倦拋售的。

大凡寫一部長篇小說，求其精彩，必要利用很多的矛盾點，使人警動，方易生色。可是，這矛盾點並不全要寫在紙面上，而要隱在紙背，因爲人人知道紙面上的打鬬是矛盾，過于暴露，興趣就不如在知與不知之間，捏著把汗，更爲有勁。這就是要注重內心方面的矛盾，字面上並不寫明，但是蛛絲馬跡，已經給讀者以若干預感，使讀者憑著這小小預感，一路發展下去，恰能和書上所陸續表演出來的，兩相符合，那麼，讀者不但欣然以爲「英雄所見略同」，並且進一步有些自我陶醉，這不但對作品大加欣賞，並且會對作者建立同情，以後再有他的大著，是非看不可的了。武俠小說的矛盾重點，大抵祇在邪正兩項上立論，這也無妨，但要在書裏能夠辨認得出邪正不同的途徑，方使讀者立得出概念來，當然，小說不是勸善的書，固然不能開宗明義，大談邪正善惡，卻也不應自始至終，含糊到底。兩派不是爭取正統，便是硬占上風，角色的對白，口口聲聲是武林俠義，可是行爲所表現的，既不俠，又不義，使讀者在兩對方間，發生不了一點矛盾概念，祇見其亂打亂殺一番，那還說得到什麼警勸精彩呢。

以中國地方的廣大，歷史的悠久，即是武林之中，佛門自達摩傳授易筋經，小而至八段錦，道門自張三豐在武當開山，創立形意太極各派以後，有的是多采多姿的故事，再加上密宗黑教一支，由西藏傳入青海四川等處，即是長江紅船幫的始祖，至于可以依附歷史的，像劍俠傳上人物，那段不是小說裏最好的題材，退一步說，私人練武投師，學得成功的，爲數也是不少，我們從小聽老一輩人講得津津有味，難道就不能把它點化成書麼。怎麼現在通行的武俠小說，說來說去，都祇有有限的幾派，翻開書來，十有九是崑崙派和空峒派鬬法，造出些莫名其妙，不人不鬼的人物，來無蹤，去無影，徒然使人看得眼花撩亂，卻又像互相抄襲成文，東拼西湊，每部書都沒有自己塑造一種特有的型態，使人耳目一新。我想，最低限度，作者應該夜訪賣拳佬，像新加坡牛車水和香港大笪地上海城隍廟北京天壇等處，聽他們亂吹一輪，來充實自己的材料庫，這一點功夫是必要花的。

雖說作者們都是文弱書生，未必有縛雞的力氣，當然更不懂招架的方式，但是，學武的確眞有他的一套，師門傳授，一絲不苟的。現在我們寫作，說起來，應像投身武林一般，至少要學幾句門面話，冒充一下內行，方好應付。這種門面話，祇要站著看人賣藝，也會懂得，根本不需要尋師訪友，費錢出力，倘能再弄幾部武術入門，太極手式書來，參考一下，那就更顯得你活生生是個專家名手。固然，架式的名目，原是人們造出來的，可是造名的人，體察實情，用抽象的句語，隱寓著現實的作用，著實花了不少心血，若干年來，縱橫變化，能夠「傳之其人」，是有它的價値的。偏是有些人連這一點心機都不肯用，寧可粗製濫造，似通非通地隨筆寫去，祇要湊出四個字來，便立出了架式名目，不要說給少爲懂些拳棒的人，看了好笑，就是眞外行的，也覺得不倫不類，于理不通。寫作的成功，尤其武俠小說，人人知道想像力是最大的因素，可也不能完全放棄了基層知識，像這「輕而易舉」的功夫，我想奉勸作家們委曲一下，學習一下，不要太對不起讀者。

武俠小說的重點，固是打鬬，但武稱到俠，是說明一切行爲，帶有俠氣，並不是專用惡毒慘酷的手段來對付人的。小說裏儘可揮刀殺人，更可以不殺無名之鬼，進退伸縮，本隨作者的意旨而定，但似乎不需要若干過于恐怖和磨折人的描寫，什麼殭尸出土、人頭祭月、毒蛇圍攻等等超越理性的行爲，這種動作，決不是俠客的作風，寫在書裏，使讀者徒然感覺陰險齷齪，雖是邪的一方，儘可傷天害理，也犯不著玷汙作者自己的心靈，狠忍過分。倘然換一手法，寫邪門煉劍，採取奇花異卉的分泌，當著月白風清的時候，由一玄女，誦咒試法，滿期成就，劍鋒所及，形銷骨散，豈不同一效果，但畫面就優美得多麼。現代西洋新聞寫作學裏，已經告誡作者，少用屍血棺木等等字樣，使閱者感覺不快，甚至新聞照片，對于凶殺案也要避免慘狀，且說萬千讀者中，可能有病人產婦，經不起這種刺激，會加深病態，這固是過慮的想法，但也有它的可能性存在的。

最後，小說祇管是遊戲文章，不過既稱文章，就不得不注意文字，無論文言白話，總要寫得語句的當，風格優秀，對白簡而有力，寫物生動有情，方算一部名著，這是寫作技術，我想大作家們，沒有一箇不擅長此道，不必多說，祇請下筆時精心結撰，便能見長的。

（四）影響

小說是社會教育的最大武器，早已人所共知，因此，也不能不談談武俠小說對于讀者們的影響。現在歡喜看的人很多，可祇拿來消磨時間，緊張情緒，卻沒有人列舉它的優點出來，至于反對的話可長了。我自信天下凡有優點的事物，其中必定包含若干劣點，反過來也是如此，原子可以改進科學，也可以大量殺人，砒霜毒害生命，未必沒有醫病的功能，原料和成品，總是事在人爲，需要選擇提煉，加以運用，那就不難化無益爲有益了。希望作家們先試看看它的優點：一是正義方面的勝利，儘管「道高一尺，魔高一丈」，苦鬭的結果，正必剋邪，可以作爲一種重要的啓示。二是激發好奇探險，有進無退的精神，這是世界進步的原動力，人類能享到今日的生活，便是進取的成果，要知道進取恰發動于好奇探險上面，一路不休不止的勇往直前「前仆後繼」，武林人物，正是如此。三是無意中教人運用急智，發動自己的潛力，在一剎那間，應付危局，絕不自陷于「進退維谷」的絕境中，以致失敗。四是指點人們當儲備一些自衛的力量，孔門六藝，包括射御，即是此意。五是無條件的救人苦難，不問知與不知，更重在「施不望報」，提倡俠字精神，便是紅十字會童子軍的前驅，各種宗教推導的正義感，這樣說來也不算少了。

再說劣點：一使人迷惑于好漢作風，祇求稱強，不妨「誅殺異己」，定要達成唯我獨尊或是我派獨尊的局面，很難與人相處。二是間接鼓勵了黑社會組織，尤其兩派打鬪，爲了奪寶爭名，看得太多，便不覺得是件可恥的行徑。三是程度較差的人，看到各種超人的動作和若干地區的描寫，可能「積非成是」，將信將疑地發生一種脫離現實的想法，把自己送入雲中霧中，動搖人事本位的正當觀念。四是由此可能發生一種輕視邏輯科學的態度，因爲神魔小說寫的是神，分明不屬于人類，讀者不致誤會，偏偏這是寫人事的，頭腦若是淺薄些，即就容易上當。五各書裏有些附會宮闈歷史，還算「事出有因」，有些根本不提時代，或是有朝無代，對于成人讀者，原祇看過就算，不成問題，青年和童子們，因此不免減少了一些歷史觀念，認爲已往的一切一切，就不過是那麼一回事罷了，在知識長養的階段中，這是一件妨礙作業的事情。

作者自己慚愧得很，沒有機會，試寫武俠小說，以上所說，可能「旁觀者清」，也可能「隔靴搔癢」，但敢于保證，對任何大作家並沒有任何不敬的意思，衹是替別人寫武俠小說史的做一篇「方法論」，同時，希望大作家再寫得好些多些，讓我的朋友們更享些「老看異書獨眼明」的清福，豈不是件快事。

知足與不知足*

任何人對于立身處世，求學做事，沒有不希望獲得長速的進步，不要白費時間，多繞遠路，因此就要採取前人的經驗和教訓，作爲模楷。正好中國是一箇歷史悠遠、文化昌明的國家，幾千年來，不斷產生了無數大思想家、大教育家、大學術家、大政治家，遺留下名言傑作，可以儘人盡情研究，取之不盡，用之不竭，在後人說來，這眞算是件幸事。

我們每拿起一本名人著作出來，翻著幾句，細心體會，的確不能不佩服作者的婆心苦口，值得做我們的導師，因此，也不敢不遵從指導，兢兢業業，勉爲其難地小心學習。但是，看完這本書看那本，看完一家看別家，發見同一問題上面，發生相反的意見，不但意見相反，並且教導人們的方法，也絕對不同。像我這樣的淺薄的人；對于向來推重的前輩哲人，一視同仁，以爲每一位的寶訓，都應該體會學習，卻不料矛盾到如此地步，我既不能一步向東，一步向西，就也不能一時尊崇甲說，一時又尊崇乙說，在這心情迷惑之下，祇有丟開不理。我行我

* 趙泰：〈知足與知不足〉，《南洋商報》第二頁，一九六四年六月二十一日。

素。後來，更進一步，夜靜更深，潛心默想，以爲要是找不到一個結論，不但這些名言「不足爲訓」，並且反而阻滯了自己功程的進展。由此類推，必定也有同病相憐的人，想知道和解決這些矛盾的，纔提出這問題來，尋找結論。

要談一個問題，尤其是有矛盾的兩種見解，當然先要明瞭他的先天是怎樣的。中國學術思想，無疑地孕育于早期的歷史家，老子便是發揚歷史教訓，推論社會人生的代表人物，也就是道家思想的初期——以前三皇五帝，時代太遠，無從確証，祇可姑備一說——老子這個人的身世，和那部作品的年期，現在不做考據工作，並且不影響到其中的思想，姑置不論。但是那部五千言的道德經，教人怎樣聰明處世，靈活運用，眞是包含了無數的眞理，啓發了無窮的智慧，確是值得後人深入研究。

接下來便是儒家，孔子當然是集大成的代表人物，照書本上記載，孔子就曾經向老子問禮，並且把老子讚美作一條天上的龍，來形容他的立身處世，可是孔子主張居仁由義，切實做事。雖然兩位大師對于人生觀的理論，重點所在和運用方法，各有不同，但結論上，卻並沒有什麼顯著的歧異。但自從道家儒家的學說形成，中國思想界便再也逃不出這兩家的範圍。這兩家一傳再傳，門徒後輩，爲了爭取思想界的地盤，自己要做正統，纔彼此紛紛擾擾，各不相讓，以致支流別派，層出不窮，異端羣起。

所幸是中國特具的民族性，一向恢弘擴大，兼收並蓄，鎔鑄同異，包羅萬象，所以兩家各派，儘管辯駁責難，事實上卻已互相滲透，彼此交流，辯難的是外表，滲透的是內容。簡單說來，儒家在禮俗型態上，佔了優勢，可是理論方面，早已引進了道家的精神，道家後期作品，也包入了儒家的精義。一般人們，祇知道古訓如此，也就不再追究來源，由各人自己適當運用。于是一切做人求學，引經據典，雖是內容矛盾，反覺左右逢源，這便醞釀成爲整體中國文化。生活在這種文化中間，若干年來，且養且教，知其然而不知其所以然的，過得未嘗好。並且道家、儒家，漸已凝固起來，並且在佛教東來之後，兩家又發生了新來的共同敵人，于是，彼此敵對的言論，都集中在教義上，這些矛盾，一天天少人理會，更含混下去了。

我想，古訓裏面，最矛盾的，要算知足和知不足兩句話。追起根源來，也可說代表道家和儒家兩種不同的思想，祇是在兩家互相滲透以後，歷代儒家大師，一樣引用，還再加以發揮證明，早把道家始祖老子的話，據爲己有了。

現在，且先引證道家老子的原文，有道：「知足常樂，終身不辱。」又道：「禍莫大于知不足。」再引儒家孔子《論語》的原文：「學而不厭。」——不厭即是知不足，再去進取的意思——孔子門徒集作儒家寶典禮記，有道：「學，然後知不足。」又道：「博學而不窮，篤學而不倦。」——不窮不倦，也是知不足，再去進取的意思——好了，這兩位大師，都是悲天憫人的大思想家，對于知足和知不足上，卻發生了百分之百的矛盾。那麼，我們後生小子，還是遵從道家所說的，還是遵崇儒家所說的好。當然發生莫大的迷惑。

開始討論這個問題，窮源溯流，就不能不先從道家儒家的共同基礎——史籍——上去搜尋一番。先看《易經》，既說「君子以自強不息」，又說「善不積，不足以成名」，明顯地教人不應該自滿，凡事應該一直向前做去，是偏重于知不足的一面。但在《尚書》上，卻又有「位不期驕，祿不期侈」的說法，是偏重于知足方面。此外可以摘錄的語句，分別偏重兩面的都有，恕不全錄，總之，古人的名言至理，並沒有取此捨彼，直到老子孔子各自完成了他們的學說體系以後，纔分別有所偏重，老子分明重在知足，孔子分明重在知不足了。

其後，道家和儒家，由分化而交流，於是這個問題的發揚光大，便錯綜糅雜起來。像漢代董仲舒春秋繁露上，有說「不知則問，不能則學」教人要進究一切不知不能的學問，便是從知不足的立場上出發的。淮南子說「積愛成福」既是叫人積愛，也是教人推行仁義，不當有所局限，正和孟子所說「樂善不倦」一樣。到得儒門後輩，像文中子說「其接長者，恭恭然如不足。」呂維祺說「立志要學聖人，不可竟已中人自足。」何倫說「學問之功，與賢于己者處，常自以爲不足則日益。」這一類話，在格言語錄裏，隨手可以翻到。

關於知足部分，漢代劉向說苑裏有說「富在知足，貴在求退。」文中子說「貪者常憂不足。」蘇軾更加解釋，說「人之所欲無窮，而物之可以足吾欲者有盡。」呂坤說「人人知足則天下有餘。」涂天相進一步去告誡不知足的人，說「多藏者禍亂之招。」恰和老子的話，添一注解。引申出來，范純仁的「惟儉足以養廉。」葉瞻山的「富莫富於能知足。」等等，均早成爲後人立身處世的規約。歷代都有若干名賢；反覆說過，不需要一一提出例證。

試看，兩方面的話，的確都有道理。照表面分析，粗看起來，似乎老子的知足論，是指立身處世來說，勸人一切保守，孔子的知不足論，是指求獲學問來說，勸人盡量進取。倘使眞是這樣簡單的話，後人還不難根據個人的行爲，分別接受這些善意的指導，結果，也必不失爲一個鄉愿式的善良之輩。可惜得很，時代在衍變，文化在發揚，科學在進步的世界中，人們生當其時，要一切局限於這公式化的紀律，豈不注定了落伍，不祇落伍，最後還必然是失敗——失卻生存力。

何況，細想起來，知足論在求學做事方面，同樣重要，並不限於立身處世。如說求學，凡是好學的人，當然沒有不希望獲得高度成就的。但無論任何專門學問，一到高處，便牽涉到其他科目，舉例來講，即使研究中國古代經學，讀到詩經爾雅，就不能不上通天文，下通地理，以及蟲魚鳥獸等動植物專科。研究文學，讀到楚辭和漢賦，也是一樣。要是一位好高務遠的人，開始研究本科，後來牽涉到另一科，又鑽進另一科去，展轉依引，愈走愈遠，終久受了時間精力的限制，各科既不能全精，本科卻遭遇挫折，成就反而有限。倘然事先立定腳跟，把研究的範圍劃好，那麼，對於爲了本科而牽涉到的其他科目，研究到適合本科需要的程度，就暫告段落，仍舊用獅子搏兔的全力，專心本科，成績一定突出無疑。照老子的話來講，便可「終身不辱」，比那「三年十改行，到老事無成」的，不能同日而語。

再說做事，在最重要的軍事進行中，誰不想一鼓作氣盪平了敵人，乘勝追擊，獲致澈底的勝利，偏是兵法上面，同樣有「窮寇勿追」一類的訓誡，勿追窮寇，當然有它特別的因素，不是對敵人的寬恕，或是自己的懈怠。要是不明瞭這一點的話，進軍順利，祇貪勝果，得寸進尺，絕不知足，一轉眼間，可能就進至敵方預設的重圍，等你陷入，到那時，袋形陣地，或是鉗形陣地；正是覆沒你全軍的所在。主將再想起老子「禍莫大於知不足」的話，已經悔之不及，這種情況，在任何時代歷史上敘述戰事，是不乏先例的。下而至於個人處世，在每一職業上，在每一時期中，天天望高處看，向升途想，結果未必盡能如自己的願望，徒然心勞日拙，換得精神上的痛苦。若再用不正當的手段進取，一旦被人發覺，求榮反辱，也是意中的事情，更不値得。這類任何人都懂得的理論，都可證明老子的正確性，並且絕不限於發展個人生活財富上面。

至於知不足呢，孔子非但拿來做理論的基源，並認爲一個人對於知不足的理解，是件很不容易的事，要不加以學習的話，恐怕連這知不足的觀念，都無從產生，這分明指導人們一切一切，都要知不足上做起，不厭不倦，求獲進取。那些不學的人，根本上便不知道自己的不足，當然「故步自封」，洋洋得意，結果便成了知識落後分子。俗話說得好，「做到老，學到老」，証明了世界上學問是永無止境的，邊做邊學，沒有到頭的一天，但是做了以後，還肯求學，契機便在於知不足上，所以一說再說，諄諄勸諭。

因爲孔子是位大教育家，隨時隨地，提創學問，所以每說到知不足的問題上，都帶一個學字，後輩門徒。視野太仄，傳經講道，以爲求學的方法，必需如此，都沒有進一步去認識孔子的教育指標是多方面的，對於人格修養和行爲訓練，決不在書本學問之下，還可以說比書本學問，更加切要，所以這學字實在應從廣義上說去，不當局限於幾本書籍上面，害到範圍愈走愈窄，旁出了宋代專談心性的所謂理學一門，靜坐觀心，連求學都認爲多事，孔子的素行，躬行實踐說來，豈不是南轅北轍。

因此這知不足的觀念，照樣適用於立身做事上面，並不專指讀書來說，尤其在現代化的世界上，試想，那一件事能夠不求進步而存在麼？要求進步，又豈是祇像漢人注了五經，後來唐宋人又將注文衍爲疏，把尚書「粵若稽古」，寫了千言萬語，紙上嘵嘵不休，連兩百年前紀昀都搖頭太息，便算學術上獲得進步麼？即使學術上算有進步，對於人類有什麼直接的影響，生活是否由此提高，和平是否由此獲得，國與國間，人與人間，是否由此可以實現大同的理想境界麼？正因爲我們希望達到這境界，又知道其中還有無數艱難曲折的過程，必須加緊做去，要不如孔子所說的不厭不倦，是永遠沒有抵達的一天。所以，便先要認識自己的不足開始，修養自己的人格，改正自己的弱點，訓練自己的行爲，使得能盡「事半功倍」的效能纔好。

趙尊嶽廣播演講稿

和平統一自由獨立*

宣長趙尊嶽首次廣播詞

【南京訊】宣傳部趙部長，於二十日晚，假中央電台廣播，以「和平統一與自由獨立」爲題，闡述當前對內對外之任務，至爲詳盡，茲錄原詞如下：

各位同胞，七年多的戰爭，使中國大部分淪爲戰區。人民生命財產的喪失與毀壞，現實生活的日趨艱苦，是每一個國民所深切感到的。

當然，因爲自身所感到的艱苦，而會推想到整個國家的艱苦；因爲目前所感受到的困難，而會推想到今後下去的困難，所以，無論從時間上或空間上看起來，每一個國民，莫不有要求和平，要求永久和平的願望。可是，我們雖然要求和平，何以不能得到和平？大家應該仔細想一想。

我們試回顧一下，我國擾攘的時間太長了，也就是說不和平的局面太長了。爲何有這種局面？遠者不必引證，只說民國以來，分崩離析的局面，使國家常常陷入於不和平的狀態，原因

* 《無錫日報》中華民國三十四年一月二十五日第一版。

雖多，可以簡單說是軍閥割據所致。換言之，也就是國家不能統一的原故。國內不能統一，國內即不能和平，乃人所共知之事。所以我們爲保證中國國內的和平，第一所需要的，就是中國的立時統一，與永遠統一。惟有統一，斯爲和平之母；惟有統一的中國，方能獲得國內的和平，其事甚顯。

但是，從另一方面看，每有國家只能維持和平於一時，不能維持和平於永久。細尋其故，蓋由於對外不能獲得獨立自主。實在說，在目前國際形勢之下，國內縱得一時的統一和平，如非同時獲得國家的自由獨立，仍舊不敢保證是永久的統一和平。我們知道對外的獨立自主，與對內的和平統一，是有很明顯的連鎖性存在著的。我想，凡是關心國家的同胞，沒有一個人不注意到這個問題，並且願意努力於這個問題，以求達到永久的統一和平的希望。

我國自雅片戰爭以後，淪爲次殖民地的地位，原是舉國上下所最爲痛心疾首的。自從國民革命以來，提出了打倒帝國主義的口號，許多愛國志士，鮮血迸流，都是爲了爭取中國的獨立自由，來改進中國的國際地位，但是，現在怎麼樣呢？再度淪爲次殖民地的危險，已正面對著我們，赤化的危險，也是正面對著我們。在這樣層層危險的情況下，我們必須遵照陳代主席所一再昭示我們的：對內務求中國之和平統一，對外務求中國之獨立自由的目標，勇邁前進，以完成我們所應負的歷史使命。我們本身的生存，和我們子孫的繁榮，都期待著我們當前的努力。陳代主席說：「中國必須統一，然後始能獲得國家的完全獨立，亦唯有和平，始能獲得國家的完全自由。可見國內之和平統一，正是對外獨立自由的先決條件。」，由這幾句話，可以明白我們爲國努力的最大目標，更可以瞭解我們救國工作的先後步驟。

不過我們還有最應注意的，是許多完全依賴人家的心理，必須要根本予以剷除。中國的和平統一，中國的獨立自由，唯有中國人民，作最大的努力，作最艱苦的奮鬥來完成的。人家的幫忙，是人家的道義、人家的友誼、人家的休戚相關。無論如何，人家可以協助我們爭取獨立，爭取自由可是不能賜予我們以獨立自由。我們的國民，必要自己堅定鬥志，拚命努力，先有了這基本的條件，人家才能發揮他協助的效力，若使不然，雖然人家盡量協助，還是事倍功半的。

照現在國際的情勢，和國內的情況看起來，大東亞戰爭，已進入了第四年頭。盟邦日本舉國上下，精神昂揚，勇敢善鬥，正在盡最大的努力，可是回顧我們自己，所做了些什麼事呢？除了接受了道誼和友誼，取消不平等條約，收取租界以外，我們自己又曾盡了些什麼力量呢？

國內情形，說起來也難自滿。赤化的危機，是人人都已知道了的。然而此外有問題的事情，正復不少。我們原要肅正思想、確立治安、增加生產，可是在三大原則之下，反躬自省，實在可以說還須要更大的努力。我們檢討起來，固然問題很多，原因複雜。總括言之，就是我們努力的程度不夠，就是我們堅忍沉毅的程度還不夠，同時也就是舉國上下的團結還不夠。

我們要彌補以上所說種種的餘憾，要緊起直追，自行努力。我們應該先行治本，先努力完成獨立自由的先決條件，先努力完成和平統一的前提條件。

我們姑且略舉幾點，作爲治本的條件：

第一，我們要堅定意志，忍受一切物質生活的痛苦，發揮爲國家爲民族爲子孫而奮鬥的崇高精神；肅清依賴心，凡事要從自己做起，自己先準備了自己的血汗，來盡自己當前的職責，來協力大東亞戰爭；對外打倒帝國主義，對內促進統一和平，不但行動上須要隨時注意，就是思想上，也當隨時注意，能先有正確的思想，方可有積極的行動。

第二，要全國人民，有自尊心，有自信心，我們不要自己認爲力量是不夠的，我們要知道中國有數千年的歷史，會炫□世界的文化，潛在的國民總力，實在不小。就是因爲沒有好好的組織起來，團結起來，以致所有的力量，還不能盡量的集中運用。只要組織得好，能以集中運用，我們儘有足夠的力量，我們固然不必憧憬以往歷史上的光榮，但是自己同時不要忘了是負著時代的使命，是分擔著歷史上一部份的責任，我們先有了自尊心，再加上自信心，才能夠發揚著自己的勇氣。一有勇氣，便有力量，群策群力，加緊團結，人民力量的運用，就是國家總力的運用。

第三，國家已定的國策：肅止思想、保障治安、增加生產，以至陳代主席所訓示我們的各點。任何國民，應該切實奉行，不要認爲這是國家之事，政府之事。要知道，政府決定政策是爲整個國家，也就是爲全體人民。如果人民放棄了自己奉行的信念和責任，單獨去使政府負責，試問政府施政何能完美？必要每個國民，先盡了本身的責任，同時協助政府，逐項推進，然後政府人民，打成一片，方易達到目的。

總之，我們求和平統一，求獨立自由的歷史使命，是崇高的，是神聖的。大東亞戰爭，已進入決戰階段，國內的危機還不免潛伏。我們必須舉國一致，一德一心，先求統一，以達到永久之和平，再從獨立自由上，永遠脫離次殖民地的地位，以奠定百年之大計，保障永久的和平。同胞們，努力罷！

和平運動與國民革命*

宣傳部部長　趙尊嶽廣播

諸位同胞：

國府還都到現在已過了整整的五年。這五年之中，由於政局的演進和時勢的擴展，我國已進入了對內迫切需要和平統一，對外迫切需要獨立自由的緊要階段了。而這個階段非但繼承國民革命既往的路線，並且是復興建國未來發展的關鍵，其繫乎國家民族盛衰興廢的重要，可想而知，我們站在這個階段上，環顧內在分裂的局面，和外界侵略的勢力，覺得在這舉國上下熱烈慶祝國府還都五週年紀念的今天，對於過去的反省及未來的鞭策，深有一加檢討的必要。

對於國策深刻研討

國民政府在還都以後，所標的三大國策，一是和平，一是反共，一是建國，還都五週年來的事實，已經證明了這三大國策的正確，我們政府已經將和平反共建國的國策奉爲確切不移的

* 《無錫日報》民國三十四年四月二日第一版。

最高指導原則了，但是全國的同胞們是不是都有同樣深刻的體念呢？今天趁這個機會，想和大家來研究一下，首先我們要提出下面三個問題，約略表明我們的觀點，希望大家切切實實來想一想，這種看法是不是正確的。

第一：我們要問，中日和平運動的本質是什麼？

第二：我們要問，爲什麼要反共？

第三：我們要問，什麼時候才能完成建國？

關於中日和平運動的本質，我們認爲乃是國民革命的再出發，同時，也是民族的必要手段，我們所要檢討的，是日本過去怎樣以同志的精神來援助國民革命史績，五年以前國府還都，就是本著這種信念，相信日本會繼續以同志的精神來援助我們，解脫歐美帝國主義的桎梏，共謀整個東亞的解放，這在五年之中，總已有相當的事實表現了。

我們主張反共，因爲中國共產黨根本不配稱爲政黨，只有一貫的篡奪的野心，沒有政黨的風，他們只知道陰謀、欺騙、破壞，而不知有國家利益。我們必須將中共的來歷和行動認識清楚，然後再進一步從根本上檢討中共的理論及其強行移植赤化經濟辦法於中國的錯誤。最後我們要提出的問題是我們對於完成建國使命的期待，在歷史上有沒有根據。我們希望關心國是的同胞們，把眼光放得遠大，要能夠在大處著眼，往遠處著想，要體認建國工作的艱鉅，非三年五年所能奏功，簡直需要數十年甚至數百年的時間，以前仆後繼的精神去對付才行，這是最最重要的。

現在我們不妨將上述三個問題逐一加以討論：

第一問題中日和平

第一，談到中日和平，不禁使我們聯想到中國革命發動時候，日本同志熱誠援助我們的史績。在西曆一八九五年（即遜清光緒二十一年）第一次革命失敗以後，國父與鄭士良陳少白兩同志一同到日本，因此結識了菅原傳、曾根俊虎、宮崎寅藏、頭山滿、犬養毅等，這幾位日本政治文化界的前輩，他們對於　國父所鼓吹的革命運動，曾寄予深切的同情和極大的幫助，此後不屈不撓，屢仆屢起的十次革命，就在那時奠定了基礎。

到了西歷一九〇五年（即光緒三十一年），國父在東京會同黃興、宋教仁等，聯合同志組織「同盟會」，除甘肅省以外，中國本部十七省的人士皆有參加，「中華民國」的名稱，以及「青天白日滿地紅」的國旗形式，□是在那個時候確定的。同時，發行民報，由　汪故主席和胡漢民先生主持筆政，以鼓吹革命，自此而後，革命的中心機構更形堅固，革命□論的傳播也日漸廣袤，這對於革命事業的進行，以及後來辛亥革命的成功，都有莫大的關係，實在不能不歸功於日本的協助，所以　國父在自傳中鄭重地說過：「日本志士對於中國革命事業先後多所協助」，這些史績，都是斑斑可考的。

不□自九一八事件以後，中日兩國民眾爲偏激的情緒所戟刺，發生了許多誤解，七七蘆溝事變發生，更□爲一時的失計，造成一發而不可收拾的局面，但是情緒的高昂，祇能奮發於一時，經不起理智的□濾的，所以在七七事變發生不久，便有近衛首相三原則的提出，和汪故主席豔電的發表，使中日關係和東亞大局開闢了一條明朗的途徑，中日和平運動就如火如荼的展開了。

這和平運動的本質是什麼呢？我們認爲，和平運動本質上就是國民革命的再出發的全面和平的實現下整個局勢轉危爲安的唯一救星。中國的前途，東亞的前途，都寄託在和平運動之上，當時國府還都的動機，便是深信日本仍能本著過去同情國民革命的精神，來幫助和運的成功，和復興建國工作的成功的。還都五週年來，中國所得日本的協助已經屢見不鮮，這種道義的精神，是與當年捐助我國國民革命一脈相承的。我們感謝盟邦日本這種厚意，除了希望這種精神不斷見之於將來以外，更願意全國上下牢牢記住　陳代主席「不僥倖妄求，不自暴自棄」兩句話。

第二問題爲何反共

第二，我們爲什麼要反共？我們環顧目前的處境，國勢之危，眞是到了千鈞一髮的地步了！我們覺得祇有促成和平統一，纔能爭取獨立自由，我們爲了國家的前途民族的命運打算，對於和平統一的實現是要首先大聲疾呼的。這些年來阻礙和平統一的是什麼？是中國共產黨。中國共產黨爲什麼要不顧國家的利益，肆意妄爲呢？我們必須從它歷來的行經做一番檢討，方才能夠明白他的眞相。中共第一次得到施展技倆的機會是國民黨改組，國父在第一次全國代表大會中提議：容許中國共產黨黨員，以個人名義，加入國民黨。到了國民黨第二次全國代表大會之後，中共的陰謀篡奪已經用了很大的功夫，中央常務委員九人之中，共黨已奪到了三個位置，八個部裏的秘書則全是共產黨員，當時最重要的組織部長由譚平山兼任，宣傳部長則由毛澤東代理，足見中共從開頭就連一個政黨的影子也沒有的。他們不過是幾個人合夥，想趁國民黨不備的時候找點便宜而已，根本沒有爲國家民族打算過。中國十五年北伐，中共漸漸把野心擴大，想趁軍事緊張的機會篡奪政權，到了民國十六年，國民黨無論怎麼寬大，也不能再容忍中共的存在了，於是才開始清黨，連掩護中共圖謀不軌的政治顧問鮑羅廷、軍事顧問嘉倫也被驅走了，這是中共的一個重大的打擊。從這以後中共便惱羞成怒，把本來面目揭開，正式向國民黨武裝挑戰，造成了我國和平統一的心腹之患。國民黨爲整個國家的前途計，不得不忍痛負重，有十年剿共之舉。在剿共的過程中，國民黨的損失不可勝計，國家的元氣也不知消耗了多少，紅軍在國民黨的圍剿之下，東竄四躲，所到之處盡成白地，還大言不慚地說是完成了二萬五千里的長征，試問他替國家民族征來了甚麼呢？除了在邊區給自己征來了一塊地盤之外，甚麼也沒有。

中共為逞其篡政之大慾一直在阻撓著中國的和平統一是很顯而易見的。自國府還都之後，尤其變本加厲，一面高喝民族統一陣線，宣揚無底抗戰，一面在偷偷摸摸的擴充軍隊、爭奪地盤，無非希望國家民族的元氣在戰爭中消耗殆盡，可以從容不迫地把政權暴奪過來。在目前這樣存亡絕續的關頭，它還要玩弄這個把戲，實在令人痛心疾首！我們從歷史上認識中共，認為非但足以妨礙和平統一，而且還足以牽制復興建國的大業，所以我們要舉國上下貫澈反共的主張。

我們要知道共產主義產生的時代背景是在歐洲工業革命之後，當時歐洲各國產業日趨發達，資本逐漸擴張社會分配不均，因此造成了資本主義一切的現象。馬克斯才把共產學說有系統地建立起來，提出階級鬥爭、唯物史觀的理論。中國的經濟特質是殖民地經濟，輸出的是劣等的工業品，以我國工業的幼稚，鼓勵私人資本發展還不及，怎能妄言共產呢？ 國父早就說過，中國只有大貧和小貧，我們只有針對著貧窮二字下手，使國家富裕起來，所以，共產主義的理論並不適合於中國。至於中共所提出的土地革命辦法，在中國也是有不通的。他們所倡的土地革命，只是看到土地所有權的一點，絲毫無補於土地的生產及農業技術的改良，不過只是破壞了農村社會經濟的現狀罷了。

第三問題關於建國

第三，關於建國，國府還都五週年以來，我們因了盟邦日本的切實援助，在內政外交史上已完遂了相當的功績，例如中日同盟條約的簽訂、各地租界的收回、治外法權的逐步撤廢、戰時體制的確立。凡此種種，都是建立現代國家最低限度的要求，尤為中國自次殖民地束縛中解放出來的必經階段。但是全面和平還沒有實現，全國統一還沒有完成，外有帝國主義的壓迫，內有中國共產黨的搗亂，建國的障礙一多，建國使命的完成也多少受了影響，於是一般關心國事的人們，對於政府建國國策的造就，便開始加以懷疑與非難了。須知還都只有五年，在整個建國的行程中，祇是一個開始，我們對於這種善意的疑難，非常願意加以竭誠的商討。我們認為建國使命的完成，不是三年五年一蹴可成的事，我們必須將眼光放得遠大，我們這一代完不了，還有我們的第二代第三代。

我們怎麼敢說建國的完成，非但幾年不夠，簡直非幾十年幾百年的努力不為功的呢？這是歷史的事實告訴我們的。根據過去歷史，世界上任何一個現代國家建國的完成，沒有不需要幾十百年的功夫的。

世界各國革命經過

譬如法國，法國在路易十四的統治之下，窮兵黷武，苛歛□誅，已經是民不聊生了。加以路易十五的專制，路易十六的積暴，人們對於政府完全絕望，遂發生了一七八九年的大革命。從這次大革命起，經過一八四八年二月革命到一八七〇年第三次宣布共和國，國內連年不能免於兵亂，單革命便革了多次，自第三次共和以後，農業工業日益發達，到一九一三年歐戰前爲止，法國之強已爲世界所公認了，前後經過一百二十餘年之久。

在十八世紀末葉，德意志聯邦的情形也是很混亂，而且是四分五裂的，除了普奧二強外，全境有三百多個小邦。當時德人的國家觀念亦極淡薄，各邦之間，非但政治獨立，關稅也是分開的，加以中古時代農奴制度的遺留，所以農工商業極難發展。直到鐵血宰相俾士麥出來，一戰勝奧，再戰勝法，才完成了德國的統一。同時，因受歐洲工業革命的影響，工業漸漸發達，人口亦漸漸集中都市。一八七〇年德國人口還有一半從事於農業，一九一三年歐戰爆發時，都市人口已佔全國三分之二，成爲全世界的一等國了，所以德意志的建國，也經過一百多年。

再看美國，美國是世界各大國中歷史最短的國家，從它被歐洲人發現前去殖民，到現在亦不過數百年。美國人在一七七五年因爲不堪英國的壓迫，爆發革命，宣佈獨立，但仍未完全脫離歐洲政治的色彩。到一八一二年，美國第二次獨立戰爭，一八二三年宣布門羅主義以後，才完全避免歐洲國家的干涉，關起門來埋頭建國。在門羅主義宣佈不到二十年，汽船與火車相與發明，不到半世紀之久，美國已完成了現代國家的必要建設，至於後來的日新月異，更爲有目共睹的事實。

日本在明治維新以前，亦未嘗爲世界各國所注意。直到一九〇五年日俄役，遽以破竹之勢摧毀強敵，世人方才刮目相看。從明治維新的一八六〇年算起，到一九一八年歐洲大戰結束，也有半世紀以上建國歷史。

當時被日本擊敗了的俄國，自一九〇五年和一九一七年的先後兩次革命，從帝俄專制共產黨史丹林的獨裁，蘇維埃社會主義聯邦共和國方才締生。蘇俄在一九二一年至一九二八年間實行新經濟政策，建立大規模農場，一九二九後又推進五年計劃，特重工業的建設，於是世人對這只大熊才凜然側目。

綜觀以上所述，世界各國建國工作的完成，有的要五六十年，有的甚至需要一百多年。中國自民國十六年完成北伐，遷都南京，到中日事變爲止，不過短短的十年，國府還都到現在也不過短短五年，我們以世界先進國家的史實作參攷，中華民國建國，在將來整個建國史，實在還在萌芽時代，也可說是還在童年時代。正惟如此，他不但蘊蓄著欣欣向榮的生意，而且充滿了蓬蓬勃勃的朝氣，建國的事業大有可爲，建國的前途也正未可限量，我們做國民的應該用何的去愛護它的前程，去鼓勵它的發展啊！

國民應該奮鬥完成建國使命

可是我們所耳聞目擊的莧大大不然，有一部分人是完全漠不關心的，大有「不在其位不謀其政」的意思；有一部分人則操之過切，督責過嚴，以爲三年無成，五年不就，於是便漸漸減低了對國家對政府的信仰，這種過與不及的態度，都是不對的。要知道建國工作的艱鉅，決不是一件輕而易舉一蹴可成的事。我們衹有信賴政府，全國上下本著公而忘私，國而忘家的精神，一致奮鬥，持久奮鬥，才能收效。

歷史上許多國家在草創時期，那一個國家不是萑符遍地，滿目荒涼的呢？政治的混亂和社會的不安，比目前的中國有過之無不及，但是他們埋頭苦幹，勵精圖治的結果，都得到了相當成就。這證明了要使中國成爲世界諸現代化國家中最優秀最進步的一員，實在不僅是一種希望，而且具有莫大的可能。可能到什麼程度，完全要看國人對於完成建國使命的認識、信念與努力如何以爲國。

羅斯福逝世*

宣傳部長趙尊嶽

【南京十五日中央社電】宣傳部長趙尊嶽氏，頃就美總統羅斯福逝世發表觀感如下：羅斯福總統日前逝世，在整個戰局之中，羅雖爲反軸心陣線之健者，然一人之存亡所影響於世界之前途者，仍不甚大。惟內面美國民眾之反對延長戰事者，是否有所表示，固不可知。外而反軸心各國外交上之糾紛加甚，少一重心以爲折衝，遂多困難，則屬必然之勢。至吾人對目前狀態，自仍舊一秉艱苦強毅之素志，往前邁進，而更富加強注意於國際間之動向，以爲應付情勢之本。

羅斯福逝世

（無錫縣政府第四科）

羅斯福死了。它不僅死去了羅斯福的個人，還帶去了整個反軸心國的靈魂。

羅斯福誠然是一個乖巧的政治家，他會用靈活的手腕來運用各種關係，他更懂得用怎樣的

*《無錫日報》中華民國三十四年四月十六日第一版。

語句去搏得群眾的喝彩，但就因這原因，使他整個的政治路線走到「個人英雄主義」的途上。不提出正義的目標去糾正民眾一時盲目的感情衝動，將整個國家的命運，擱在「個人英雄」之後。

所以他雖能用他巧妙而大刀闊斧的手腕，爲苦悶的美國經濟殺開幾條向外的血路，但這種經濟掠奪的行爲，就種下了今日軸心國反侵略戰爭的種子。

爲了更提高「個人英雄」的野心，故而援助英蘇，擴大歐戰，挑撥中日發生「八一三」事變，同時更發動了太平洋上的大東亞戰爭，以期實現他「奴役世界」的迷夢。

九年來宏偉的建築物，是一城一地的毀了。無辜的老百姓，成千成萬的葬在砲火中，一切悽慘酷厲的事件，就不斷的發生加深。

這些都是這位羅斯福「英雄」所給與世界的禮物。

羅斯福死了。我們並不因喪失這一個「和平的擾亂者」而可喜，我們莵是恨，恨不能在我們東亞聖戰勝利後手刃此賊。

誰都知道羅斯福是現在反軸心國的首腦。他的死去，我們不是單純地以爲美國是會逐漸暴露敗戰的事實。這莵是說明了整個的反軸心陣營，是將走上末路窮途，躺到自掘的墳墓裏去。

至於現所召開的舊金山會議，事實上也形成了一次幽靈的會談。

每一個東亞人，每一個中國人，從此自當團結，更加刻苦耐勞，用後方的汗，增強前方的血，以「出血戰術」去爲十萬萬東亞民族增光榮。

今日，我們爲著全世界的安寧，全世界文物的存留，我們希望素尙正義感的美國人，能自悟羅斯福前所散播的欺騙言論，改過除非，同向正義的大東亞解放之途邁進。

東亞戰局之認識*

宣傳部長趙尊嶽

自從歐洲戰事結束之後，有些人憂慮大東亞戰爭的前途。他們以爲美英既然結束了對德的戰爭，那麼就可以用全部力量來攻太平洋。這種觀察，是一種無謂的擔憂，因爲英美軍隊要全部由歐洲調到太平洋來，連美國自己也承認不是一件短期內所能辦到的事，且盟邦日本早有準備，想妥對策，此時此地，實無擔憂的必要。

沖繩島的戰局現逐漸苛烈，已達到最後的階段。但在長期戰的過程之中，軍事上的暫時進退，地域上的暫時得失，原是無可避免的現象。一個地區的暫時不守，絕不能決定戰局的歸趨，因此我們也就不必過分重視。

我們所要注意的，是敵美次期作戰的動向。本來敵美發動沖繩登陸作戰是有三方面的目的：第一，敵美想佔領沖繩島後，藉此來斷絕日本本土與南洋間的聯絡，使日本陷於孤立；第二，以沖繩島爲空軍基地，可以將日本本土的大部分及朝鮮、台灣、中國大陸列爲其轟炸範

* 《無錫日報》民國三十四年六月二十九日第一版。

圍；第三，以沖繩島爲據點，進犯日本本土或發動中國大陸接岸作戰，因此，敵美次期作戰的目標，亦必不出上述範圍，以沖繩島爲據點，進犯日本本土或在中國大陸登陸。

但是以敵美目前的力量而言，要同時發動這兩方面的戰事，那是無論如何也辦不到的。那麼他只有擇一而行了。從最近種種情形來察觀，很難確定，敵美是進犯日本本土呢？還是發動中國大陸作戰？但，不管他究竟怎樣蠢動，在日本本土，在中國大陸，都早已完成了邀擊的姿態，敵美如果要冒險嘗試，必就要遭受致命的打擊。

所以不管從那一方面來說，敵美次期作戰不僅勞而無功，且由於大量出血的結果，也勢必加速其崩潰的程度。反過來說，在此時局益趨重大的時候，每一個東亞民族，都更自淬厲其精神，整齊其步伐，向最後勝利之途邁進，無所瞻顧，無所懷疑，破釜沉舟，同仇敵愾，以使最後勝利的時期早日到來。特別是中國民眾，尤須一致覺悟。須知大東亞戰爭的目的，是在解放東亞，而敵美反攻的目的，則在恢復侵略東亞的地位，所謂大東亞戰爭的成敗，是關乎整個東亞的前途。我中國爲大東亞戰爭中的主要一環，大東亞戰爭的勝利，亦即中國的勝利。中國如要從次殖民地的地位獲得解放，則除以全部力量貢獻大東亞戰爭外，別無他途可循。現在有少數中國民眾，有的惑於敵方的宣傳，有的鑒於軍事上一時的得失，有的中了共黨的欺騙，不知不覺中，對大東亞戰爭的前途發生了懷疑，這是最要不得的。這樣的結果，祇有使中國淪於萬劫不復的境地。各位須要明白，凡是一種對帝國主義反抗的戰爭，其經歷是艱難的，其程度是苛烈的，只有萬眾一心，堅持到底，才能收獲最後的勝利，不這樣就等於自己毀滅自己。各位又須明白，戰爭是決勝於最後五分鐘的，所以交戰國的雙方，誰能堅持到底，誰就能獲得勝利。所以我盼望各位國胞，能明瞭本身所負使命的重大，認識國家當前危機的深刻，一致起來參加神聖的大東亞戰爭，忍受暫時的種種不便與痛苦，要求國家的獨立解放，在政府的領導下，勇猛精進，這樣才能對得起自己，才能對得起國家，而大東亞戰爭的勝利時機，也必能早日到來。

傳記與交遊資料補遺

北京國圖所藏趙尊嶽法書手卷五軸

二〇一五年夏，筆者在北京國家圖書館「名家善本手稿文庫」中，獲閱所藏趙尊嶽法書，共五軸。皆趙尊嶽自書其詩作贈長女趙文漪者。諸詩皆見於《高梧軒詩全集》，茲錄趙尊嶽題贈文字如下：

第一軸

病暑久疏翰墨，頃應蔡石門寫詩，即以餘墨錄近作消夏口號示舉女以見羈旅之無聊爾。

癸卯（一九六三）八月珍重閣。「趙尊嶽」印。註一

第二軸

丙申（一九五六）十月仲將賢倩南游，時共飲啖，遂寫舊作〈炊餅詩〉示之，兼爲舉女一粲。

註一　錄七絕詩十首，即《高梧軒詩全集》卷十二〈丁卯（威志按：癸卯之誤？）七月盛暑口號自娛十首〉。

珍重閣。「趙尊嶽」印。註二

第三軸

久不臨池，檢篋忽得舊臨雜帖，爲之振奮，重展翰墨，並綴十詩爲尾。茲錄其四以系歲日。

乙未伏日趙尊嶽。無印鑑。註三

第四軸

「甲辰暮春，試京師近製狼毫，寫〈閒居雜詠〉，頗不惡，寄舉女一笑。珍重」。

「珍重閣」印。註四

第五軸

舉女訊且再作東游，漫書雜詩示之，以代簡札，兼試戴月軒□款。

珍重閣並記。註五

註二　錄七絕詩四首，即《高梧軒詩全集》卷八〈鄉人錢湘壽治家庖炊餅見饗七年不嘗此味爲之解顏雜寫口號紀之〉

註三　即《高梧軒詩全集》卷八〈久不臨池，偶檢得舊所作字，爲之振奮，雜寫數詩，綴爲跋尾十首〉的前四首。

註四　即《高梧軒詩全集》卷八〈久不臨池，偶檢得舊所作字，爲之振奮，雜寫數詩，綴爲跋尾十首〉前四首之作大字的版本。

註五　即《高梧軒詩全集》卷十一〈辛丑五月仲舉伉儷復游日本十首〉。按：此書軸索書號與前四軸不在同一批，破損嚴重。

梅蘭芳與趙叔雍*

汀淵

中國人有句老話，常□伶人與婊子是最無情的，把伶人和婊子看得很低。我常常飆罵□句不公平的話出口氣。其實，伶人與婊子講信義的也很多，決不能一句話抹□好人。

這裡要□出一段的故事，乃是梅蘭芳和趙叔雍的私交。梅蘭芳是大家所知道的青衣泰斗；趙叔雍是何等□人，恐怕南洋讀者，知道不多。他在民國十二年史量才以全力辦《申報》時，是《申報》的總編輯，他是江蘇武進人，和梅蘭芳的故鄉，只是一江之隔。（按梅爲江蘇壽□人，是道道地地的江北人）其才華□□，堪爲江南大才子。尤其是能寫一手好字，詩詞更是清奇。

趙叔雍在申報主筆政時，常常在報上發表文章，捧梅圖□。當時梅□次□□演唱，趙和□清□少、劉公魯必定以□□那日起，訂好包廂，一直至□□爲止。怕不但能摔角□，而且自己也能唱戲，不但能唱，而且精□戲劇。梅蘭芳有不少自□的□□，在唱詞方面，□們只知□□

* 汀淵：〈梅蘭芳與趙尊嶽〉，《南洋商報》（一九五四年二月十三日），第十二頁。

飲食上沉教授之手，而不知其中□□□□的意見，□是不少。

梅蘭芳□畫梅花，枝幹□不□，□與□脫俗，他畫的梅花，常常請叔雍填詞。叔雍也從未□□過一次。兩人之□□□交，雖不能說視若手足，卻也相當□氣互投了。

民國廿九年，汪精衛艷電發表，還都南京。陳公博於上海租界□消後，出掌上海市長，陳在當時官□中算是□□的。他在物色幕僚長時，十分小心。看□也稱一位□□見□□的人出□擔任秘書長的職位。結果這職位便落在趙叔雍頭上。趙和陳根本沒有淵源。聽公博作實業部長時，一度和趙在上海見過幾次面，趙在《申報》上寫過□□□論，陳私下非常仰慕趙的才華。

這時的梅蘭芳，雖然處身上海，但心向重慶，他把兩個兒子□入重慶□□唸書。他自己留著□□□□，表示決心不唱戲。深居簡出，畫梅自課，□爾興□來時，也說兩段戲給當時高足□□珠聽聽。

趙叔雍和梅蘭芳在上海住的地方、□在舊租界□恩□路，相隔僅一箭之遠。趙在出任陳公博的市府秘書長之前，一天夜晚，乃上梅公館閒聊。向他老朋友請教。於是便把陳的意思說給梅蘭芳聽。梅堅決表示反對。□罵根本不值得去幹的。但趙表示：「陳之情面難卻，似乎不能不答應。」梅也非常同情趙處境之困難，於是乃道：「人各有志，一切你自己去酌定吧。」

此後趙果然出任僞上海市政府秘書長之職，也許是因爲公務關係，趙和梅見面的機會便少得多了。外間對趙梅之間流言甚多，說他們兩人已經絕交了，但最奇怪的乃是他們二人都不辦這事。

這一年的冬天，日本駐滬海軍報導部懇請梅蘭芳出來演劇，並且派了一個官佐去梅家，說明來意，梅當然表示年紀大了，已無能爲力。這位日本官佐，非常驕橫，對梅很不客氣，臨行時向梅表示：「如果不剃鬚唱戲，皇軍一定不會放鬆」。

梅並不因這事而恐懼，反正自己已經拿定主意，一心向著中央。可是當天中午便有人把這消息傳到趙叔雍耳朵內，趙非常著急，他知道梅蘭芳已經拿定主意，是無法改變的。

當天晚上趙便去大西路陳公博家，和陳商量這件事情。當時陳在上海，日本人非常「尊敬」他。只要陳肯挺身而出，日本人總是答應的。

趙和陳商量結果，陳答應次日去海軍報導部。他一見那日本人，開口便罵。說了一番大道理。這日本人只是俯首唯唯。

陳公博發了這頓脾氣後，說也奇怪。從此梅蘭芳□竟太平無事。不但再沒有日本人上門，以後日本人竟從此不見了。

這個事情，趙叔雍從來沒有向梅蘭芳說過。大約隔了幾個月，梅蘭芳的另外一位好朋友袁厚之，他是僞上海財政局長，忽然在無意間同梅提起這件事，梅非常奇怪，但心中是暗暗感謝趙叔雍處處感念他。但梅蘭芳從未向趙叔雍說過一個「謝」字。

抗戰快勝利的時候，趙已經不做秘書長了。生活相對清苦，眼看這局面攪不常，心中非常苦悶。到了這個時候，梅蘭芳天天上趙家去，和趙叔雍閒聊，為老朋友解悶。這時兩人的私交，眞是更趨密切了。

勝利來臨，趙叔雍為法所執，縲諸於獄，在監中凡三年。不但生活困苦，且家中開支一無著落。第一年，梅蘭芳在南京勵志社演唱，其時的蔣主席感其忠誠節義，特到後臺去慰問，梅見蔣時立刻向蔣要求可否准其探視在監中的趙叔雍。因為當時特種刑事犯除家屬在規定時間內，外人一概不准接見，蔣自然答應他這個請求。第二天梅便去監中探趙。並安慰了他許多話。臨走時還向典獄長□了說多照顧的話。這位典獄長一看是主席官邸派人陪來的，此後對趙在生活上□是寬些。

趙在上海的家中，從他坐監去，一直是由梅蘭芳每月派人送錢去。及至趙從監中釋出，梅不但仍舊按月送錢去，而且到趙家的次數，比從前更勤。他怕老朋友自感冷落。所以對待趙的態度，更是□心。據說趙以後到香港的□□都是梅蘭芳送的。

前年我在香港，因為和趙叔雍住得很近，常常到他家去聊天。我們也常常談到梅蘭芳，有時他會寫一兩首詩寄去給梅，表示懷念故人之意。

叔雍很喜歡平劇，可是到了香港；每每從話盒子內傳出平劇的唱詞，他總是把它□過去。故意不聽那東西，我有一次好奇的問他，他道：「這東西害得我夠苦了。」我想他是有心人，怕觸景傷情。

叔雍已是六十開外的人了。革命軍第一次到漢口，他與《新聞報》採訪主任吳之屛回去漢口採訪鄧演達的談話，而今這位老記者，不但白髮蒼蒼，且生活貧苦，困居香港，這非當年可比了。他的遭遇□此實在可嘆！

星州日報主筆趙泰昨晨病逝中央醫院*

星洲日報主筆趙泰先生（名尊嶽），原籍江蘇武進人，世代簪纓，一門俊秀。先生自幼穎悟異常，讀書過目成誦。曾從一代詞人況蘷笙先生遊，所以詩詞書法造詣極深。及長，畢業於唐山交通大學。離校後，曾在上海申報任職多年。生前與一代伶王梅蘭芳先生友善，曾用珍重閣筆名，爲文評介，極盡欣賞鼓勵之能力。一九四九年，移居香港，在香港各校任教多年，直至一九五八年應新加坡大學之聘，才南來本邦，主講中國文學，間亦爲本報撰述星期論文，新年特刊論文，甚得廣大讀者歡迎。

本年初，先生以年老退休，轉任星洲日報主筆，卒因體力不支，於半月前往中央醫院留醫。起初僅患肝部硬化，不久之後，膽部、腎部、腸部都受影響，藥石無效，竟於昨日清晨二時半與世長辭，享壽六十有八，聞者惜之。先生博聞強記，嫻於辭令，門生故舊，滿佈南洋各地。遺下一妻三女。遺體現停勝明拉街新加坡殯儀館，其愛女昨已從香港抵達新加坡料理善後

* 〈星州日報主筆趙泰昨晨病逝中央醫院〉，《南洋商報》（一九六五年七月四日），第十五頁。

事宜。
訂今日下午四時正，舉行出殯，安葬于蔡厝港路政府公塚之原。

希夷室吟草*

許雲樵

亡友趙叔雍先生，五年前嘗枉駕雲南園，手貽七律一首，囑勿發表，免招筆累。余亦以其附識謬獎過實，不敢示人，但懸陋室，朝夕□護。病中面對翰墨，突有所感，爰和而存之。近以校刊義安院刊，偶缺、補白，乃付手民，擬以示之；奈書未殺青而先生倏捐館，終不及見，嗚呼傷哉！

牽車服賈袖難舞，硯古耕耘遑論圖。幸有高明堪切磋，縱無數網獲珊瑚。濫竽學海慚虛譽，伏櫪天涯作腐儒。萬事蹉跎猶亹亹，遠謀焉得付狂夫。

附叔老貽詩：

* 許雲樵〈希夷室吟草〉，《南洋商報》一九六五年七月二十三日，第二十三頁。

拋書我困刑天舞，涉足君循括地圖。談笑東南歸掌握，聲名吳越重璉瑚。閑躭風雅工詩句，暫擁皋比學腐儒。它日殊勳收異域，應知柔遠出潛夫。

悼趙泰先生*

李建

我第一次認識趙泰先生是在一九六三年中，我第一次瞻仰著趙先生的豐姿，而正式向趙先生請教也是在同年中，從此，一位慈祥爽直、談笑風生的老先生的形象，便深深地烙印在我腦海的深處。

本年七月四日，報載趙先生逝世的消息，震驚著我脆弱的神經，也深深地在我心中的「烙印」，蒙上一重暗淡的灰影。

我並沒有悔恨和先生相見的遲晚，我只惋惜先生離開這塵寰，步伐邁得太快。在短短的兩年裡，我向先生學習、請教，領悟了不少學問的道理，獲得不少開啓學術寶庫的金鑰，這總算是我沒有白白地和先生相處在一起，辜負了先生一片的期望；先生的長辭人間，倒是造成我心靈上一項無可挽救的缺陷。

回憶當年，在生活鞭子的驅策下，爲了逆流而上迎接現實的挑戰，因此，產生了繼續深造

* 李建：〈悼趙泰先生〉，《星洲日報》（一九六五年八月七日），第十六頁。

的念頭，再度投進了學習的溫床，我和先生的關係便在這種微妙的機緣上結合了，先生並不因爲我們是半途殺出來的「程咬金」，而對我們有所歧視和不公平的待遇，相反地，先生是更加同情我們的處境，而鼓勵我們上進，這無疑地在我們學習的情緒上打了一枚興奮針，大家競爭學習的熱潮便自然地高掀起來了，這是先生第一次給我的一個不滅的印象。

以後的日子，經常和先生接觸來往，學習請教，那是常有的事，前年終，我把自己二、三年來陸續發表過積存下來的一部分有關古典文學的稿件，請先生過目斧正，先生不但詳細替我詳閱修正，同時，還替我寫了一篇幾千字的長文詳作介紹，促我有機會不妨付梓出版，我是受寵若驚了！經過一番整理刪輯，並徵得先生寶貴的意見，命題爲「中國文史論叢」，打算翌年便進行付印。無奈事情多波折，因爲種種客觀條件的限制，那份稿件，如今仍然擺在案頭不動，已是灰塵滿佈了。

去年中，我剛從聯邦渡假回來，聽說先生患了嚴重的胃癌，進院開割，頓時內心蒙上重重的深憂，私下揣想，先生年事已高，膝下兒女則東離西散，孤身隻影，恐怕不易擔受這種痛苦落寞的襲擊；誰知道，眞是吉人天相，先生住院數月，堅忍的意志，求生慾念的強烈，終於克服一切，雖然說是醫藥手術的高明，妙手回春，藥到病除的功效；然而個人生死的命運，難道不是已經在隱隱之中註定下來的嗎？

先生出院了，重新回到學術的崗位，繼續執行指導青年的使命，這是大家都感到欣喜歡騰，值得鼓舞的一件事，先生堂上講課，聲音的洪亮，口若懸河的議論，還是跟病前一樣，毫無遜色；再進一步深切地關懷到他日常飲食起居的情形，也還是照常如也，便不禁令年輕人驚嘆不如了！誰知道，不及一年，先生竟因爲罹患另外的病症，以致釀成致命的禍根，卻是任何人都預料不及的！則先生病後復原驚人的精力，難道就是人生過程中，「日落近黃昏」的迴光返照不成？

如今，先生是作古了，他的爲人處世，學問的修養，才華的表現，仍然深刻地烙印在學術界每一位同輩以及後輩的腦海裡，這個印象是長遠不朽的。

一九六五年七月・星洲

南渡衣冠此一人（趙泰先生逝世週年紀念）*

陳育崧

北國的初秋，金風颯爽，丹桂飄香，正是溽暑漸退，白露未晞的時候，我和內子從燕都南飛春申，在短短的兩個半鐘內，便到達龍華機場。驅車入市，高樓大廈，長街短巷，闊別多年的舊地，一點都沒有改變。令人驚奇的：是馬路上看不見那水泄不通的車輛，呻吟叫囂的行屍走肉；更看不見那僵臥市頭，觸見驚心的餓殍；蒼蠅蚊蚋，都斂跡，往日的「十里洋場」、紙醉金迷，而今清潔幽靜得多了。

旅行社的服務員殷勤招待，嚮導有方，安排我們下榻的大廈，那是舊曾相識的金門飯店。入門，三十年前景象，躍現眼簾，衹是一切陳設，都已古老陳舊，黯淡無光，褪盡了往日豪華的氣派。

傍晚，我們僱了一輛汽車，環遊市街，這是個一千零八十萬人口的大都市，雖然車輛無多，路上行人，卻也熙熙攘攘，顯出一片昇平的氣象。車過南陽路，忽然想起惜陰堂，停車道

* 陳育崧〈南渡衣冠此一人（趙泰先生逝世週年紀念）〉，《星洲日報》一九六六年五月三十日，第十三頁。

左，在西風殘照裡，我憑弔了這座聞名的第宅，園庭依舊，可是周遭的人物，面貌已經全非了，十七省代表在此集議，主人趙竹君以一手一足之力，部署策劃，以建民國。劉厚生所撰的趙竹君祭文，內中這幾句，說得好：

南陽路北，有樓三楹，先生所居，顏曰惜陰。惜陰齋舍，滿坐賓朋，呱呱民國，於茲誕生。

堅苦卓絕，艱難締造的中華民國，由趙竹君先生助產，就此呱呱墮地，五十年風風雨雨，往事如煙，了無痕跡，惟有黃浦江潮，嗚咽如舊耳。

我對惜陰堂，並不陌生，在趙泰先生書齋裡，我看慣了惜陰堂的照片，惜陰堂辛亥革命紀初稿，我也首先入目。趙竹君先生是趙泰先生的尊人，革命紀說：

先公號鳳昌，字竹君，江蘇武進人，生咸豐六年丙辰，初任粵藩姚覲元記室，旋入粵督曾國荃幕府，張之洞代曾調鄂均留任。廉能之實，見張文襄公奏牘中。後以被纔去官，移家上海。雖杜門卻掃，而意氣不衰，賓客甚盛，相見談天下事，感悵清政之不綱，謀有以振起之者。然屢卻李鴻章招赴北洋，端方約出洋考察憲政，趙爾巽奏請復官兼邀去奉天，及京朝王公諸聘，不復起。蓋鑒於中國之敗亡，非改弦易轍，無可救治，抑且非一二長吏所能轉禍爲福也。戊戌維新，先公雖不與其役，以友好楊銳及許景澄先後被禍，悲憤益切。庚子聯軍陷京師，且將延及長江，不得不謀所以緩眉睫之禍，遂策盛宣懷與劉坤一，張之洞與各國訂立東南護保條約，江介賴以苟安。

竹君先生，以一介商人，做到張文襄文案。綜其一生，凡參預庚子東南護保條約的大機密；以及辛亥策劃中華民國的建立，清廷遜位詔書之草擬諸大事，可以說：以一身繫國家之安危，奠民國之丕基，愧竹君先生當之而無了。他有非常的才略，過人的膽識，但是淡泊韜隱，不務標榜，因此行藏多不爲人所知。趙泰先生寄給我的一份辛亥革命記，加上一段附記，這樣說：

家父謀國精勤而不願襮陳，知者遂尠。年本爲辛亥五十週紀念，文史館廣徵文獻，堅囑述史事，始撰此篇付寫印，初稿奉育崧道兄閱之，或可爲治近代史之一助。

這種但事耕耘，不問收穫的光明磊落的態度，是多麼難能可貴的。

趙泰先生名父之子，有不凡的抱負，有豁達豪爽的天性，學識淵博，閱歷深厚，廣見多聞，宏中肆外，朱省齋先生說得好：

珍重閣詞學名家，梅黨健將，宦遊南北三十餘載，上自光宣遺老，下迄當代鉅公，無不親炙交遊，文酒往還，因能熟悉掌故，言之有物。……文筆綺麗，一時無兩，深爲讀者所讚嘆云。

珍重閣是趙泰先生的齋名，他是詞人況夔生的高足，在香港有詞壇祭酒之譽。我和他初次見面是在一九五七年，這年新加坡六家出版商合組教育供應社，改善星馬華文教科書，我擔當出版重任，在星港兩地設立編輯部，展開工作。香港中華書局總管理處吳叔同先生給我們介紹，我們一見如故，便成莫逆。一日，馬大中文系主任賀光中先生來訪，問起趙泰先生。不久，他便應聘南來。椰陰館和馬大同在舞戟馳馬路上，只隔一箭之遙，從此先生時相過從，往來甚密。星期日椰陰館座客常滿，不少健談之士。自從來了趙夫子，縱論橫議，眾賞群歡，更加熱鬧，此情此景，深印在我的腦海裏，永遠不能忘懷。這八年來，我和他亦師亦友，得到他的開導，獲益不尠。

榴槤上市的時候，我告訴他，巫諺有「典都縵，買榴槤，榴槤紅，衣箱空。」這是南中尤物，不可不試。他有如齊人必饜，一連食了幾顆，顧左右曰如何？正是東坡「日啖荔枝三百顆，不辭長作嶺南人」的氣概，他有詩記云，初食榴槤用東坡比行賦別韻：

經旬添白髮，組歲客南州。不勝肅條感，聊爲汗漫游。朋簪親雅令，山水見清優。十行三風外，榴槤信足留。

另寫了一首七絕送我：

南鄉眞足供流連，珍果嘉名敢試鮮。我是老饕甘異味，從容玉碟食榴槤。自註云：當地名果曰榴槤者，新客多不敢輕試，迨甘之則可終老是鄉矣。客年在育崧兄座上，一見取嘗，主人讚許不置。

終老是鄉，不意此言竟成讖語，人生行止，是不是前定的？

西諺男人講飲食，女人講妝飾。當然每個人都喜歡講飲食，自從來了趙教授，我們的口福夠享受了。上海樓、順德館、客家店、巴刹攤，店主人看見趙教授光顧，必親自入廚，不敢苟且。人們說：食的藝術，隨著文化程度提高，信不誣也。西海岸上某酒家，經他品題，一時營業鼎盛，夜夜座無虛席。

朋輩中有位文人筆名「但丁」，開了一間小酒家，額懸綠柳，最受趙老賞識，他有詩記云：

漫將綠柳榜行廚，風味韓江竟不殊。已罷詩人游地獄，不辭投筆任屠沽。註云：潮陽文士署但丁者，忽輟筆設綠柳餐室，鄉味甚精。但丁意大利詩人，以遊地獄篇負盛名。

先生以垂老之年，隻身南行，客中寂寞，懷鄉思家，勢所難免，下錄這首短句，完全透露出來。

萍梗生涯泛海來，故鄉消息夢成灰。吾家亦有唐山嫂，雁字天邊盼早回。自註：「流人眷屬留中土者，粵人稱之曰唐山嫂。」

有一年我往香港，請趙夫人南渡，好讓他倆老夫妻團聚。夫人年老多病，不堪跋涉，我竟想不出辦法來，此事至今耿耿。

趙泰先生，才華橫溢，適志自喻。不幸時與願違，小住香江，終以去國不遠，塵埃溷人。於是乘桴浮海，寄寓新洲，頗受熱帶的熱情所慰藉，每唸子欲居九夷句，萌終老之念，嘗自比子瞻之居儋耳。每閣吟詠，輒步蘇韻。珍重有集外詩序云：

南天遯跡，春秋三度，寂寥牢落，竊附于東坡之居儋耳。興有所屆，每事吟詠，則和蘇詩。亦知蘇多和陶，將爲習靜進德之資耳。

集外詩在馬大東方學會會報發表，別有珍重閣唱和，集是朋友和他唱和的作品，只「和蘇贈海南息軒道士」一章，先後得酬唱四家八十餘首，亦一時盛事也。從他寫的詩，我們可以□見他那好學和誨人兩不倦的精神，這是讀書人傳統的美德，下錄的詩，充分表現出來。〈渡海再用東坡示子由韻〉「少年意氣出湖湘，垂老書劍擲遐方，蠻煙蜃雨共朝夕，林樾阿答窮微茫。十年辭家萬千里，夙已京國遺行藏。諸生亦有姜黎輩，尊酒促膝訴短長。中原明媚好風物，盈篋猶展丹青望。浮漚芥蟻喻良得，壯遊何自輕南荒。胡床小坐徵往迹，虬髯未必悲殊鄉」。他在大學裡，師生之間，討論學術，十分相得。而他個人，鑽研益力。下錄的詩記起辛勤研究的情形：〈賦睡固東坡詩意續和〉：

蠻居集百憂，困學苦無日。讀書忝士林，合一推十。猶從蠹簡中，力抉新義出。直似鑰古人，必欲抵其隙。翁老未遽衰，倔強更勝昔，青燈差自對，深夜據簟席。曉雲已出岫，餘輝尚映壁。

此時有個外國學者，跟他研究中國煉汞術，他特地校註《抱朴子》。蒐羅群籍，旁徵博引，幫這位外國學人做好工作。

東坡遺愛在人間的，並不是那西子湖上早春晚霧裡的蘇隄，而是他把中原聲教帶給海南人民的功績。他和潮之韓、漳之朱，對南中國的開化，具有一定的作用。在中國歷史上，中原衣冠南渡，對海疆的啓蒙運動，說了一個智識份子對民族拓荒所負荷的重大任務。而今在南中國海之南，星羅棋佈的島國上，成千成萬的華裔，正在掙扎、苦鬥，尋求生存之道。因爲他們繼承著一個不能立即揚棄的傳統，而在目前極度複雜的環境中，要把握適應生存的條件，必須對這個傳統重新認識，重新估價。甚至加以批判、加以改造。然後可以推陳出新，塑造一個新的體系使他們在這個新的國度裏，能夠和這多元民族的社會融洽無間，和諧共處。我們歡迎中國學者南渡，純正和誠謹的學者，帶來智慧，幫助我們解決問題。

趙先生諄諄善誘，誨人不倦。何況他飽學健談，在講堂上滔滔不絕，言之有物，所以極受學生欽佩愛戴。馬大中文系學生無多，經他薰陶的無不學有專長。他的高足林徐典先生，專研中國文學思想，是本國大學頒授的第一位中文博士。林博士極受當局器重，歷任要職。近調新大中文系，我相信他必能秉承趙先生的遺志，「爲國養士」。

有日，先生以一手卷相示，我打開一看，是星馬竹枝詞二十解，跋云：「落南且四稔，間掇雜句記風土，不足存也。昨晤育崧道兄，偶及當地詩事，屢誦黃左諸作。余遂寫此卷奉博粲政。共所藏經世考史之書，古磁清玩之屬，胥非海國所輕見。抑更純雅多聞。使流人少有中原之思，留此詩蹟，百年以後，掌故家足可重一考訂，以永清歡補佚事吳」。十二日後他又送來一卷：廣星馬與竹枝辭二十解。這兩個手卷，眞是詩書雙絕，使人珍愛。四十首詩，一氣呵成。清新可喜。寫的都是星島風土，星馬背景，我吟詠終日，不忍釋手。

我一向致力于馬華本位文學的確立，這個風氣，在南國的早期的古典文學裡，有很好的表現。前人的成就，不可忽視，應該珍惜應該把它發揚光大起來、人境廬、勤勉堂、大庇閣、南蘭堂、江山萬里樓、生春堂……這些集裏，都蘊藏著大量的馬化文藝作品，而且是極其成熟的作品。華文文藝的馬來亞化「在某種程度上」擴大了中華文藝的境界，和作家的視野，它提供了許許多多的新題材、新資料、新認識。從新文藝來建立一個新的人生觀，一個新的社會觀，一個新的政治觀。這就是我們「又日新日日新」的維新傳統。發揚這個傳統「是文藝的重大任務，千千萬萬海外華裔新生的開始」。

馬華文藝的成功，有賴于各方面的學者互相切磋，同流並進。我們希望有才華、有學識、有閱歷的作家，用他的天才和技巧把新酒裝進舊瓶。趙先生對我這個馬華文藝的看法，有過深入的討論，同時也由他反映到大學裏去。

在大學裡，趙先生有一個飲中詩友，這位英文學系主任恩萊忒教授是個名詩人，才華煥發，豪酒健談，一如趙泰，所以兩人甚是相得，常在酒家買醉，酒酣耳熟，高談闊論，目無餘子。恩寫的詩，趙先生把它譯成中文，原著和翻譯都是上乘作品，珠聯璧合。大學裏一時傳誦，成爲佳話。新加坡是多元種族、多種語文的國家，這裡的人民對中英文字的進修，有很好的機會。中英文化在這裏接觸，經過了一百多年的衝激，水乳漸漸成爲新加坡文化的特徵。恩、趙之作，眞是各有千秋了。茲舉其一：

〈上海飯店有感〉恩萊忒撰，趙泰譯

我生願爲此長者，飾佩煌煌衫露裸。微瘢者靨不礙運，妻子慵裝並嫻雅。同來兒女又孫輩，未以行輩妨嫗愛。長者對人殊有情，不和不介不作態。津津進食異縱恣，醺醺飲酒異酣醉。心殊知足自恬恬，年歲風裁正相企。選肴絮問酒家女，不餐秀色相爾汝。桌幃微斑示御食，卻不失儀汗脂膩。長者畢餐且出資，固知儕輩將卻之。不須自傲客見禮，啓户笑謝吾家兒。熙熙今夕信足歡，時爽明朝心地寬。明朝今夕夜方半，黑甜魂夢自平安。吾知斯人獲清福，順時適序華緣足。倘教吾得爲斯人，身世攸同誠可樂。

英文原文見下：

Dreaming In The Shanghai Restaurant　　D.J. Enright.

I would like to be that elderly Chinese gentleman.
He wears a gold watch with a gold bracelet,
But a shirt without sleeves or tie.
He has good luck moles on his face, but is not disfigured with fortune.
His wife resembles him, but is still a handsome woman.
She has never bound her feet or her belly.
Some of the party are his children, it seems,
And some his grandchildren;
No generation appears to intimidate another.
He is interested in people, without wanting to convert them or pervert them.
He eats with gusto, but not with lust;
And he drinks, but is not drunk.
He is content with his age, which has always suited him.
When he discusses a dish with the pretty waitress,
It is the dish he discusses, not the waitress.
The table-cloth is not so clean as to show indifference,

Not so dirty as to signify a lack or manners.
He proposes to pay the bill but knows he will not be allowed to
He walks to the door, like a man who doesn't fret about being respected, since he is;
A daughter or grand-daughter opens the door for him,
And he thanks her.
It has been a satisfying evening.
Tomorrow will be a satisfying morning. In between he will sleep satisfactorily.
I guess that for him it is peace in his time.
It would be agreeable to be this Chinese gentleman.

D. J. Enright.

趙先生對這首詩的譯法，有一個說明，是很多好譯學指南，他說：

譯事寧易言哉，要尤難於譯詩。中外詩筆，雖理趣多或相同，而文字之擷採與夫結構之律式，迥然各異。今必欲納彼邦之形形色色於吾文字律式之間，裁其長短不一之句使符五言七言之定體，更欲限之以韻格風裁，則自不免有所移易增減，然凡有移易增減，胥不得少達作者之旨向意度，是蓋不僅譯其可見可讀有語有字之詩篇，且並當先於無語無字處揣求之，其難已不待言矣。

上海飯店一首，原題用夢字，非逕謂夢也，見事有感，此感如夢之湧現，即以夢爲題，余譯作「有感」者以此。首句指明中土人，既譯中文復覘，情態，不必明言，反似累贅，緣此刪之。原句金錶金鍊無袖衫及妻子不御腰封等，所示其人之優游淡泊，不忮不矜者甚明。英文於此等事物，不妨瑣備，而其名殊失雅馴，因率刪乙，以「飾佩煌煌」及「嫞裝」出之，意已足達，不勞絮絮，是行余譯法也。原文有「此老既不教人亦不曲解」語，詳譯反傷語意，則用「和不介」，示不立異不苟同，語意相近，應不爲失。老人選肴句，原文固無「不餐秀色」語，惟原作風情，正與中土習用之斯語相同，令人忍俊不禁，信手拈來，適符分際，因採用使合於中土抒情之筆，是亦行余譯法，以少事增減而不失原意爲主也。桌幃微汙句，原作甚敏妙，但譯之即欠自然，刪之又非所宜，限於韻格，強湊成句，非心所安，應有長才，他日可改譯之，不敢自滿也。啓户句，原文有爲其女或孫女語，若爲逕譯，即失於拙滯，然譯者亦不能代指爲女或孫女也。因運巧思，以「笑謝吾家兒」一語了□之，無論女或孫女，均其家兒，則譯筆仍不爲失，惟以勉就中國詩作法，出以概括之筆，以免於贅累，此亦行余譯法也。結句原作簡潔而神意俱足，今如按字屬句以譯之，即略嫌其促，且無遺響無餘韻，不似恬適之筆，故特再就原作首句，迴環抒軸以出之，使神味俱足而仍無悖于原作之初旨，此亦行余譯法也。譯詩既就，復補此節附綴爲跋言。別二首譯法不再詳，讀者可由對證印之矣。

去年五月，先生得病入中央醫院。他年事已高，又因前年才動過手術，朋輩都爲他擔心。院長魏雅聆博士，親爲醫治，日必數視。先生以博士爲腦科專家，願獻頭顱，供他研究，已經預備好捐獻遺囑，他那首絕筆詩大概作于此時，他已自知不起了。院方卻竭盡所能，預備人造腰作最後的搶救，不幸回天無力，一九六五年六月（威志案：應爲七月）三日他終于撒手西歸了。

先生垂老投荒，羈旅海外，萬里幽魂，長依異域，華亭鶴唳，不可復聞，傷矣！

其後一月餘日，我有北國之行，道出香港，趙先生女公子文漪女士來見，告以將于某日假蓮社舉行追思會。我約維龍兄同往。這日烈風暴雨，阻梗交通，追思會如期舉行，留港文人學士，都冒雨蒞臨，濟濟一堂。我和維龍是趙先生的海外知交，不期千里而來，一掬同情之淚。

一九六五年十一月十五日初稿

一九六六年五月廿二日重校

趙叔雍先生輓詞*

李西浪

傅老西歸恰一週，公今又復捲同流。去年對榻吟佳句，此日殊途赴玉樓。老客炎荒思故國，少年□馬話揚州。宗邦永訣揮殘淚，千百黃□繞□啁。

一、去年叔老入中央醫院割胃，有「病榻漫書」七律詩一首，序云：醫院施刀，適與旡悶老人對榻，蓋皆病酒也。□各就□，□□回□。

二、此次傅老係入□□醫院□□，叔老則仍入中央。

* 李西浪〈趙叔雍先生輓詞〉，《南洋商報》一九六五年七月十九日，第十六頁。

喜尤生□敏見訪惠示佳作感賦用珍重閣唱集原韻（一九六二）*

佚名

逝水莫西還，難留若去日。所欲未從心，衰年逾七十。學海浩無涯，畏才稀世出。倒屣迓尤生，汲古能得隙。文化舊沙漠，煥乎將殊昔。來者信可追，吾道不虛席。大鳥飛沖天，拭目俟觀壁。

* 佚名〈喜尤生□敏見訪惠示佳作感賦用珍重閣唱集原韻〉，《南洋商報》一九六二年六月十二日，第十五頁。

讀星大趙教授珍重閣唱和集賦睡詩依韻奉和（一九六二）*

蔡夢香

有閣名珍重，睡足遲遲日。高枕羡趙翁，能閒幾全十。書味常在胸，勝遊不煩出。夢裏見周公，千載若一隙。笑予乏綽裕，從好忙逾昔。夜眠或未能，敢安書寢席。雞鳴起孜孜，臨事尚□壁。

* 蔡夢香〈讀星大趙教授珍重閣唱和集賦睡詩依韻奉和〉，《南洋商報》一九六二年六月十二日，第十五頁。

再簡趙叔雍詞長（一九六二）*

文雁門

春風噓拂被人深，聲價憑君重藝林。腕下盡傳文點意，毫端法寫趙昌心。天南雲水逢同調，江左風流許共尋。一紙花箋幾行字，不期刻骨到知音。

* 文雁門〈再簡趙叔雍詞長〉，《南洋商報》一九六二年二月十三日，第十五頁。

壽樓春・哭趙師叔雍*

關志雄

悲元珠沈江。歎雕蟲漫好，誰爲予彰。灑淚難消秋恨，況思詞場。嚴去上、釐陰陽。是四家、治詞當行。先生學於況夔笙，況與王半塘、鄭大鶴、朱彊村，合稱清末四大詞人。奈一脈纔傳，老成遽毀，天意太殘傷。　埋身處，知何方。想聽風岸曲，聽雨椰岡。見說新魂依佛，舊情懷鄉。空悵望，迷歸航。算令名、長留巫邦。念斜月回時，人間尚珍看屋梁。

* 關志雄，《吐綺集》（香港：香港詞曲學會，一九六九）卷一，頁一。

趙文漪述哀詩序*

關志雄

文漪大家，詞人趙叔雍先生之女公子也。幼承庭訓，為人孝悌兼舉，而有乃翁俠氣。戊申秋，予因書枚丈，得其電話，始一接談，頗以未獲約晤為悵。是年冬，莘農丈去美國，詞曲學會送之於海天酒樓，大家應予招邀，翩然蒞止，並攜其先君所著高梧軒詩全集多本，分惠座人，豪情勝慨，不讓男兒。雖其來少出予意度之外，顧亦未嘗深疑也。丁酉春，大家突約予過梨花園午飯，即席以整輯趙師遺稿之事相託曰：「珍重閣詞蓋先公之絕藝，子知詞，其助漪輯校，使能永其傳乎。」予欣然受命，乃共趨其日焉。已而大家復為予縷述師門近事，且以述哀一詩見貽。然後予始悟曩之不得即見大家者，蓋有以也。大家原籍武進，世居南陽。先祖鳳昌，為張之洞上客，與南通張謇友善，其惜陰堂蓋張氏所榜也。皇考諱尊嶽，志仁遊藝，好事獎掖，學於臨桂況蕙風，俱以詞學名世。棠棣凡五，少荷庭蔭，且漸能繩其業矣。詎天道不明，乃殤其昆裔。甚矣悲哉！此之為玉折蘭催也。予尤慟乎芬妹之逝，情節堪憐。彼以無雙之

* 關志雄，《吐綺集》附錄二，頁一。

質，息駕芝田，始驚鶴別，終恨鸞分。生而委屈，死而銜冤。哀悼痛惜，屑泣難言，追題怨詠，尚有望於仁人。

述哀*

趙文漪

一九六七年七月廿四日，芬妹暴斃烏拉圭。期月始得消息，半載而後證實。友人傳言：烏國圖書館蕭瑜，夜夢芬妹，告以死得寃枉，盼有以詩文紀之者。庶幾千古奇寃，流傳不朽，芬妹盛年夭折，予固深悼之，又望世人之重兒女私情者閱之，有所警惕云爾。

謝公最小偏憐女，生長南陽舊家墅。青蒲綴戶艾當窗，端午前頭日初暑。三朝捧出玉雪兒，姊妹弟兄添愛侶。重闈況荷祖庭恩，錦織襁褓繡織褌。曾受詩書知禮樂，無慚蕙質出高門。盈盈十五嫁王昌，裙布荊釵兇與央。卸卻珠璣理雲鬢，爲他洗手作羹湯。方期泥塑隨姬管，也效舉案步孟粱。間關萬里別江鄉，共挽鹿車走大荒。致富陶朱勤貨殖，當罏卓女列盤觴。徧歷西歐終南美，遙望家園惟烟水。椿萱夢裏許相親，同氣于今傷連理。慈親先後棄人間，益以二兄相繼死。儉命全慳一面緣，天何嗇彼又薄此。忽然平地罡風撼，惜陰堂上人星散。珍重文章世所知，徒留翰墨光華漢。高梧蒼柏盡摧殘，天上人間同浩歎。從茲夷服復夷言，博奕舞蹈耽習

* 關志雄，《吐綺集》附錄二，頁二～三。

甋。玉樓高聳入雲端，骨肉分離誰與伴。香江來去屢匆匆，道出星洲拜阿翁。此事足徵孺慕意，此情長在夢魂中。人事經常生掣肘，蕭牆橫禍由來久。貧兒暴富最忘形，徵逐何況倡婦誘。席豐履厚見癡騃，渾忘當年計升斗。誰將壓篋製衣裳，誰典金釵沽美酒。阿誰問煖復噓寒，誰薦浮瓜兼雪藕。昔曾剜腹住醫樓，誰借青燈爲相守。可憐弱質歷風霜，未疑傖父終怨耦。辜負韶光十數春，腰支憔悴翠眉顰。長門難買黃金賦，絕塞空懷白首吟。願將心事比堅金，耿耿今生負此心。休與桃花爭命薄，漫教潭水比情深。情深至忘垂堂戒，宗擲鴻毛墜太陰。萍飄輾轉來烏國，明月無光海水黑。夜闌孤枕聽長更，清清冷冷思無極。侵晨電台負心人，恩怨是非申曲直。猶念當初晏婉情，盼將碧血污顏色。嗚呼天道最難論，片霎遊踪渺異域。馬嵬坡下弔楊妃，百首紅兒絕命詩。若以古人喻今日，斧痕帷影盡猜疑。消息傳來是耶非，天涯兩姊淚如絲。萬金家報無由達，一縷幽魂入夢遲。

鶯啼序*

趙文漪以芬妹枉死長詩悼之又求詞於予乃試用代言體爲賦此解　關志雄

離魂盡消夢裏，幻鑾烟瘴霧。便凝眄、秋月春花，怎得環佩歸處。度愁歲、香城浪跡，時時醉舞傷心去。歎榮華前事，如今散落何許。　回首南陽，戲綵茂苑，早承恩雨露。況天降、冰潔蘭清，謝家人最呵護。慣熏罏、芸窗夜讀，幾燈倦、昵昵兒女。故園空、遙想啼痕，暗霑庭樹。　天吳有恨，對月應同，也悲破雁序。憑片紙、丁寧珍重，翦燭親寄，怨抑難平，一懷淒楚。凌波送遠，鵖夷西下，酸風寒水添蕭瑟，甚當年、不約行裙住。多情總惜，誰教墜燕飄零，怨魄訪到朋侶。　沈冤待雪，恨海須填，倩上蒼做主。漫寫入哀絃悲調，訴說從頭，地老天荒，未凋塵譜。長歌當哭，嬋媛奚用，銅華妝影驚暗換，算浮生終亦成羈旅。相思烏國迢迢，夜月空山，那聽杜宇。

* 關志雄，《吐綺集》附錄二，頁四。

題趙文漪女士述哀詩後

清江何獻羣遯翁初稿

女嫛悲痛寫嬋媛，怨魄無由起九原。薄命為憐逢不淑，斷腸空悼永沉冤。淒清淚落胡笳拍，哀轉聲傳巫峽猿。安得佩環歸月夜，重洋杳杳賦招魂。

代結語

關志雄先生典藏趙尊嶽手稿之經過

趙尊嶽《藍橋》、《南雲》二集，先見於趙尊嶽生前自擬〈珍重閣詞學總目〉註一。尊嶽長女文漪〈和小山詞跋〉（二〇〇四）云此二集已佚，並載始末如下：

先父於一九六五年在星加坡跨鶴西歸，值先母在港患病，文漪猶偷暇將遺作《高梧軒詩集》印就。不料次年（一九六六）先母駕返瑤池，又次年（一九六七）幼妹趙芬為惡夫所累，在烏拉圭離奇喪命。隨後先夫譚德患絕症，延至一九七一年棄世。旋文漪因故匆促離港，其後十餘年間僕僕於中、美、加三國，居無定所，囊無餘資，遑論印行先父遺著？於是將《珍重閣詞集》遺稿分上下兩部，上部寄存星洲先父高足周國燦先生處（一

註一　趙尊嶽、趙文漪合著：《和小山詞　和珠玉詞》（上海：上海古籍出版社，二〇〇四），頁一四七。

九八一年托周君在星洲出版），下部寄存香港關志雄先生處。後關君函告所寄存之《珍重閣詞集》已全部遺失。相隔萬里，徒喚奈何而已。註二

依據趙文漪之說，珍重閣詞集的下部《藍橋》、《南雲》二集藏於關志雄處，已佚。然而，在一九六九年時，趙文漪曾與關志雄約定，共同輯校《珍重閣詞集》。關志雄〈趙文漪述哀詩序〉（一九六九）云

> 文漪大家，詞人趙叔雍先生之女公子也。幼承庭訓，爲人孝悌兼舉，而有乃翁俠氣。戊申秋（一九六八），予因書校文，得其電話。始一接談。頗以未獲約晤爲悵。是年冬，莘農丈去美國，詞曲學會送之於海天酒樓。大家應予招邀，翩然蒞止，並攜其先君所著《高梧軒詩全集》多本，分惠座人，豪情勝慨，不讓男兒。雖其來少出予意度之外，顧亦未嘗深疑也。丁酉春（威志案：應爲「己酉（一九六九）」之誤），大家突約予過梨花園午飯，即席以整輯趙師遺稿之事相託，曰「珍重閣詞，蓋先公之絕藝。子知詞，其助漪輯校，使能永其傳乎?』予欣然受命，乃共剋期日焉。已而大家復爲予縷述師門近事，且以〈述哀〉一詩見貽，然後予始悟曩之不得即見大家者，蓋有以也。註三

趙文漪在趙尊嶽過世的隔年（一九六六），即印就《高梧軒詩全集》。[註四]只是不久後，其母在港過世（一九六六），其妹在烏拉圭喪命（一九六七），導致文漪在編印乃父詩集之後，無暇也無力再編詞集，此即關志雄所謂「然後予始悟曩之不得即見大家者」的原因，蓋文漪遭逢多故也。

一九六九年，與關志雄在香港梨花園午飯，約定共剋期日，輯校珍重閣詞後，或因其丈夫譚德患癌症（一九七一年過世），事遂不果。後趙文漪「因故匆促離港，其後十餘年間僕僕於中、美、加三國」，不知何由？但離港應在一九七一年之後。

二〇一五年六月，筆者拜訪關志雄先生於廣州。[註五]關先生云，當年趙文漪倉促離港，行前將趙尊嶽遺稿與文物，寄存香港大學金新宇教授（一九一九～二〇一八）研究室。一九八〇～

註二　趙文漪〈和小山詞跋〉，收於趙尊嶽、趙文漪合著：《和小山詞　和珠玉詞》（上海：上海古籍出版社，二〇〇四），頁一六〇。

註三　關志雄〈趙文漪述哀詩序〉，關志雄《吐綺集》（香港：香港詞曲學會，一九六九），附錄二，頁1a-b。

註四　今所見一九七五年文海版，乃翻印一九六六年趙文漪自印本者。

註五　關志雄《玉窗詞》載有趙尊嶽論詞書數通，關志雄是趙尊嶽任教香港官立文商專科學校時的學生，趙尊嶽改任星洲教職後，關仍魚雁往返，問詞不墜。師弟情誼，具見《玉窗詞》中。參關志雄《玉窗詞甲稿》（香港：萬有圖書，一九六三）。關先生任教於中學，退休後任中文大學研究員，再退休後執業爲中醫師。

一九八二年間，金新宇教授自港大退休，將赴加拿大[註六]，趙文漪函請關志雄先生取回所有文物，代爲保管。之後，文漪返港，面語關志雄，略云：「君所欲者，儘可先取，以資紀念，餘者由我帶回」云云。關志雄以詞學受知於趙尊嶽，遂取全部的珍重閣詞集鋼筆手稿本，並趙尊嶽十二、三歲時詩軸兩卷，以爲念想。趙文漪遂將其他文物與詩稿取走。又云當年數次搬家，終致與趙文漪失去聯繫。

筆者於關志雄先生處，獲閱《珍重閣詞集》全部遺稿（即趙尊嶽晚年所自訂珍重閣詞集目錄者），保存完好，各集並有跋語，非如趙文漪所謂只寄存「珍重閣詞集下部」而已。

雖然二〇一九年關先生寄筆者一札有云「趙女士在集中對於所作之微詞，蓋屬誤會，不辯自聽之可也」，惟事涉趙尊嶽交遊，謹述所知始末如上。

本書蒐集資料之過程，多承關志雄先生、北京國家圖書館「近代名家手稿文庫」之幫助；部分內容的繕打與校對，得到我四位科技部計畫助理黃鈺琪、黃進康、薛賀心、江欣桂之幫助。各方師友的鼎力襄助，不敢或忘，謹申謝忱。

註六　〈金新宇牧師（一九一九～二〇一八）主懷安息〉，「金新宇博士一九一九年九月二十五日出生中國上海，一九四〇年畢業於香港大學，一九四三年考取英國工業總會獎學金，一九四七年獲倫敦大學哲學博士學位。回港後歷任香港大學講師、高級講師、教授、講座教授，亦曾出任工程學院院長、電子機械工程學系主任、及大學副校長；直至一九八〇年榮休。……金博士於一九八二年受按立爲宣道會牧師，離港赴加後一直在溫哥華華人宣道會事奉，並兼任維眞神學院校董，及加拿大中國信徒佈道會永遠榮譽主席。https://www.cgst.edu/hk/cht/news_20180222_01（查詢日期：二〇一九年七月二十八日）

文學研究叢書・民國詩文叢刊　0816002

珍重閣主人趙尊嶽詩詞文補遺

作　　者　趙尊嶽
主　　編　關志雄、劉威志
責任編輯　呂玉姍
特約校稿　林秋芬

發 行 人　林慶彰
總 經 理　梁錦興
總 編 輯　張晏瑞
編 輯 所　萬卷樓圖書股份有限公司
　臺北市羅斯福路二段 41 號 6 樓之 3
　電話　(02)23216565
　傳真　(02)23218698

發　　行　萬卷樓圖書股份有限公司
　臺北市羅斯福路二段 41 號 6 樓之 3
　電話　(02)23216565
　傳真　(02)23218698
　電郵　SERVICE@WANJUAN.COM.TW
香港經銷　香港聯合書刊物流有限公司
　電話　(852)21502100
　傳真　(852)23560735

ISBN 978-986-478-692-3
2022 年 9 月初版
定價：新臺幣 700 元

如何購買本書：
1. 劃撥購書，請透過以下郵政劃撥帳號：
　帳號：15624015
　戶名：萬卷樓圖書股份有限公司
2. 轉帳購書，請透過以下帳戶
　合作金庫銀行　古亭分行
　戶名：萬卷樓圖書股份有限公司
　帳號：0877717092596
3. 網路購書，請透過萬卷樓網站
　網址　WWW.WANJUAN.COM.TW
大量購書，請直接聯繫我們，將有專人為您服務。客服：(02)23216565　分機 610

國家圖書館出版品預行編目資料

珍重閣主人趙尊嶽詩詞文補遺/趙尊嶽著. -- 初版. -- 臺北市 : 萬卷樓圖書股份有限公司, 2022.09
　面；　公分. -- (文學研究叢書. 民國詩文叢刊 ; 816002)

ISBN 978-986-478-692-3(平裝)

851.487　111008112